人群中这些面孔幽灵一般显现；
湿漉漉的黑色枝条上的许多花瓣。

——— 庞德
《在地铁站》

若谷樓書系
HUMBLE LIBRARY PUBLISHING

缓缓穿过人群

『小确伤的一代』

Melancholia Passing

心灵读本

柯勇／著

SPM
南方出版传媒
广东人民出版社
·广州·

图书在版编目（CIP）数据

缓缓穿过人群：“小确伤的一代”心灵读本 / 柯勇著. — 广州：广东人民出版社，2018. 3
ISBN 978-7-218-12165-9

Ⅰ. ①缓… Ⅱ. ①柯… Ⅲ. ①随笔—作品集—中国—当代 Ⅳ. ①I267.1

中国版本图书馆 CIP 数据核字（2017）第 258072 号

Huanhuan Chuanguo Renqun: “Xiaoqueshang De Yidai” Xinling Duben
缓缓穿过人群：“小确伤的一代”心灵读本

柯勇 著

出 版 人： 肖风华

责任编辑： 马妮璐
责任技编： 周 杰 易志华
装帧设计： 孙 初

出版发行： 广东人民出版社
地 址： 广州市大沙头四马路 10 号（邮政编码：510102）
电 话： （020）83798714（总编室）
传 真： （020）83780199
网 址： http://www.gdpph.com
印 刷： 北京时尚印佳彩色印刷有限公司
开 本： 880mm×1230mm 1/32
印 张： 11.75 **字 数：** 326 千
版 次： 2018 年 3 月第 1 版 2018 年 3 月第 1 次印刷
定 价： 42.80 元

如发现印装质量问题，影响阅读，请与出版社（020－83795749）联系调换。
售书热线：（020）83795240

目 录

第二章

要活多久才能活出自己的模样 / 077

遇见一些人，各行各业的人，把他们的故事写下来，像一位采集民间歌谣的人，原来世间有如此多种活法儿。

第三章 发现那些易逝的感伤 / 187

把一些散乱的心，一一收拢，至少它是真实的。

第四章

第五章

有一种朴素的真理在内心升华 / 333

偶尔想起生命中重要的地方与人，即吾心安处。

序言 『小确伤』的一代

胡赳赳

再回过头来看，柯勇这一代人，抑或这一代人中的作者，他们的青春期十分地长。既不按村上春树的套路出牌，也绝不沉浸于塞林格的境地。道理很简单：他们生在中国。

我指的是“80后”。但说“80后”，亦不准确，很容易又变成代际的口舌。柯勇是“80后”中的一个默默的写作者，但和“80后”没有多少关系。他似乎代表着另外一个群体，如果一定要将之命名：我愿意称其为“小确伤”。

“小确伤”是“细小而确实的感伤、伤害”之缩写，脱胎于网络语言。依此类推，“小确幸”（幸运、幸福）和“小确丧”（沮丧、丧气）就好理解。然而“小确伤”能统摄一类文艺青年，另外两个则不能。

“浪漫、感伤、不合时宜”是他们的标签，比如他们可以坐上公车，观察拥挤之处的人群，回想自己的小心事，用淡淡的语气写出来，间或引用罗素或里尔克，有点海涅或海子的遗风，以二锅头来感慨三生石，抱着吉他唱走调的歌。如此种种浪漫派的阑尾，柯勇至今还在发炎。

结果就是不合时宜，说像堂·吉诃德又太夸张了，说像圣母院的敲钟人又未免委屈。一见面就能让人感受到真诚和善良，但为人处事总是欠缺火候，不免让关心的人担心，一个潦而不倒的人以智性和文艺为“思食”，究竟为的是什么。

这又让人想起那个充满自由乐观精神的王小波，但他似乎在文中扮演的是骑士，口无遮拦，带来喜感。柯勇们到底是没有这样的勇气，时时以内省观察人生，变成咏叹，向外的情绪因此难以热烈，总是在大脑里拱拱，便也作罢。

我间或会去他在通州梨园的寓所做客，一切当然还是井井有条，书刊杂志，整整齐齐麻利儿从桌上、地上向上码，以不倒为限。衣物也清洗整齐，并不过夜。墙壁上用毛笔写了一些诸如"心经"的句子，但和你谈论的，是蹲马步或跑龙套，对，即便在自己的房间，他也甘当配角。

换句话说，正是这样溢出主流之外，有种在大都市的自我边缘、刻意流放的美感。这种美感是形销骨立的，似乎生活是假象，而内心另有隐约的心事——哪怕这心事他自己也说不清道不明——这青春期便空前地漫长起来。

这并非不可理解。社会学研究人的组织，文学研究人的人性。柯勇出生在湖北的一个山清水秀的小镇，这个叫"小河"的小镇屡屡在他笔下出现。他痛心青绿山水变成垃圾横流之地。也屡屡过年回家养养伤，他并不见得是受了挤兑或欺负，用情过深，倒是常事；或工作不如意，周边在外飞黄腾达的、嚣张发财的年轻人，有意无意地显摆，家长未免也有意无意地比较。于是有两年或三年，他也躲着不愿回家，这更纵容了"小确伤"的自舔功能。

他受的教育，也是能想象的，叮叮当当，不是乐音，而是学校及家庭的敲打。一代人的社会塑形，到二三十岁后，便开始自我清洗。像哪吒一样，学校的归学校，父母的归父母，两不相欠。学校的必得归学校，学校的专制之苦，基本上把一个年轻人的二十年时光废掉了，让他此后拖一个半残的身子行走江湖。父母很不想专制，也不用专制，但父母的操作系统，也是从专制中来的，专制意味着只会一套手法、只有一套手法，演戏的成分和爱的成分，也莫可能辨。仔细想想，有多少年轻人不是这样一路过来的。

凤凰卫视或许是最早给了柯勇启蒙：那时他念孝感高中，逢寒暑假，必要听他讨论一阵，种种社会观念的不同或新鲜事物的演进。这个卫视类似“新风系统”，当年内地只有高档宾馆才能收看。

眼界一开，终于也考上了北京的高校。为谋生计，学了个热门的“物流”专业。大学也是哄人的营生，到毕业时“物流”冷了下来，便也不好找工作。考公务员玩玩，大约是没托关系，体检时找了个阴影刷了下来。

幸好还有媒体可以收留。感谢时代，伟大的才子们不会被饿死。他被媒体录取，能写文章、价值观激进，便能安顿。媒体又是个大学，见人阅事，相爱相杀，按说可以迅速使人脱胎换骨。但他依旧保留诗人气质的底色，顽固地不改初衷。发型和衣型，依然学生样。喜欢穿旧衣服，背旧挎包，领口也皱巴巴。这又是不合时宜，到底没在主流媒体。终于去了腾讯，还是在一个边缘部门，也没听说做了什么小头目。

“小确伤”得有多反成功学呐！他们那不咸不淡、不冷不热的熊样，世事嘈杂、我自悠然想小心思的德行，竟然没受到多大的歧视。想了想，他们毕竟无公害吧，毕竟绿色吧，养眼谈不上，但到底任劳任怨、任踩任赞吧。也就由了去。

他们都是改革开放中成长起来的一代人。世界从负象限进入正象限，物质从贫乏走向丰裕。城市生活总算有模有样，也有了摇滚，还有几位诗人气质的音乐人。

过着“大生活”的人，暴富，他们的钞票和荷尔蒙，气球一样鼓胀。这里没有“小确伤”什么事。他们窝在豆瓣上，讨论要不要逃离北上广。

走到哪里，总有人斗来斗去，“小确伤”也看不懂，但又仿佛“若有伤”。职场、情场或名利场，终于演变成了《纸牌屋》。人类的机心呵，“小确伤”的额头发烫。

而柯勇的文笔究竟是可靠的。基因中有些许墨水，自己后天又善于“不事雕琢”——初看不打眼，越看越顺眼。不粗俗也不媚俗，一副人犯不犯我、我都不犯人的样子。

他的文章坦然发露，总有一层淡淡的忧伤笼罩。在“80后”中，他的思想已超越同龄人，但却不为同侪所知。自己做了一个微信公众号，名曰"小事"，有些固定的读者关注他。或许都是那样的"小确伤"吧。

他也集中访问大龄文艺青年，能说会唱的、能编会造的，多能吸引他。又偶尔与各种手艺人交游，他们在各自领域里，"小确伤"地劈柴喂马。终于，他从与社会格格不入，变成了精神游历，他变成了一个时代的漫游者，看见一些人，印证一些事，打捞一些碎片，变成反光。

最后来看看柯勇的文风："与一个人坐在咖啡馆，用一根耳机听同一首歌，看同一部电影，与一个人坐在湖边，看同一片秋水，不说话，心里也是暖的。"

在这篇名为《告别 2015: 一些小事》的文章末尾，他说："地铁上的陌生女孩，你无需对着手机上的剧情，才痛快地大笑、抹泪，因为你本就是自由自在的存在。"

读这样的文字，洗心、洗眼，一如清泉。温暖而感伤，这都是他初心中的性灵所具。

柯勇的第一本书《缓缓穿过人群》就要出版，这回怕是"小确伤"都要找到组织了。

第一章

在他人的传奇里做自己的梦

30 岁之前，我一直在问他人，
可见我是一个多么晚熟的人啊！

殊僮

“80 后”画者，擅工笔写意，她是爱花人，也是美食家，对生活和万物有着无尽的热爱。她说：“如果此生值得活，只为注视美。”

对话殊僮

柯勇：你喜欢北京的生活吗？

殊僮：其实一半是喜欢，一半是习惯。

如果不喜欢，你无法坚持。谈到习惯，因为九岁就在这里生活，我习惯了这里的一切。

所有的习惯与坚持，都需要依据和理由。

每次画画累了，想要放松的时候，就会去离我最近的莱太花卉市场买花，是件很欢喜的事，有时候可能一株花也不买，但是我的精神和整个人在里面得到了放松，回来的路上哪怕一个收获也没有，也满怀欣喜。

这里的氛围，比如北京的树和拥堵，都代表了这里是北京。

每个人对环境和人群的需求不一样，在北京，即便你是孤独地处在一个环境里，你仍然会感觉到这个城市的庞大和繁华。

精神和文化的需求也是一个因素。出差走过太多的地方，我都不喜欢，尽管广州买花很方便，上海那些小资的地方也很方便，但是我无法在那里待十天以上。

回到这里，瞬间就舒服，美了。

这是我在北京住过的第三个地方，还是最初胡同四合院留给我的感觉，二十年前住在北京的人都有这种感觉。

柯勇：是否有低落的时候？你会如何应对？

殊僮：每个人都会有情绪低落的时候，这个世界上唯一不停向上向前的只有表，这个表还是电子表。

情绪波动才能演绎你存在更深处的呼吸，所以我一点也不会抵触自己情绪上的变化。

但欢喜的时候多，低沉的时候只有三五分钟，有时候只是一秒钟，就放下了。

很多时候，你懂得所有的东西，放下了跟你不要了不是一回事，我很多的时候是放下了，很多时候干脆我就不要了，又能怎样呢？你看到的是情绪，其实更深层次是生活中不好的东西，刚浇完花，下一刻你就觉得花不美了，不再需要它了。

情绪低落的时候，对我来说是极少的，但确实也有，持续时间很短。

我丢东西的时候特别多，心想随缘吧，找它新主人去了，基本上三四分钟就过去了。我不会纠结，这可能是我的一个优点。

从小就这样，别人来拿我的东西，我觉着只要他需要，和我用是一样的。

柯勇：对于深处困境中的朋友，你会如何安慰他？

殊僮：人真正的困境真不是物质，真正的困境是非物质的，当人处于更深层精神困境中时，这时候的帮助大于物质给予。

物质是最简单的，他就是缺钱，你借他十万或者八万是一样的性质。

精神上出现困难的时候就不一样了，因为每个人面临困境的出处不同。

我有一个交往十几年的朋友，我一直资助他的生活，因为他没有经济来源。他之前是一个很富有的人，到今天我依然在帮助他，我觉得我很快乐。

同时我也会给他精神上的帮助，我会找一个他能接受的，又不影响他自尊心的方式，来与他对接。在与我这种细微的接触中，他开始觉察到自己应该有些小改变，他自己内心会有感受。

不然的话，他会很抵触，觉得你就是一个小女孩，这样那样地要求他，面子上也会觉得别扭。

我习惯于用他最喜欢的方式，来让他转化。突然有一天他跑过来跟我说："你不觉得我变了吗？"

钱总会花完的，这是暂时性的，而你给予对方精神上的帮助与转换，对其一生都是有益的。

柯勇：记忆中最美的画面是？

殊僮：十岁的时候，我经常一个人去荣宝斋买画纸。

那时候身上没有太多钱，一次不能买很多，差不多四十来天就要去一趟荣宝斋。

夏天的一天，下雨了，我又没有带伞，纸会被浇湿。从荣宝斋买好画纸出来，在那家著名烤鸭店的路口，有个交通亭，我抱着那一点画纸，用身体包裹住，生怕雨淋着。

那时交警发现了我，他没有伞，只有雨衣，你想十岁我能有多大啊，又瘦又小。

他一下子用雨衣裹着我，帮我遮雨，那一瞬，比我现在住的房间给我的温暖都大，那是我此生最温暖的一刻。

过去很久，那隐隐的温暖还伴随着我，直到现在，那一刻还在。

太多的时候，我都要靠那个画面去经历很多。无论余生再经历什么，那个画面仍然是我记忆里最美好、最欢喜、最温暖的感受。

那位交警用雨衣帮我遮挡，一直到雨停。

我九岁来到北京，十岁的时候几乎不认识什么人。

到今天为止，在我的潜意识里，我对雨天的喜欢，不仅是因为停留在小时候在寺院玩水的记忆，关于雨天最深的记忆就源自那一天。

柯勇：人为何而活？

殊僮：人为何而活，其实跟人为何要来是一个问题。

每个人来到这个世界，都不是我们要来的，因为你也一样，你来到这个世界的最初一刻，你也不知道你要来。

当你有记忆，能有资格去思考这个问题的时候，你已经来了。

你内心想为什么要活着？为什么我们会鄙视那些自杀的人，你既然有勇气去死，就应该有勇气活，死是这个世界上最简单的事，也是最容易的事情。

对于我来说，成长当中不是所有的东西都那么容易，对于我最难的事对于你来说不过是件容易的事，因为你们是有家的，家给人的感受是不一样的。

在相当长的人生轨迹里，家就是人的依靠，就像一只寄居蟹一样，无论身体多么柔软，那个壳足以让你承受这个世界带来的所有伤害。

每个人都会这样，活着活着忽然会想，人为什么活着？其实到今天为止，已经不是为自己而活了。

你为周围的，一切与你有缘分的事物、人、花草等而活。

经常会想，当有一天你不在了，这里的花草谁来打理呢？其实这就是牵挂，有时候你的牵挂多了，责任多了，活着的理由就多了，已经不用想为什么活着了，太多的理由让你要活着。

柯勇：生命中最珍视的是什么？

殊僮：我最珍视的两个字——纯粹。

从小到大，即使面对最艰难的境遇，有十一天的时间没有饭吃，我也不会拿任何东西去交换。

我认为钱能买馒头，那就是钱能买馒头，而不是用画来换馒头。

柯勇你知道吗，那时候如果用画来换馒头，那就简单了。胡同口就能换，但是我恰恰就不是那样的一个孩子，不是那样的一个人。我认为必须把这个画卖了，变成钱，拿着钱去买馒头。

用画来换馒头，这个转换是简单的，我不愿意，它对于我内心的意义是不一样的。

从小到大，我觉着我不能以此为生，以此为活，我必须把画画变成我生活的方式，也就是我生命的依据，却不能把它变成我靠此而活的因由。

不愿意去亵渎上天赋予你的能量，能量不是能力，能力是可以后天培养的，而能量是与生俱来的，这就是人们所说的天分。

当上天赋予你这份能量，绝不是让你为所欲为，我更喜欢天分在制约下生长。

柯勇：日常工作做事情，以什么样的心态最好？

殊僮：其实我是一个变态完美主义者，唯一把我救了的是，我有一颗平常心。

比如这株花叶子的方向，我觉得这样最美，柯勇你来看呢，我真的会觉着这个方向最美，别人要改变一点我就会重新正过来。

包括做一件事情的时候，我内心是有标准的，我不喜欢没标准的人，更不喜欢做没标准的事儿，这就是界限，也就是分寸。

一旦脱离了分寸，脱离了人性，一切皆不美。把一件不对的事情做好，终究就是不好。

柯勇：你会向往古代吗？是哪个时代？

殊僮：我骨子里最向往的是唐朝和宋朝人的生活方式，做学问人的纯粹性。

我们现在喝杯茶好容易啊，古人喝杯茶何其难，不像我们这样来了就开始喝。古人情之所至、兴之所往、人之所聚，才能品一道茶。

我们现在的生活看起来先进了，但在我骨子里的感受是后退了，古人看似做作和烦琐的东西，我们都没有了，那是一种更大的文化。

为了喝一杯茶，真的要去取一桶水吗？真的要去采一枝梅花吗？很多事情并不是只有结果才美，过程让这个结果更美，所以过程和结果有着同样的重要性。

柯勇：怎么看今天这个时代？是末法时代吗？

殊僮：许多人问过我这个问题，我不认为这是一个末法时代。

所谓末法，是在人文社会发展到最后，一个无法拯救和复生的年代。

在今天，在我们能有的当下，既然千百年来经典里都在赞美当下，如若这个当下真的变成了一个末法的当下，这个当下还谈何美好呢？就没有必要去追求当下了。

为什么很多人爱宣扬末法的概念，无非是空置一个东西，来赋予它另一种精神，让我们去遵循，仅此而已，但我不这么认为。

在任何一个时代，有它当代的弊端，也有它当下的美好，我不认为我们处在一个末法时代。

柯勇：从你的画里发现，你对美的记忆那么精准，这些记忆都源于童年吗？

殊僮：大部分来源于童年，还有很大一部分来源于佛经，还有一些来源于当下生活在内心谱画出来的情愫。

人们喜欢说自己很现实。我不是那样的人，对所有的东西，我都会在一秒钟之内，看到它美的那一面，想到它好的那一面，我从不把人和事往坏了想。

柯勇：能讲讲你的童年吗？是在哪里度过的？

殊僮：我是一个生在寺院、长在寺院的人，我不知道父母是谁，但我很感恩他们把我带到这个世界上，让我此时此刻切身感受到所有的生命迹象，感受到力量和美。

三四岁的时候，我曾经纠结过，他们都回家，为什么我回的是寺院呢？而且我七岁才会走路，屋子里乌漆嘛黑，点着油灯，当然会觉得纠结，我不知道别人的生活是什么样子，我为什么会在这里？我没有父母的概念，因为没有人可以让我叫。

我觉得自己挺棒的，纠结了一两个月，这个问题就放下了。

因为在四岁三个月的时候，我瞬间开悟了。我就这样坐着，晃着晃着，突然觉着心也飞出去了，身体里面的东西都飞出去了，飞出去之后发现都碎掉了。

我内心所有的东西都碎掉了，飞回来的那颗心是透明的，闪着光，当飞出去的都回来时，我发现自己身上闪着无数的光芒。

到今天为止，任何时候想到那样一个场景，都能立刻回到那个状态里，从那以后，我就不再纠结了。

四岁三个月时，我成了这个寺院的大师，在这之前我的名字叫精灵，但从这一刻开始，大家就叫我小大师。

从那一刻开始，我就想屋子里不能这么黑，不想冬天去外面打水，水井都冻上了，要浇热水才能压出水来。

那个时候很有意思，你的心念开始起了变化，有人过来安上了电灯，有人来安上了自来水，这一切都很神奇，神奇得不得了。

吃饭的时候，开始时吃玉米馍馍，我说不想吃这个，拉嗓子，于是就有了米和面，还能吃面条。

第一次吃面条很欣喜，觉着怎么这么好吃呢，可美了。

后来慢慢发现，心之所想，人之所往，你念里的东西，真会有一个人会接收到我的信息，他就来给我这样一个东西，就能过来完成一件事情。

七岁会走路了，跑出去跟小朋友们一起玩，夏天七月份的时候，用一个纱网扣住蜻蜓放在罐头瓶子里，我也跟着大家跑，身上到处都是泥巴，脸上都是雨水。

一看太阳落山了，不行，立刻用最快的速度跑回寺院，又坐在那儿了。

一连几天这个样子，被住持发现我会走路了，我真正长大了。

我开始思考一些东西，这是一个女众的庙，太小，不能让佛法传得更多更远，庙也无法变得更大，当然这不是我的一个野心，却是我的一个志向。

我心里想，我要离开这儿，只有离开了，这个寺院才可能变成一个大的寺院，变成一个罗汉寺。

结果真是这样，我九岁那年十月份离开寺院，来到北京，随后那个地方就开始建房子，盖寺院。

当我十七岁赚到钱了，也不是很多钱，拿回去都捐给寺院了，现在那个寺院变得非常好非常大。

我离开寺院的时候，觉得自己好像九十岁了，没有任何东西能纠结到我了。

我给你讲这段经历是短暂的，但当时经历是漫长的，伴随着太多的辛苦，因为什么都不发达。

四岁多就开始画画，对画画的那种热爱，我今天都找不到语言去形容，当我第一次拿起笔，在纸上、在墙上能画出印记的时候，我此生都忘不了，一刻也停不下，永不停息。

九岁来到北京，第一次到荣宝斋是那年的一月份，幻想这些纸都是我的，都给它画上。

现在这种感觉还有，去日本的时候，看到那些纸，就会想要是那样画上去该是什么样儿，你的心完全在那里，画画变成了你生活的方式，你存在的一种形式，与生命平行的另一个生命。

这个童年以后跟你细细聊，可以聊很长很长。

柯勇：大家很多行为的动机都来自欲望，男女之情也夹杂欲望，权利金钱的欲望，在你看来欲望是好是坏呢？

殊僮：欲望在每个人心里，他有，你有，我也有，所有人都有。

当欲念产生的时候，它是你最初想占有或得到某个东西的雏形，如若你不懂得去转换它，它就变成了一个很自私的窃取理由。

欲望如若不生，就不会变成深渊，当你内心不能给它一个尺度的时候，它会带着你沦陷。

欲望分三个等级，初级是一个小小的念头，然后是些许的得到，最后变成一种最大的窃取。当你窃取的时候，一定伴随着某种过度的消耗，过度的占有，过分的掠夺。

不是所有的欲念都是不好的，你有没有活着的欲望？这种活着的欲望变成生的理由，是美好的。放在男女关系上，这就不行，你得有个度，没度就邪了，无论男女都不美好了。

柯勇：什么样的婚姻是好的婚姻关系？

殊僮：不论国内国外，好的婚姻关系里，一定得有欣赏，在欣赏之上有所依赖，一个完全独立的人是没有恋爱可谈，没有婚姻可讲的。

一个人就活得很好了，当另一半出现的时候，就是多余。一个空间生活两个个体，这不是婚姻，那是搭伙过日子。

然后就是尊重，即使你做这件事我特别不理解，我先保留一下自己的态度，先给你一个尊重，我愿意给你一些时间。

中国婚姻恰恰缺少这三个动力，婚姻如果仅仅为了床第之欢的话，那就算了吧，随便找个妞儿就解决了，不需用这么隆重的婚姻去承载。

柯勇：智慧源自先天还是后天？

殊僮：智慧一定是先天与生俱来的，它跟天赋是一样的，为什么？

你后天学到再多，感悟到再多，只是把你的小聪明变成了大聪明。

很少有人能把小聪明变成大智慧，小聪明的人没有智慧可言，为什么？

他误认为用点小心机、耍点小心眼就是智慧，错了。所有给你带来短暂欢喜和微薄利益的都是小聪明，人一旦有小聪明和心机时，智慧是不产生的。

很多人都在提智慧，所谓的智慧不就是会装糊涂吗，可是谁能把糊涂的分寸拿捏好呢？难得糊涂这四个字告诉你，难得有智慧。

智慧本身是先天给你的一种分寸感，我骨子里就知道该怎样，该怎样，该怎样，我就知道不该怎样，不该怎样，不该怎样！

江山易改，本性难移，这就是你骨子里的东西。

柯勇：身体与精神的关系是什么？

殊僮：这个问题你能想出来本身就是个好问题，很多人说灵与肉，身体是肉，精神是灵，灵与肉之间区分有多大呢？

如同现在我与你面对面，如果我是个灵与肉分开的人，那我对你说的一切就是表演。

身体和灵魂在一起的时候，我向你倾诉，跟你聊天，这所有自在的过程，都告诉你它们是完整的。

现在太多的人，80%的人都是分离的。这事儿跟我无关，那我表现得很大度，但一旦触及一点自己的微薄之利，立刻变得很会争取，青筋暴起。

灵与肉不分割的人，遇到什么状况都很悠然，灵与肉的关系太重要了。

人这一生，终其所有，要修的不过就是灵和肉的一致。

很多人都是分离的，你能说他好吗？我可说不出来。

Mauro Mancini

意大利精神分析大师，也是一位视觉人类学家，主持编辑出版过《荣格和过去的易经学》，喜爱中国文化，多次来中国讲学和旅行。中文名马龙。

对话 Mauro Mancini

柯勇：很多人过着朝九晚五的生活，24 个小时中，用途分别为睡觉 8 小时，吃饭 2 小时，穿衣洗漱 1 小时，上班 10 小时，来回路上 1 小时，上网娱乐 1 小时，剩余的时间仅为 1 小时，时间被碎片化的生活，对人心灵的伤害有哪些？

马龙：除了时间，对生活的感觉也被碎片化了。远古时代，中西方虽然社会结构各不相同，但有共同性，对时间的知觉是相同的。所有人感觉自己是个整体，对他们更重要的是心灵、思想、道德观，现实的部分则较少关心。

现代社会像个大工厂，人们在这里切分自己，使自己去适应不属于他们自己的社会团体。于是他们对物质的兴趣越来越超越了对精神和道德观的需要。他们花大量的时间赚钱，使物质更加丰富。最后他们失去了对自己的觉察，沦为机器。不幸的是，他们失去的不仅仅是自我觉察，还失去了自己的灵魂。人们总是感到不快乐，总是有情绪，并且淹没在情绪的海洋里无法自拔。因为他们完全不知道如何健康地面对、感受和回应这些情绪。

在你的问题中你提到，人们留给娱乐的时间仅仅一小时，你忘了，人们没有留给爱一分钟，于是爱变成强制，性也机械了。

柯勇：在消费时代，中国年轻人的价值观，就是要在四环以内买房子，要娶漂亮的老婆，要拥有好东西，人们怎么调整自己心理，面对现实世界的各种诱惑？

马龙：我只能说这很难。到底是物质条件为人服务，还是人为物质条件服务？你会选前者，但人们现在做的，正是在选后者。生活在世界上的方式不再健康了，正像我以前说的一样，人们被迫去追寻那些对他们的真实需求毫无帮助的想法，他们不是他们自己了。他们成了一个赚钱工具，臣服于物质需求。正像我们看到的一样，这里有一个很大的问题，甚至是一个心理问题。当你读到心理学家弗洛伊德和荣格的内容，你会发现，在他们临床中描述的人是这样的一些人：他们有问题，他们意识不到自己有问题。而现在的情况是他们不仅有问题，他们本身就成了问题。

从技术层面讲，这些人有身份障碍，而且是人格结构病态。所以不是说健康的人格中被添加进了一些心理疾病。不是的，这是人格结构方面的缺陷。仅仅因为生活不允许人们意识到自己的问题，于是人们忘记了内在的、灵魂深处的需求。人们感觉它是愚蠢的，孩子气的，偶像崇拜般的想法。不幸的是，现代人不再遵循远古的思想。但有些思想是对的，而且一直是对的。

柯勇：请问马龙老师，您最想生活在哪个时代？

马龙：我不知道。我也不知道如果我不是个男人，如果我不是个人类会怎样。也许，做动物会更快乐，更简单！事实上，我适应这个时代，我并不是说这是人类历史上最好的时代，当然不是。但是另一方面，真的存在最好的时代吗？我不这样认为。在各个时代，各个社会阶段都有好坏时期，但各个时代对正义与邪恶的定义几乎一样。这个时代是个有趣的时代，艰难却引人入胜的时代。不仅社会在变化，今天所有人类的体验也都在发生复杂的变化。

柯勇：我想问问您，您觉得家庭的意义在哪儿？

马龙：这是一个很难回答的问题，因为在这个问题上东西方具有很大差异！假设我们说的是中国的家庭，中国的家庭是社会的一部分。我认为，中国在近些年，家庭中的世界和家庭外的世界没有区别。在我们继续讨论前，我想澄清一个观点，中西方在心理学意义上的人的心理大不相同，中国人总是到处感受着历史，西方人却没有这种感觉。在中国，集体总是比个人重要；而在西方，个人总是比集体重要，家庭是介于个体和社会大集体的中间部分。

举个例子，我认为东方人潜意识地认为家庭是社会的一部分，西方人则认为家庭是个体地图的放大版。因此西方人将外在的世界与家庭分离。现在东西方都在变化，中国的变化却大于西方，举个例子，现代中国人对个性的追求非常强烈，这很显然是因为中国的社会体系在发生巨变，经济体系更是如此。中国从农业大国走向强大的工业大国，人们越来越注重物质需求。注重物质，是个体感受现实的方式。因为人们不再为了家庭和现实寻求物质，而是为了自己的欲望寻求满足，这是一个个体化的经验。

当你想得到一个东西，比如香车美女，你知道你是想为自己寻找的，不是为了你的家庭。基本的心理学逻辑会说，欲望来自于童年早期。一个婴儿是注意不到周围的世界和人的，他只会注意到自己的需求，他的所有生活体验也都是围绕自己的需求展开的。中国社会现在就是基于这样的机制运作：根据人们对物质需求的欲望。从这个角度看，他们的行为像个孩子。他们对自己的所有想法都是个性化的方式。所以，基于这个考虑，家庭在中国社会的角色正在发生快速变化。我们甚至可以戏剧化地说：中国的很多家庭正在经历大地震，像我很多的中国朋友们正在经历的一样，很多家庭不快乐。举个例子：传统结构下的中国家庭，三世同堂，爷爷，父母，孩子，大家都住在一起，和睦相处，彼此接纳。

现在不再是这样，我经常听说婆婆与儿媳间的战争非常普遍。男人，作为一个女人的老公，一个妈妈的儿子，度日如年，如履薄冰。他们很不快乐，而且行为像个孩子，因为他们不知道解决问题的方法——如何在顺从母亲要求的同时让妻子快乐。所以，你能看到，中国的家庭有很多问题！现代社会，人们不像过去认为的那样，觉得自己归属于家庭，他们开始只考虑自己。老人担心失去自己在家庭中的力量，失去孩子们的尊重；年轻人觉得照顾老人负担过重，影响他们为自己着想，影响他们追求自己的欲望。

柯勇：我感觉您特别了解中国。

马龙：我只是开始了解中国，这是一个复杂的世界，很难去了解得特别深入。但是，我喜欢这个国家。大体上来说，我喜欢这个世界，作为一个精神分析学者只是我工作的一部分。我去过亚洲、非洲的很多不同文化背景的国家，见过无数种人们的生活方式，我对这些都非常着迷。而且，我在中国有很多朋友，也可以说我在中国有自己的生活。

柯勇：对中国的婆媳关系问题，您有什么建议呢？

马龙：似乎没有什么好办法，因为没有实用性的建议。这种类型的建议应该在别的层面去体现，也许是道德的层面。你也许会说我是个道德卫道士，显然我并不是。这种特别痛苦的问题，作为道德家，从道德层面贴近将会是仅有的去贴近真正问题的办法。不幸的是，除了一个建议，我别无他法。那就是，人们彼此应该再多些爱！

当社会大量快速地变化时，文化也随之改变。人们失去了可以相互理解的语言，他们失去了相互了解的方式。当这一切发生的时候，有什么办法可以解决这个难题？人们必须寻找新的方式相互理解。怎么做到呢？天天去学习？这需要巨大的耐心和理解，这种理解不仅仅是对彼此的，还有对自我的觉察。这更需要无比的智慧。但是现代社会对物质需求的理想化不允许人们将才智用于这些地方。所以除了彼此多给一些爱，我看不到任何其他的方法可以解决这个难题。

所有人都应该照顾好自己的创造性。对于年轻人，他们的任务依然艰巨，要学会摒弃他们的愧疚感。这是什么意思呢？从表层看，年轻人没有愧疚感。年轻人注重物质需求，不关心他人，乍一眼看上去是这样的。但是，当你透过表层往下看时，你会看到一颗颗被愧疚感苦苦折磨的心。因为他们知道他们不爱他们的父母了。于是，愧疚感牵引着他们的行为向错误的方向走去。

我说的让年轻人摒弃他们的愧疚感是什么意思呢？我是说他们应该以不同的方式去承担自己的责任：他们和父母的互动应该是在同一个层次，以成年人的角度，平等地互动。不再像一个不顺从的孩子，而是作为一个可以教长辈一些事情的成年人。事实上，我们可以说，当他们可以成为他们自己父母的“父母”时，男人和女人就真正变成了成年人。这并不是说，父母越来越老，越来越虚弱，孩子不得不照顾父母。我不是这个意思。

我的意思是，孩子应该用新思想、新感觉丰富父母的世界。当与父母不同的新观念、新感觉出现时，父母会成为最先为孩子高兴的人，因为这是对他们创造性的鼓舞。简短地说，我们要建立一种新型的家庭，不遵从以往的模式，但是，这个新家庭也会和旧的家庭相似。这是矛盾的，但是，生活本身就充满矛盾。

柯勇：中国现在有个现象，就是越成功的人，反而跟家人相处的时间越少，家人在心理因素上意味着哪些？与家人的疏离会带来哪些负面影响？

马龙：一方面市场供给的丰富，使人们越来越多接触到自己的欲望和期待。于是危险出现了，当人们对物质的需求就像一个孩子渴望玩具一样时，人们会在内心深处远离自己的需求和价值，与此同时，人们也远离了他人。

另一方面，我看到，用传统的方式感受与家庭的连接依然很强烈。所以，在家庭中，两代人的关系充满张力：老人，想得到晚辈的尊重和照顾；而年轻人发现，忠实于长辈变得越来越艰难和沉重。

柯勇：在意大利，成功人士和中产阶级有着怎样的家庭观念？中年人该如何看待与家庭的关系？

马龙：早年的意大利是一个很贫困的农业国家，生活方式也很封闭。只有哲学家和艺术家会接触其他国家的文化，而这些文化，主要来自于法国和德国。普通人和中产阶级过着独特并且传统的生活。家庭中母亲对家人的影响，毋庸置疑是最主要的，至少在无意识方面。但是，第二次世界大战之后，发生了变化。作为战败国的意大利，被迫受到美国经济和文化的双重影响。20 世纪 60 年代经济发生巨变，中产阶级变得非常富有，于是，家庭也发生了变化。近几十年，年轻人渐渐离开父母，搬出了家。小的家庭结构，逐渐取代旧家庭最少三世同堂的家庭结构，成为主流。现在，事实上，一个家庭常常由三个人组成，有时是四个人。一个男人，一个女人，一个或者两个孩子。他们比以前更愉快吗？

我不这样认为。我担心中国的社会将来会走同样的道路。事实上，这也许并不是人们想要的。为什么现代社会心理疾病频发？是因为家庭没有发挥自己的作用，承担自己的角色。就像一个人在家庭中如果无法找到自己真实的位置，那么他在更广阔的社会上也同样会一无所获。今天，全世界的年轻人都有很多严重问题。在西方，举个例子，有很多年轻人自杀，或陷入毒品的深渊。这都是因为他们没有自我觉察的能力。他们会这样，是因为他们在家庭中没有机会学会自我觉察。

柯勇：一个良好的家庭是什么样的，怎样去维系一个家庭？人们需要更聪明还是别的什么？

马龙：一般来说，好的家庭，个体不需要用他们的角色来识别自己的位置，家庭有足够的空间让每个人表达自己的个性。举个例子，当我年轻些时，我有两个孩子。当然现在她们已经不是孩子了，她们是成年女性。当我的孩子出生时，我看着她们，就像很多人一样，那是我生命中一个与众不同的瞬间：看见美丽的花朵绽放和动物精灵飞舞的惊喜。到现在我看到她们的感觉依然一样。我依然想从她们身上学习，因为社会现实生活没有改变她们的天性，所以她们能给我很多我在别的地方无法发现的东西。然而，我与她们的关系不仅如此。我感到，她们能抓住头脑中、行为中最细微的部分。我觉得大部人的家庭生活应该是这样的。为此我非常感激我的孩子们。

有些人认为只有冥想可以抓住那些意义。当你们抓住那些意义的时候会得到启发。然而现实生活的大部分都是简单的、普通的。不总有那些幸运时刻去启发和创造。但是人们应该试着去让它成为可能。这样，人们不仅享受在一起的美好时光，还能发现自己和环境的新变化。

事实上，一个好家庭的成员不会有精神疾病和障碍。然而，没有完美的家庭，所以问题常伴随产生。这是生活的一部分。一位伟大的儿童精神分析学家温尼科特说，最好的母亲不是完美的母亲（完美的母亲将会过于冷酷难以接近），而是足够好的母亲。对家庭来说一样，“足够好”已经蕴含了非凡的智慧。

无论怎样，我们认为好的家庭和好的关系是有空间说“不”的。相反，有时候，充满爱的“不”比说“是”更好。

柯勇：请问马龙教授，您每天是如何安排时间的？与家人在一起的时间有多少？

马龙：问题的实质不是时间的多少，而是时间的品质。当我听说父亲们不愿意花时间甚至厌烦和孩子们在一起时，我很难过。孩子在他们的父亲身上看不到任何创造性。同样，妈妈们忙于工作，没时间也不愿和孩子们待在一起。在中国，孩子普遍由爷爷奶奶或其他亲戚带大，这对孩子来说是痛苦的根源。在西方社会，孩子几乎都是由保姆带大的，当然，这样更糟糕。

拿我来说，在我年轻时，女儿很小，我在离家很远的地方工作到很晚，但是我每天都会回家。因为我知道孩子们在等我，我会在晚饭后陪她们玩，给她们洗澡，抱她们上床并编些有趣的故事给她们听。我会在她们入睡后离开她们的房间。所以我没有时间看电视。这是多幸运的事呀！我讨厌电视，现在，我最小的孩子已经成人并且住在别的国家，但是我们几乎天天联系，即使当我做不到时，我也会给她们发邮件或者信息。

柯勇：时间对于一个人意味着什么？时间是否应该与爱成正比？

马龙：这个问题太棒了，当然，这个问题也很难回答。也许我无法完全领悟这个问题。事实上，可以用两种方式解释，一是在年龄上的意义，年轻人必须做老年人做不到的事。二是在时间数量的意义上，我以前已经说过，时间的品质比时间的长短更重要。但是，作为心理分析学家，或者作为一个谦虚的哲学家（你的问题是一个哲学问题），我会说你的问题可以用其他的方式阐述，一种微妙的方式。

我们要通过时间来表达什么？时间不仅仅是表盘上的指针，还有一个内在的时间，这个时间的概念完全不同。举个例子：未来很慢，现在很快，而过去依旧。这不仅仅是时间知觉的问题，比如音乐时间，也许只有几分钟，但当我们聚精会神地听美妙乐曲的时候，时间会变得很长。所以，爱的时间呢（注意，我说的是爱的时间而不是为了爱的时间）？看来只有诗人可以回答。不是时间创造了爱，而是爱的流动创造了时间。爱改变我们的世界，让我们更有创造性。或者，这不是爱，而是别的什么！

柯勇：心灵的成长与人年龄的成长之间有着怎样的关系？

马龙：我将用前面问题的答案来回答这个问题。什么样的成长？仅仅是从一个老年人经验中得到的丰富信息吗？多么可怜的成长呀！我认为，我常常说到，当我成年后我不知道自己该去做什么。考虑到现在我不再年轻，这绝对是个玩笑，但是，我真的是这样感觉的，我常常想到过去，但是我对未来充满期待。我的将来会很短吗？一个会使它更强烈些的原因，由此，我揭秘荣格理论关于“我”的起源，荣格说：只有人们失去自己内在的小孩，我们才真正老去，并准备好了迎接死亡。在中国，有很多的图片和雕像是大笑的老人，他们大笑只是他们意识到了生命的意义吗？也许，但是我认为，他们更像个孩子。另外，我是一个西方人，我认为这个世界上还有很多事情可以去做，而生命永远是一个奇妙的冒险！

柯勇：我对您主持编辑的书籍《荣格和过去的易经学》很感兴趣，这本书跟《易经》有什么关系？您是如何理解《易经》的？《易经》与心理学有什么关系？

马龙：荣格非常喜欢这本富含中国文化的书。在这里可以发现一个全世界人类在心灵的最深处具有共性的好例子：荣格是全世界第一个强调现代人类的梦与神话故事具有相同性的人。所以，我能梦到一些事物，来自远古不同地域的思想，但是我全然不知。然而，荣格的思想不只如此，他认为不仅仅人类心灵的最深处是落在一处的，甚至心灵，与世界和自然之间存在关系。我加一句：为什么不是呢？既然我们的心灵是自然和世界的产物。荣格还有另外一个精彩的想法：人类的心灵是一个工具，通过它，浩瀚宇宙开始具有自我意识。如果在我们和世界之间存在联系，那么《易经》是绝对正确的。如果我现在得到一个书中的征兆，这就是说这个征兆是我现状的一部分，如果我解释正确，它将会帮助我更好地应对问题。

柯勇：有一种观点认为，西方正在回归中国传统的生活方式，而中国正在走西方资本主义工业化的老路？对此您如何看？

马龙：是的，你所说的是事实。但是，这是两个截然不同的过程。一方面，西方的老百姓喜欢甚至迷恋东方的文化，主要是中国和印度，现在也包括了日本。这是对西方唯物论的反应。所以，一般意义上，人们所追寻的是灵魂的富有。西方少数一些重要的人物甚至来源于佛教。事实上，我不知道他们是不是真的掌握宗教的内涵，但是我可以理解他们。另一方面，中国从西方学到的除了文化，还有社会结构本身。当然，或多或少，我们也能说在西方也有一个趋势。我认为，西方变化不会那么大。相反，我认为在你们国家所发生的变化对世界来说，是最重要的。

柯勇：您一直专注于意象的研究，在您看来，如何从"意象"中发现病态？

马龙：事实上，我认为意象很重要。可以确信的是它在我看待世界的方式上占有特殊的位置。这来自于我早年学过的艺术史。你知道多少艺术家在我的国家创造历史吗？比哲学家还多！意象创造了一种不同于文字和抽象概念的特有的思考问题的方式。我们的大脑除了能形成数学逻辑，也能形成视觉逻辑。我不得不提到在我们心灵中占据最多部分的无意识。这部分不能被直接或者逻辑性地了解，我们只能间接了解这部分，意象无疑是首选的最重要的方法。通过意象，无意识部分被了解。我们可以说：第一次，无意识在意识层面展现自己。就像远古时期，人们认为神能在人类面前展现自己一样。能最清楚展现无意识心理的梦，主要由意象组成。而且，你知道吗？我尤其喜欢释梦。在我的已经过去的岁月里，我已经在不少于 12 种文化背景下释梦 40000 余个。

柯勇：摄影这种艺术创作手段对于您意味着什么？

马龙：啊哈，你还知道我的这部分，好的，我能说什么呢？我觉得摄影对我来说是在相同领域的不同工作方法。好的摄影作品可以立即呈现我们所看不到的东西。它会发现隐藏的秘密，引人深思，触发联想。在我的工作中，我必须大量运用语言和动作；而摄影时，我与现实静谧相连，了解它隐含的、羞涩的美。当现实呈现惊人的一面时也是如此：我们不得不停下飞扬的思绪，接触现实。好的作品就像亲吻现实。

胡赳赳

湖北人，《新周刊》前副主编，目前致力于打造喜马拉雅 FM《赳赳说字》节目，每天读懂一个字，重拾国人文化自信。

对话胡赳赳

柯勇：你来北京这么多年，到今天为止你感觉是否被北京接纳了？

胡赳赳：至于说我在北京十年有没有被这个城市接纳，我觉得是一个什么样的状态，就是一种无奈。很简单。比如说，谁也不希望背井离乡，对吧？都希望能够跟父母在一起。包括白岩松，他上次跟我说，他说中国人很可怜，家景再好，也是骨肉三段分离。什么意思？就是说爷爷奶奶在乡下，爸爸妈妈在大城市，儿子闺女在国外，就是你不能够团聚。所以说我们这代人必须要付出的代价，就是背井离乡。就是从一个小地方出来，然后要到一个大城市去混生活。说得好听一点，好像是有出息、有作为。但是说得不好听一点，你真的只是付出了这一代人不得不付出的代价。

柯勇：就是说我们作为北漂，作为来北京的年轻人，可以说是占了北京的便宜，同样也付出了代价。

胡赳赳：是啊。你就想你这十年，像我二十二岁大学毕业来到这里，这一晃十年过去了。你的最好时间就都在这里。所以你和这个城市的关系就变得很微妙、很奇怪。你需要内心不断地去提醒自己，不断地去说服自己，你热爱这个地方，你喜欢这个地方。一旦深入了解，这个地方就有你意想不到的乐趣。

柯勇：我也有这个感觉，就是要给自己找个理由。

胡赳赳：对。比如说现在很多人都会问我，现在来北京还有机会吗？我就说机会肯定都会有。但是说现在物价上涨、房子太贵，有没有机会？我说还有机会。关键是你有没有这个决心，或者说你是否想要这种生活，这跟你的选择有关。为什么这么说？就是说，因为现在二线城市和一线城市的区别不像以前那么大。那么以前大家投奔大城市最简单的原因，就是机会多、生活方便，而且是个花花世界，充满诱惑、充满冒险。像民国时期的上海，包括这几个大城市，北京、重庆、南京等。

柯勇：我记得你的第一本书里面提到过说当时你从一个医院里逃走，你说是因为你还有欲望？

胡赳赳：对，我当时写了一封信，我给朋友写的一封信。写信的时候就说，我说我对这个世界还有太多欲望，这个世界对我也还有太大的期望。当时就想离开那个小县城，就不想真的一辈子就在那个小县城里头憋着。因为那是一眼就看得见的时光。每天的生活你可以想象得到，很单调。

柯勇：但是你在北京生活了这么多年，北京是不是也变成那样了？

胡赳赳：对。现在我在北京的生活很单调。回家就是看书，然后上班就是见人，然后见完人回家就看看书，写一写，几乎也是跟北京不太发生关系。而且有的时候就是见一些不得不见的人，就是推托不掉的这种局面，必须要去应付。所以我就说在北京生活就需要不断地唤醒自己内心的能量，你才可以去应对北京每天川流不息的巨大的现场。

柯勇：这样是不是会很累？

胡赳赳：会。会很累。所以一定要调整，可能以前不太知道这种调整，那么现在慢慢通过自己的觉悟，慢慢知道如何去调整。

柯勇：你是怎么调整的？

胡赳赳：有个很简单的办法：就是不让自己有压力。(笑)

柯勇：说起轻松啊。

胡赳赳：对，说起来轻松，但是要做到不那么容易，但是你就去做。不让自己有压力，其实也有实践的方法。比如说你做任何事情，你都想着是在帮别人，帮助别人，你就很快乐。

柯勇：跟自己无关。跟自己做事总会很累。

胡赳赳：对。那么你要是想着是为别人好，那你其实是没什么负担的。为什么？你帮别人一下，你不是为了自己的一点点私利，或者私心杂念。你帮助别人，OK，你本身就很快乐，而且你还没有负担。没有负担就是说，你能帮多少帮多少，在你能力范围之内，所以你这个压力就会慢慢转移。你比如说做媒体，做媒体你首先想到的是第一个你这个采访，你是为了读者好，你是为了把一个真相告诉读者，你是为了把一种真实的状态告诉读者，你是为了把一种真理或者规律性的东西告诉读者。那你这个实际上就是帮助别人，至于这份工作能带来多少钱，能给你多少薪水，那个就不在你的考虑范围之内，你就没有压力，所以永远的是一种付出的状态。

柯勇：而且你这种付出也不是特使劲，是吧？

胡赳赳：对。也就在你的能力范围之内，超过你的能力，你也付出不了，你就没有压力。这是我最近对这个创造或者是对创作的一种理解：付出大于回报，才叫创造；付出等于回报，不叫创造，叫交换；付出小于回报，叫占有。你是占有，你不是创造。所以创造、交换和占有，怎么去衡量，就看你是付出的多还是占有的多。所以你只问付出不求回报，你自然就快乐。但是这一点，因为我们生存的压力很大，所以很难做到，但是你必须要有这种信念，这样你做事情的话，叫什么，我们引用一句佛教的话，叫你的福报大。那么就是每个人对你的感念大，每个人对你的感念大，就有加持，自然而然你就会有很好的回报，所以你要不求回报。

柯勇：不求回报你反而会得到更多。

胡赳赳：对，因为你想，人一辈子。因为我是知道的，2004 年的时候，我有两个月时间没有上班。当时我从报社刚刚离职，还没有到现在《新周刊》这个单位来。当时在家里。我当时就对我老婆说，我没关系啊，吃馒头、喝稀饭也挺好的。生活开销低保费就够了，因为我一个月的生活很简单。真的，2004 年的时候，我一个月 500 块钱就够了。我现在生活一个月 1000 块到 1500 块钱也够。就是说物质条件对我来说不是一个困扰我的东西。我已经两年没有买衣服了，没有自己去买衣服。

柯勇：那你老婆给你买吧？

胡赳赳：就是够穿。而且旧衣服吧，也带着你的信息。

柯勇：更舒服。

胡赳赳：对。而且当你有自信的时候，其实你对穿着就已经不太讲究，不太注意，只需要把自己收拾得干干净净，就是对别人最好的尊重。尤其是物质化、消费社会，它本身带来的问题是很大的。因为它让你的心不安定，它让你的心往外走，造成你的人都不专注，朝三暮四，永远在追逐你追逐不到的东西，这其实就是一个很大的阴谋，你仔细想一想吧。

柯勇：把你的能量耗尽。

胡赳赳：对。那真正的好东西是什么？真正的好东西是让你收心的，是让你的心变得专注的，你比如说听古典音乐，它会让你的心变得专注。

柯勇：我记得以前在老家的时候，假如一个男孩子比较调皮，十七八岁父母就管不住他了，父母就说给你找个媳妇吧，这样他就收心了。这也是一种收心吧？

胡赳赳：这是收心的一种比较日常的一种做法，它跟世俗的生活有关，跟日常生活有关。我昨天写了一条微博说，人活着实际上是有三种状态：第一种状态是谋生，第二种状态是生活，第三种状态是生命。那我就问博友，你处在哪个阶段呢？我们几乎80%的人都处在谋生和想要好的生活的阶段，但是没有人想到自己的生命的本质是什么，为什么到这个世界上来。没有人去对生命的本身去提问。那你比如说你找个媳妇，让自己收心，还是在一个生活层面，让生活变得安稳一点。

柯勇：而不是生命层面。

胡赳赳：对。那什么是生命层面呢？你的心要变得安稳，叫作安心。我说过一句话，心安处就是故乡，所以说你不要问你的故乡是在北京还是在湖北。你的心能够随遇而安，随遇而安在那个地方。所以放你这个心很重要，因为你心一乱，这个社会变得混乱，包括价值观。

柯勇：我知道千禧年之后你基本都生活在北京，这十几年的时间里，发生了哪些事是你当初不曾想象的、意外的事情？

胡赳赳：我有一句不科学的话。我仔细想了一下，从零岁到现在，有多少事情是我心想事成的？最后我问了很多朋友，都说80%的事情都是心想事成的。那20%没有心想事成的是什么原因呢？要么是你放弃了这个念头，要么是你这个念头不够专注，或者说你自己就没有这个信念，就没有心想事成。不信我现在问你，你从零岁到现在你现在的状态你满意吗？你觉得你现在的状态是心想事成的吗？

柯勇：差不多。

胡赳赳：对。你比如说，有的朋友就反驳我：我一直想结婚，我现在怎么还没有结？我说那不是你真正想结婚的念头，你真正的念头就是不想结婚。所以你就不想结婚，你心想事成，就没结婚。

柯勇：他的状态、衣着都没有往结婚那个方面去靠。

胡赳赳：对。他的整个生活方式还是单身汉式的。

柯勇：打扮还是单身汉的打扮。

胡赳赳：对。他就没想着要去结婚。所以他自己就很纠结，什么叫纠结，纠结就是两个念头打架。两个念头打架你怎么能心想事成呢？你自己还没有搞清楚哪个是你真正的念头，计算机就不允许这种状态，计算机永远是 Yes or No。它就两个状态，要么是，要么不是，不可能说是模棱两可的状态。所以说我这十年在北京，我现在过的这种生活，也是这个念头慢慢地单纯，慢慢地清楚，慢慢地清晰。才知道，哦，我本来想要的是什么。

柯勇：就像你当时来北京刚开始是想满足欲望，但是现在你是变得清心寡欲了？

胡赳赳：对，一点没错。因为你年轻的时候你没有尝试过，你很多东西都没有尝试过，你都想尝试。花花世界、灯红酒绿，你都想尝试。然后你不能说你老处于这种状态吧。因为你尝试过之后，你就知道是什么味道，或者你就知道那个东西不是你想要的东西，你很快就会把它抛弃。你很快就知道你生命本质上想要的东西。

比如说我肯定想过赚钱，开公司、做项目，但最后你很快就把它抛弃掉了，你就会发现那个东西不是你真正想要的，你以为那个东西是你想要的，最后你发现那个东西不是。所以人要真正活明白了很难。人的两种状态很难：第一种叫真正活明白了，第二种叫难得糊涂。但是往往它又是一个事情。只有真正活明白的人才难得糊涂、得过且过，不计较，他不是装糊涂，是难得糊涂。所以我们现在的人有一个最大的问题，就是，还是那个恼火的话，就是“不听老人言”。你知道吧？我们吃亏了啊，我们这代年轻人吃亏都是在这一点上。我唯一幸运的就是我是一个听话的孩子。比如父母说你该结婚了，别把别人姑娘耽搁了，我就结婚了。然后父母说你该生小孩了，趁我们现在年龄还不大，可以抱孙子，那我就生了个小孩。就是会发现听老人的话一步步走，你不吃亏。一不听老人的话，你自己最后就后悔了。

柯勇：我看你前几天写一个微博，就是说，“媒体十年，媒体毁人”。你指的毁人是毁在哪儿？

胡赳赳：“毁人”，老子说过一句话，叫“为学日益，为道日损”。就是如果你学习的话，你每天都在进步。但是如果你在使用的话，你在消耗的话，你每天都在耗尽。那做媒体就是这个状态，做媒体是输出能量。就是说，不管你有没有，定期你得往外去说。

柯勇：就像采访就是个交流的过程，要去跟一个人聊天。

胡赳赳：你一定要有知识，要有储备吧，因为你要定期出版的。你的节目，你的刊期决定了你有没有话都要跟人说。所以我们有些人说话就不过脑子，那你就消耗，你这个消耗就是毁人。就是说，如果“知道十你说一”那没关系，但是媒体往往是“知道一就说十”，这是做媒体最毁人的地方。

柯勇：就是说他传播的信息不是真实的。

胡赳赳：也不是说不是真实信息。而是说这个信息，是表浅的、易碎的、碎片化的，经不起推敲的。那人长期处在这个状态下，就会出问题。什么问题呢？就跟你开汽车一样，你没有足够的油量，你还在开。那岂不毁人吗？不毁车吗？所以你一定要有足够的油，你要定期学习，你才能够做到这个知十而说一，而不是知一说十。为什么媒体是个年轻人的行业？中国为什么没有像西方那样五十岁、六十岁的老头子还在继续做媒体？因为我们消耗得太多。

柯勇：不负责任。

胡赳赳：不负责任。所以在这样一个环境里，你作为一个个体，你得清醒，你得知道你不要说得太多，你得养着说，你不能把自己消耗得太过。

柯勇：不要急于表达。

胡赳赳：对。比如说我做媒体两年，就把我大学五年的积累都消耗掉了，然后不停地看书补充。

柯勇：媒体人看书也会不系统化。

胡赳赳：慢慢会系统化的，慢慢会融合。但是能量是守恒的嘛。付出多少就应该有多少回报。你没有的话，那就是熬。你知道吧？我们很多媒体人，我们的很多同事，比如说我在《新周刊》，我《新周刊》的MSN有一个叫"旧周刊"的小组，有超过一百人，也就是我十年前来新周刊来来往往送走的很多人，要不就是换一个地方做，重新去熬。

柯勇：那你在这个地方，既然已经意识到了，怎么还继续从事这个工作？

胡赳赳：收敛一点。

柯勇：不要出风头。

胡赳赳：不是不要出风头，你不要去强出。所谓强出，就是不管你对这个事情有没有看法，你都去说。我们媒体人最大的问题就是强出，你可以去找一个更适合的人来说。

柯勇：我发现你最近也是在回归传统文化，写微博也开始用繁体字写，这种形式能够改变什么？

胡赳赳：首先，全球化不可避免；其次，消费主义浪潮你也没办法逆转，那你唯一的方法是什么？因为全球化也好，消费主义浪潮也好，你会发现，你的日子过得并不舒服，你还必须要有办法让自己的日子过得坦然，过得舒服，过得表里如一，过得享受。就还是快乐和享受，只不过这个快乐和享受与物质化的快乐和享受是两回事，那个物质化的快乐和享受是怎么回事？是你越喝越渴，越喝越想喝，跟喝盐水似的，越喝越渴。那真正的快乐和享受是什么呢？是你喝了你陶醉，你喝了就解渴。

柯勇：就跟喝中药的苦水一样，喝下去很舒服，喝糖水，喝了肚子痛。

胡赳赳：对。是希望你这个人不是昏昏沉沉的，是希望你这个人是神清气爽的。那我们的这个传统文化有一个很大的好处是什么？它让你这个人变得神清气爽。神清气爽有个什么好处？你的身体都是通的，你的脉络都是通的，你不堵。

柯勇：我最近也在思考所谓的道，什么人都在学道，我个人认为，道就是那种温暖的东西。

胡赳赳：对，温暖、光明，可以这么理解。可以让你很舒服。

孙冕

《新周刊》杂志社社长，热心公益，长期为救助抗战老兵而奔走，并参加演员陈坤发起的心灵公益项目“行走的力量”。

对话孙冕

柯勇：在江湖上混，最重要的品质是什么？

孙冕：为人要厚道，遇到别人有困难要拔刀相助，救死扶伤，我不是大佬，只是个侠客而已。

现在我的工资卡上只有 204 块钱，我每个月工资就几万块钱，一见到有困难的人就撒出去，买东西的时候只能等到下个月工资发了才能买。我不能动用《新周刊》去做这些事，我口袋里有多少钱，就做多少事。

柯勇：你认为现在的年轻人身上最大的问题是什么？

孙冕：现在的年轻人缺少这种机会，体会人生的苦和乐，只是麻木地生存，漫无目的，好高骛远，不能脚踏实地。

大家都追求物质，追求名利，不然就觉得自己低三下四。低三下四并不是不好，某大学教授说，没赚到一千万不要回来见我，这种教育太功利了。你为什么不能做一个木匠呢？

柯勇：60 岁之后打算做什么？

孙冕：我去日本，在一个小巷的转弯处，看到一个年轻漂亮的女孩，正在做一双筷子；在瑞士，我看到一个小姑娘拿着一个小刻刀在刻一只大象。我想买她的刻刀，她说是爸爸留下来的，不能卖。

我准备恢复民间手工艺，贵州的绣娘在家里绣，可以获得同样的报酬，你守住那片山河，过得比城里人都要幸福。可是当你想明白了，要回去了，家园已经没有了。现在没有人引导他们这样做，我现在就在做这样的事情。

比如说苗绣，现在的年轻人已经汉化了，不穿苗服，我帮他们临摹奶奶穿过的苗服，另外将苗服里的元素嫁接到现代商品上，比如姑娘的挂包等日常用品。

我 60 岁之后就做这个，另外我要做农业，回归田园，帮助农民养蜂，种菜榨油。60 岁的时候还有这么多事情可以做，才刚刚开始。

柯勇：你 60 岁时做的事情反而变得简单了？

孙冕：对呀，年轻人也可以做。一位绣娘出门打工，一个月两千块钱，还累死累活，如果在家里给她两千块钱，她就是绣花，还可以养孩子，养猪养鸭。绣累了的时候还可以照顾家人。

苗族住的地方山清水秀，都是两层楼，他们最缺的是下水道，我问村主任，下水道入户需要多少钱，他咬咬牙说，七十万块钱。不是向往城市里的抽水马桶吗？下水道解决了，抽水马桶也解决了。用很简单的方法，把房屋变成很好的家庭客栈，守住那份田园。

在香格里拉，帮助藏民养蜂，每天五吨蜂，可以帮他们守住这片美好的山河。同样，一根绣针也可以守住这片美好的山河。

柯勇：怎么看待城镇化的大趋势？

孙冕：所有东西都可以在废墟里建立起来，可是断掉的文明扶不起来。一旦某种技艺没有了传承人，就永远消失了。

柯勇：我发现年纪越大，你对儿时的记忆越清晰了？

孙冕：人生中有些细节是忘不掉的，不需要记住的就清除了，把心清空，反而心特别干净，把心清空，很多东西就可以进来。在思考问题的时候，假如你脑子里装了很多东西，你就没出路，脑子有病了。心越清干净，判断问题的时候越精准。

柯勇：你是如何清空自己的？

孙冕：把烦恼的事情、不相关的事情忘掉，关爱老兵是一辈子纠结的事儿，不能因为纠结不去做它。把心情用一个物理性的方式来解决，一刀两断，昨天跟我没关系了，此时此刻我从头开始，我是一个新的生命体。

这个女孩子已经离你而去了，你还纠结个屁呀，她也得到了解脱，你也得到了解脱，该帮她的事情已经帮完了。你成了新的生命体，说不定新的爱情也来了。

柯勇：60 岁的时候回头看那段婚姻，是何种感想？

孙冕：婚姻是必经之路嘛，我第一次谈恋爱就谈成了我老婆。之前我没有谈过恋爱，26 岁我还是处男，27 岁谈恋爱，28 岁结婚，32 岁才当父亲。我跟孩子他妈分手的时候，我们还是亲人，没有任何怨恨，我把她照顾得非常好，我们经常还在一起吃饭。我们离婚是因为当时她要去澳大利亚，我又不愿意去，儿子在那边读书的时候他妈妈想去，就离婚了。

我把当时做广告公司买的房全部给她，我结婚的时候才住 9 平方米，所有的家具是我自己做的，拿了招待所几块床板，组合柜、书柜、床头柜都是我自己做的。

儿子出生的时候房子漏雨，地上进水，当时住的是一个单车棚，临时建筑，我住在编辑部阁楼，老婆跟我是这么过来的。后来做广告有钱了就买房子。买完房子这些房子又交给她，我净身出户。

物质上我是一个很穷的快乐者，往往当你走到绝路的时候，又有人帮你。比如我开始种菜，知道一斤蜜糖可以卖多少钱，我可以有蜜糖吃。

吴冠中

（1919—2010） 著名画家。这篇对话的采访地点是北京方庄，吴先生家中，他对美好事物的爱，对社会上有毒之物的愤怒，让我印象很深。

对话吴冠中

柯勇：给您带来最强烈感受的是您哪个时期的作品？

吴冠中：越到后来的作品，人生的感觉都凝固到一起了，早年的时候，画比较宽大，包含的东西比较多，现在更集中在个人的感受上来了。现在的作品，比如《野草衔花》系列，虽然是花花草草，但是寄托了不同的感情。

柯勇：美国诗人罗伯特·弗罗斯特说“我年轻时不敢做一个激进派，怕老年时变成一个保守派”，我感觉您老了反而更激进了？

吴冠中：是这样的，我觉得有一点。这种激情迸发更多的是一种天性，江山易改，本性难移。说真话，最深的感受来自鲁迅的教育，一辈子的鲁迅情结，中国没有鲁迅，这个国家骨头要软得多。所以我讲过很狂的话，齐白石是大画家，我说过“一百个齐白石抵不过一个鲁迅”，当然不好比，但我觉得齐白石少几个对于这个国家关系不是很大，但没有鲁迅，这个民族的心态就不行。

柯勇：鲁迅的可贵之处在于敢于批判自己。

吴冠中：对，所以他才敢于批判我们这个国家和民族的缺陷，敢于讲传统里的要害之处。

柯勇：现在回头来看，您与波洛克在画风上的相似是一种巧合，还是一种传承？

吴冠中：20世纪50年代我在法国，美国的现代画家打不进巴黎去，法国人瞧不起美国，法国不知道波洛克，整个巴黎都不知道，我也不知道。

后来回来以后，我画了一些画，其中缠绵的东西比较多，紫藤啊，线与线的情结，我从山顶上看下面的盘山公路，乱极了，像很多猪肠子扔在那里一堆，这些启发我找到一些缠绵的线。在外国人看来，有些波洛克的味道，我回国之后，一直没有出去过，还不知道这个人，我的画都是从自然里引出来的。

后来国内有个波洛克展览，我才看到了他的作品，表面上看"错乱、重叠"很相似，而实质我的作品是从生活里来的，而波洛克的完全是一种冲动。

柯勇："85美术新潮"后的一批艺术家借鉴了国外的美术形式，比如政治波谱等，您怎么看？

吴冠中：有的是有意模仿，有的是一种偶合，从西方到东方，人的感受有可能是相似的，我讲课时讲到印象派的时候，讲它是一种朦胧的感觉，故宫里有一幅"扬州八怪"金农画的梅花，在宣纸上点满了淡墨，中间穿了几根很黑的线，这种感觉的梅花就有印象派的感觉。

柯勇：我对《吴带当风》一书里的"温馨何处"一文印象深刻，"如再赐我一生，仍选了这苦难的艺术生涯，我不该结婚，贻误别人的温馨"，您认为艺术必定是苦难和孤独的？

吴冠中：这个是很矛盾的，很交错的，比方说我的老伴，我们感情很好，后来我在艺术里走远了，她就不理解了，比如我画了一张画，当时很高兴，第一个观众是她，叫她来，她可能正在忙别的事。夫妻之间关系是很好的，但不是知音，因为基本上都这样。

柯勇：《天外来客》这幅作品是什么时候画的呢？

吴冠中：2007 年的时候吧，取这个名字，是因为“星外来客”谁也不认识，从形式上搞这么一个东西，方块的交错与颜色的搭配，好像宇宙太空的美感。“天外来客”这个题目是后来想的，并不是先想到这个题目再去画的《天外来客》，先有绘画的意境，一种宇宙空间的形象。

柯勇：书法系列如《毒》似乎是对当代社会的批判，从您“汉字春秋”书法作品中，能够读出对今天社会的某种反思。

吴冠中：《毒》字里面的两个点非常小，毒是不好找的，藏在那里，别看它小，将来力量很大，我感觉社会上毒害人的东西很多。

柯勇：您现在愤怒的情绪还很多吗？

吴冠中：还是很多，但我不能对你们愤怒啊。（笑）有个作品叫《光天化日　提灯觅人》，其实没有真人啊，找不到人，写的是一个哲学家的故事，白天提个灯满街找，人问“找什么呀”，他说“我找人啊”，意思是说人都是虚伪的。

许知远

“70 后”作家，出版过《那些忧伤的年轻人》《中国纪事》等著作。那时大望路有家无何有咖啡，经常能看到许知远歪躺在沙发上看书。

对话许知远

柯勇：在您30岁的时候写道："过去10年中，我变成了一个准知识分子，形成了朦胧的思维方式"，您心中知识分子是怎样的？是李敖、胡适、德鲁克、麦克卢汉还是桑塔格？

许知远：他们都是吧，没有一种标准模式，有一些内在的东西，就是你对世界的好奇心，你以思考或者写作来作为生活方式，你有自己特定的某种价值观，只有这么几个简单的东西在这里，他们都符合，没有一种模式是知识分子模式。

柯勇：您最近的专栏里提到肾结石婴儿。您觉得危险性在哪儿？

许知远：结石婴儿和5万多个家庭还不够危险吗？

柯勇：但是另一方面似乎整个社会还在忙碌着。

许知远：那是因为其中的人没有你，不是你的亲戚朋友。如果是你的亲戚，你的感受就不一样了，他们已经为我们这个时代付出了很大的代价。

柯勇：这个时代似乎是一个危机重重的时代，整个社会都变得很矛盾了。

许知远：可能在之前问题和矛盾没有以这种放大效应出现，事件没有变得这么复杂。比如说，过去你喝的牛奶就是牛挤出的奶，是你可以理解的一个世界。现在要加进去那么多的元素，你不知道加的哪个对哪个不对，只有出事了你才知道。世界变得空前复杂了，个人无法驾驭。这里面当然会出现问题，这是一种全球性的现象。为什么会出现疯牛病呢，以前觉得这是不可思议的。

我们开始进入一种"风险社会"，这个欧洲探讨很多。一个是风险很多是以新型的组合方式出现的，包括金融危机，这种危机是大部分人不能理解的，包括银行家也不能理解，他们要是理解就不会犯这种错误了，这个世界的联结特别紧密，所以会出现骨牌效应，当它倒塌的时候会一连串倒塌下来。

柯勇：就像是一个齿轮，一个不转了，就全部崩溃了。

许知远：对，因为这个世界已经复杂专业到超出人们理解了。

柯勇：所以您现在也不写财经文章了。

许知远：因为我不懂。

柯勇：但以前写了不少吧。

许知远：那时候是工作，装懂嘛。而且那时候写的大部分是政治类的。

柯勇：我看您的文章，基本上都是悲观的。

许知远：我不是悲观，为什么这个社会变得这么没有信心呢？当我说你有问题的时候，就说我悲观。就像一个朋友，我说他身上某点不好，他就说我反对他整个人。我只是说你某一方面有问题，不是反对你整个人。为什么这个社会变得这么脆弱呢？大家的内心怎么变得那么脆弱。

柯勇：罗素当时写的《中国问题》，对中国还是很乐观的，他看到了中国人的忍耐力。

许知远：鲁迅不是骂过他了吗？说他看到的是轿夫的微笑。一个外来者，Insider 和 outsider 感觉是不一样的啊。就像你家小孩子没喝那个奶粉，你是 outsider，你的感受是完全不一样的。

柯勇：这样会产生一种焦虑。

许知远：对。

柯勇：你焦虑吗？

许知远：当然会了。焦虑是现代生活的状态，一种特征。

柯勇：怎么缓解这种焦虑呢？

许知远：多寻找支点吧。你不能把希望放在某一种东西上。

柯勇：还有什么看法，关于危机？

许知远：很多危机是一种自我更新的方式，自我刷新的过程吧。就像人一样，你总要生场病吧。

严歌苓

作家、编剧。这篇访问是在北京无何有咖啡厅进行的，当时她正担任电影《梅兰芳》的编剧，我们却聊了很多人生方面的话题。

对话严歌苓

柯勇：您的故事通常都有一个大的时代背景，比如“文革”、土地改革，这是否与您的生活经历有关系？

严歌苓：作家就是用形象思维把你脑子里的故事，用尽量形象的方式讲给你的读者就完了。我想得非常朴素，我并没有想与这个时代发生关系。

柯勇：写作在您生活里占的分量大吗？

严歌苓：占得不多，但每天必须有，写作四五个钟头吧。

柯勇：有篇采访中提到您第一次见到您的前夫时，第一眼就爱上他了，当时是因为太年轻？

严歌苓：也因为需要爱人，在那个年纪总是有许多爱需要给予，也需要得到爱，二十来岁的时候，不知道有个什么东西，就使这个爱爆发了。我觉得有时候禁锢可以产生更加强烈的爱情，禁锢是很不幸的事情，但是所有的事情都是很辨证的。像现在这么无所顾忌之后，人面对感情，变得非常害怕后果，比较有分量、有深度的感情会给人感觉负担很重，不酷。

我也不太能够写现代人的感情，不知道，也不了解他们。从一些歌里可以听到一些，都是吼叫出来的，真的东西是没法吼叫出来的，也许每一代人都有自己的感情表达形式。

柯勇：现在的年轻人似乎没有你们那个时候浪漫了。

严歌苓：是，他们好像无所求，我们当时就是因为爱才在一起的，没有什么其他的想法。现在我也把物质看得很淡，每天都在跟自己说"物质是廉价的，低级的，不值得追求的"，随时要提醒一下自己，在这个物欲横流的社会，还是做一个不同的人比较好。

如果他们都很好，这个东西我很赞同，我很认可，那么当然就会跟他们一样，但是这个东西我不赞同，我鄙视它，我就愿意做一个不同的人，我愿意坦诚，我愿意跟人家说，我没有那么多钱，做不起的、玩不起的、买不起的，我要告诉自己和别人诚实的话。

中国人现在很多时候都在撑面子，活给人家看，跟人比，我觉得这是非常痴傻、非常贫贱的，尽管他能买得起这个，弄得起那个。不计较物质和背叛物质的人，实际上是一个富有的人。

柯勇：50年来您一直在追求精神的东西？

严歌苓：并不是我不追求物质，只是我没有主动追求过，有物质的时候我也很享受，追求是很主动的过程。我不是一个追求物质的人，但我确实是一个追求精神的人，对于物质，来了，我不费劲，如果让我改变什么才能得到它，我是绝对不做的。

柯勇：您一直没有改变过自己？

严歌苓：如果我被说服了，需要我改正，改正之后我可以更好，所有的标准都是自己界定的，什么是更好的，这些都是自己去定的。每次改变都是因为我觉得那是更好的，所以我需要改变，其他情况我就不会变。

柯勇：有没有因为外界而改变自己的情况，比如说您的丈夫？

严歌苓：有啊，假如我的改变能够使我们的生活过得好一点，那我就可以改变，但是基本价值观绝对不会变。

柯勇：您的价值观是什么时候形成的呢？

严歌苓：在我开始写作的时候就形成了，我想要一个基本上自由的生活，比如说为了还买楼的贷款，我要去接一个电影剧本来写，这样就要改变自己一年的工作方向，生活方式都要改变，这种事情是我不会去做的。比如我美国的文学代理人说，这种书现在很好卖，你写吧，或者我给他一篇小说，他告诉我应该这样或那样改一下就比较好卖，我是绝对不改的。

这些都是我的原则问题，其他的事情都是很小的事情，比如我和我先生谁来做这顿饭，依照他的意志是去这个国家旅行，还是到那个国家去旅行，我的女儿要去儿童乐园过一个周末，等等。这都是非常小的问题，这种牺牲都是很可笑的，没必要坚持。

在做人上，比如说那个人可以使你在文学上做得更好，但是你必须背叛这个人，这种情况是绝对不能背叛的。

柯勇：人会面对很多选择，会犹豫，您是如何选择的？

严歌苓：我的直觉会告诉我，这样做，以后我会舒服吗？如果我想我以后可能会不舒服，那么这件事我就不会去做。在做一件事之前，我会想它会不会影响我自己，会不会使我不安，并不是每个人都会因为做了某件事情而不安，但是对于我来说，很多事情会使我不安，这种事情我根本想也不去想，不去做就好了。

柯勇：《第九个寡妇》里的主人公王葡萄，是否有您自己的影子？

严歌苓：她的“一根筋”倒是跟我很像，这么多年，我一直没有改变什么，我是属于比较幸运的。不改变的人，有的人会撞得头破血流，有的人坚持过来了，他就成功了。不是每个人都有我的幸运，坚持到最后得到了所坚持的东西，世界上没有应该和不应该，只是你做完了之后，你舒服不舒服，我实在非常满足现在的生活，我每天都那么开心，物质的吸引力对我不会有所动摇。

柯勇：外界物质对您已经没有吸引力了？

严歌苓：当然有，如果对它没有兴趣的话，我这个人可能就死了，你对所有好的东西、美的东西都会感觉到心动，但是心动会不会影响你的行为，会不会影响你的大方向，这是另外一回事情。就像男的看见漂亮小姑娘，会心动，但具体去做，那是另外一回事情。

没有什么让我行动的了，让我行动的就是我的写作，我不会为了去干吗而行动的。(笑)

柯勇：我很羡慕您的心态。

严歌苓：所以我要做一个自由的人，包括不被其他的欲望所制约，被欲望牵着走也是失去自由的一种形式。

比如房子啊，物质啊，这些乱七八糟的东西，这些东西越少越好，越自由，人是需要受法律、受朋友之间信义的制约。能力要高，欲望要低，这个人就很快活。

柯勇：但是年轻的时候会有很多的欲望啊。

严歌苓：物欲，许多人都没有看穿它，一个没有想法的人，穿再好的衣服，戴再多的珠宝，还是一个很蠢的样子嘛。人的自我设计，人对于周围环境的设计不是靠这些的，是靠教养，是靠审美趣味的，我发现现在中国人最最苦难的就是被物欲淹没了，所有的人都挣扎在这样的痛苦之中。买房子呀，跟别人比，没有就焦虑，这多痛苦啊。

现在对物质的激情太大了，也许对物质的追求会成为很大的动力再去创造更多的物质，可是创造了物质又为什么呢？看看街上每个人的举止谈吐，他要那么多物质干吗？名牌是别人思考、情趣的结晶，自己不去动脑筋，末了享受的只是物质。

柯勇：李安当年看上了《少女小渔》，似乎是您生活中一个大的转机？

严歌苓：从此之后我就过着作家的日子了，不用去打工，为经济生活发愁，这就是我最喜欢的生活方式，可以自由自在地写作。

柯勇：有没有想过，假如没有当年李安的看中，您现在会是怎样？

严歌苓：我想也会有别人吧，我小说的质量总是放在那儿的，这种自信来自读者、评论者和我自己，我是干这个的，总会知道自己站在什么位置。

张楚

歌手，代表作有《孤独的人是可耻的》等。这篇访谈的时间，恰好是在张楚 40 岁的时候，我问他为何还不成家，他说还没开窍。

对话张楚

柯勇：两首新歌我都特别喜欢，我觉得比您以前的歌高出一个层次。

张楚：我以前都太现实主义，现在想把现实主义淡化一点，精神层面的东西多一点，自己的感情多一点。

柯勇：诗人一般都会比较喜欢您的老歌，像《姐姐》。

张楚：对，写实主义的。

柯勇：您从什么时候开始脱离诗歌的？

张楚：其实小时候也读很多诗，有从精神层面的还有从现实心灵层面的两种，但是中国的诗人写的诗还是现实心灵层面的多一些，因为他要给人温暖的感情多一些，但是我后来发现精神情感层面的也很可贵，但大家因为注重现实生活中的温暖把这个忽略掉了。

柯勇：我想到一个哲学家克尔凯郭尔，他说一个人要经历三个阶段，第一个是审美阶段，就像您原先的《孤独的人是可耻的》，然后是伦理人生，最后是宗教人生，我觉得您是在往上走的。

张楚：差不多是这样，你是“70后”？（我是“80后”）那你算是很厉害的“80后”了，享受爱情的时候看哲学书，哲学就不会那么沉重，因为不怕失去，人有时候是需要这种自信的。

柯勇：您的思想营养来自哪里？

张楚：还是来自周围的艺术和生活，艺术包括文字的和音乐的，生活包括各种人的状态。

柯勇：这种转变是从什么时候开始的？

张楚：很多年了，2000年以后。现实牵扯到两个部分，尤其在中国，有很多交织的东西，有这么多冲突，然后我发现完全依赖这两个冲突去探索人还不够。因为一个人，你生在非洲，就会长成非洲的样子，你生在中国就会长成中国的样子，现实只是现实的一部分，那人本身的种子是什么样？你要去发现那个。你去发现那些的快乐比你发现现实的快乐更神秘，更有意思的是，会剥去你的社会属性。

柯勇：这种转变是因为某个事件吗？

张楚：因为我是一个特别倾向于活在一个真我状态里的人，但有时候真我很容易被社会所控制，那个冲动又一直存在，我就会不断折腾。就要找一个办法，怎么才能找到一个地方有我不了解的东西。

柯勇：我听您在《红色摇滚》里唱的《国际歌》，感觉有很愤怒的东西在里面，现在有没有那种愤怒的感觉？

张楚：现在不会。现在的愤怒不是那种现实层面的愤怒，以前是一种二元对立的愤怒，现在是一种温暖的愤怒，一种探索的愤怒。

柯勇：是您有意回避？

张楚：是我看得越来越清楚了，这些社会现象存在，你是处理不完的。

柯勇：但有一种建设性的想法，就是您尽量去入世，尽量去处理这些事情。

张楚：那我现在针对的不是一个细节，我是想把整个都化解掉，我把我的位置调整到另外一个位置，去针对我认为更重要的东西。

柯勇：就是跳开这个社会的东西？

张楚：我改变我自己的愿望，就比如碰到那些有变革的愿望，有破坏的愿望。但是破坏的愿望，又不知真貌是什么。

柯勇：所以就很荒谬，就像《造飞机的工厂》。

张楚：对，只是对立和破坏，又不知道真相是什么，那时候是这样一个阶段。现在可以大致设计出一个阶段，在我的心里去设计。

柯勇：设计出一种真相？

张楚：就是把冥想的一些东西当成真的。

柯勇：还是有些排斥这些现实层面的东西，不会去关注？

张楚：还是会关注，不过不会以强烈的自我的态度去关注，更柔和一点。

柯勇：看到这种愤怒和破坏是没有结果的？还是因为您曾受到过挫折？

张楚：对，很强的个人生命的挫折。就像西西弗神话一样，你推上去又掉下来，你推上去又掉下来，永远困在那个过程里。

柯勇：您的两首新歌更大气，儿女情长的那些基本没有，是故意不碰那些东西吗？

张楚：不是，是人长大了。年轻的时候，会想那些儿女情长的事，长大了会就发现自己的成长也是一件很重要的事。

柯勇：现在再让您唱以前的歌是什么感觉？

张楚：我会很高兴的。不像以前，有一段时间会很排斥。因为这个歌也不是很烂的歌，它也是一个很不错的作品，我会和乐队把它排得优秀一些，反正是表演音乐嘛，以前都太自我了，我现在把自己和我自己的作品拿捏得更清楚一些，我就是表演我的作品，这样会更快乐一些。

柯勇：没有明白您当初排斥是为什么？是唱多了吗？

张楚：这只是一方面，当它过于娱乐化的时候就觉得特别 easy。

柯勇：太娱乐化了。有一个笑话就是说黑豹去东北走穴，下面就喊再给我整十次《无地自容》，整一次给一千块钱（对啊），就感觉一种假 high。（没错），现在为什么会转变？

张楚：因为年轻的时候写这些歌的时候还是有一些崇高的东西，只不过后来现实使它娱乐化了，但现在演出也不太多，我觉得我还可以保持那种对音乐的很纯粹的东西，它还是能带给我很多快乐，这对我就足够了。

柯勇：您的愤怒是越来越少了，窦唯好像没有表达的欲望了，拒绝那些直抒胸臆的东西了，其实我觉得三种方向都很好。当年侯牧人写了一首歌叫《兄弟》，据说背后有个故事，有一个出租车司机拍了你一下，说"小伙子好好混别着急"，我跟出租车司机打过很长的交道，在《百姓 TAXI》杂志做过记者。

张楚：他们很好玩，有很多神人。

柯勇：当时是聊到什么了？

张楚：那个司机不认识我们，我们跟那儿聊音乐和生活的一些事情，那个司机听见了，就大发感慨。

柯勇：哪一年？

张楚：1990 年，刚来北京，23 岁，还是小孩，经历一些事情是很正常的。

柯勇：当时在北京是怎样一种状况？

张楚：居无定所。

柯勇：听说那时候郑钧也刚来北京，兜里没钱，买个烧饼吃，在公主坟那边的广场露宿。

张楚：立交桥下吧。我还没在北京露宿过呢，在北京老有朋友。

柯勇：我记得您那会儿和孟京辉做一个话剧是吧？

张楚：《等待戈多》，给他录音，是一个音乐，我都忘记了。

柯勇：特别早的时候有人说您是一个民谣歌手，您最开始唱歌的出发点是什么？

张楚：美啊，愉悦，让自己很充实。

柯勇：写诗是之前还是之后的事情？

张楚：我不写诗，我从小到大加起来写过不超过 30 首诗，但我很喜欢诗歌。

柯勇：摩登音乐节的时候，我记下了您的一句歌词："我付出的一切都来自自然，所以我也不能得到她。"当时怎么会想到这个？

张楚：因为在海边，在青岛住，所有的冲动来自我的内心，然后我创造的东西都是外在的，发现所有东西都是一个交流，通过我，但我得不到她，我只是中间的一个环节。

柯勇：人只是一个节点，也不全是，像惠特曼，他写自然，写草，写人，写大海，是回归自然。

张楚：不是回归自然，是认识自然，人是自然中的一部分，你的内心有的爱恨喜悦，那是大自然赋予你的，你去创造，又是外在的东西，你只是中间的一个点而已。

柯勇：所以您不会把这个看得很重，它只是您对自然的一个镜像。

张楚：对，我很认真地把这个工作做好了，而且我认识到了这一点，我觉得我就算是一个对自我有认识的人了，就很完满了。

柯勇：我觉得超越了您过去所有的歌曲。

张楚：我自己知道，虽然从表面上看把过去那些社会意义上的重彩、浓厚淡化掉了，但是坚持的却更明显了。我挺喜欢这样的，有时候跨不过去这一步，群体意识和我不太一样，那我一个人走能到这样，还是挺自信的。

柯勇：自信是什么？

张楚：自信就是发现了自己发现的东西。

柯勇：《向日葵》和凡·高的画有没有关系？

张楚：没有太大关系。凡·高的画是比较高光的，我的画是平的，也是在青岛北部的一个渔村，没有什么人，光线从太阳透过云层照到海面上，那个蓝，非常漂亮。就感觉整个是一体的，土地，云，海，都是一体的，我于是就写了《向日葵》，它是一个整体感，有点母性。

柯勇：您现在创作的东西基本上是一个很完美、没有棱角的东西，可以这么说吗？

张楚：对，跟过去那种棱角不太一样。

柯勇：是不是社会变化了，在您身上也有些改变？

张楚：人的变化无非是一个社会的进程，当然有好的有坏的，有快的有慢的。要看你带着愿望去看还是平衡地看，带着愿望去看有时候就有棱角、有冲突，但是你平衡地去看，就会体会到它流动的东西。

柯勇：可以说是一种无欲无求吗？

张楚：无欲则刚。

柯勇：您自己对物质的要求高不高？

张楚：对物质要求不高，但对美的追求比一般人高一点。

柯勇：您在北京这种大都会能看到美的东西吗？

张楚：能啊，经常能。昨天晚上，坐在窗户边休息，一瞬间，就特别享受，因为我们大部分时间习惯了二元对立的思维，我就会训练自己不进入那种状态，去享受那种愉悦。就往窗下看，因为你要用二元对立的思维就会想怎么住这么多人，怎么天天要忙忙碌碌地去上班，但是你享受地看，你会看到那个灯光从地下 30 米的地方反射上来，房屋在这个位置、方向，就感觉自己像一个小孩一样在享受光线在不同方向的交织，体会自己和空间的关系，非常享受。

柯勇：可能我现在还年轻，体会不到这些东西，因为我现在看社会，就会很悲观，比如一上网，打开网页全是坏新闻。

张楚：对，很悲观，就是你不断进入那种二元对立的思维。但你一瞬间突破眼前这个网状的东西，你找到真我——本可以存在的东西。我离这个玻璃球有一米，这一米之间有空气，当你又像一个小孩子那样感受到这个一米之间的关系，视角就不会很社会化，人都会倾向于可爱的关系，那种习惯，你又发现这种好的东西，这才是那个平衡。

柯勇：我觉得艺术家没有起到应有的责任。

张楚：我在努力做这件事情。人本来可以创造这些很平衡很和谐的东西，但是有些人，艺术家没有做得太好，在批判上做得太深入了。

柯勇：包括看当代艺术，基本上都是批判性的东西，这种东西最吸引眼球，而且大众又没有耐心，去体会你那种需要时间思考的东西，在我看来，你创作的东西是不来情绪的，是需要思考的。

张楚：其实那种二元对立更多的是思维。

柯勇：如果我批判地看这个社会，什么都是有危险的，什么都不能吃，对谁都不信任，那生活在社会上多难受。

张楚：这就是问题所在，你还得在这个社会上生活，你还得吃。比如人家给我发了一个短信，说三鹿奶粉，你又没吃到，你喊什么喊，你应该去做那些更有意义的事。

柯勇：但是这种焦虑感是会传染的。

张楚：对。

柯勇：你是一个犬儒主义者吗？

张楚：有一个阶段是，现在倾向于不是。我在选择另外一套哲学。表面上看我是一个犬儒主义者，但我内在的善恶价值观还是很硬的，跟那些敢于呼喊的人是一样的。但我是一个很害羞的人，所以我不能那么很明目张胆地表达出来，这很限制我。

柯勇：但是您现在表达的东西是看不到那些很硬的东西的。

张楚：我觉得这是一个过程，像《海边》这首歌曲，它就很音乐性，它没有什么二元对立的东西，我在跟我内在的最真的那部分交流——我一直坚信这个东西，当他慢慢成长得很大的时候，我觉得这种改变对我是很好的，比变成一个很厉害的人有意思，我更喜欢现在。

柯勇：我读过一个美国人的诗，他叫弗罗斯特，他说如果一个人年轻时愤怒是很正常的，但当你 60 岁时还很愤怒就很伟大。

张楚：我觉得这是对的，愤怒是来自于一种对知识的愤怒，以前的愤怒来自于对社会现象的愤怒，而老了之后的愤怒是人怎么会这么认识事物的愤怒。

柯勇：您今年40岁？

张楚：马上要41岁了。

柯勇：40岁是不是一个坎儿？

张楚：我不太觉得，书上是这么说。我不太清楚这个，我又没有成家，也没有小孩儿，我的社会角色很多还是不成熟的，我太长时间都在一个人做艺术。

柯勇：是有意回避吗？

张楚：是一直还没开窍。书呆子嘛，很多人20多岁就在这方面很开窍了，不同的男女关系什么的啊。

柯勇：但我觉得您写那个《爱情》的时候是写到点儿上了的。

张楚：我对她感性上是开窍的，实际操作是不开窍的。如果是一个开窍的人体会到这种东西，他就会用另外一种方式来表达了。

柯勇：曾经有人说我“你只会说”，我当时就感觉一震，这是书呆子的一个缺点，哈哈。

张楚：这是缺点，对于一个男人来说，是没开窍，不会处理。

柯勇：您会不会因为这个而自卑？

张楚：会。

柯勇：现在有没有想写中年人的爱？

张楚：就是成熟的爱，我会写的。

张小琴

清华大学新闻与传播学院副教授，曾担任中央电视台《心理访谈》《讲述》栏目主持人。那次访谈里，我听到“惜福”二字。

对话张小琴

柯勇：年轻人很容易迷失自我，您认为年轻人如何才能找到自己内心热爱的事物？

张小琴：我在清华大学接手 2007 级的班主任时，几乎和每个人都聊了一遍，从小考大学是一个目标，之后的目标是找一份好工作，挣很多钱，买房买车，甚至有的小孩，我问他长大了想干什么，他告诉我说想当个白领，具体干什么就不知道了。我们的父母、老师，没有更多地去告诉他们，应该尊重自己内心的声音，到底喜欢什么，想成为什么样子的人，这是一个很大的问题。

我看过美国一个节目 *I Hate My Job*，目的是帮那些不喜欢自己工作的人，给他们一个机会。有一个人是律师，但他的理想是想做一个改装摩托车的人。如果按照平常的逻辑理解，人应该往高处走。但是如果你就喜欢改装摩托车这件事情，又有什么不好？在中国，没有太多的机会让孩子问问自己，他到底喜欢什么，当他发现自己有一个长期稳固的兴趣要去做什么，那么人人都可能是天才，在一个快乐的状态下生活。即便他没有达到一个职业的顶峰，但他一生在从事他喜欢的事情，整个一生的过程是很开心的，而最后他是不是真正成功，也许并不重要。

柯勇：您多次在节目里提及父母与孩子之间的矛盾，您认为父母应该具备什么样的素质？

张小琴：其实做父母本来不需要什么知识，小猫小狗都会做父母，现在很多人觉得做父母是一件很难的事情，实际上是被很多东西扭曲了。如果每个人都让自己的孩子向着天性发展，其实孩子自然就会有一个好的生长，就像树一样，他一定会向上长的，他探索未知，他好奇，很小的小孩子，你夸夸他，他就美得不行，他就会把一个动作拼命地重复好多遍，这种向上和向善的力量一直都存在。

由于现在一些父母出于急功近利的要求和愿望，导致孩子的天性没办法释放，需要帮这些父母把这些扭转回来，你发自内心地爱你的孩子，他能感受到你的爱，如果你真的爱他的话，当孩子弹出几个音符来，你还会用筷子去敲他的手指头吗？为什么做父母的人会变得像魔鬼一样，本来玩得很开心，你却拿个筷子去敲他。你太想让他成功了，希望他一点错误都不犯，成为你所期待的样子，当他达不到的时候你就去否定他、压制他，甚至摧残他。父母太自私了，你自己想他成为什么样子，他就要成为什么样子，如果他没成为你想他成为的样子，你就生气、痛苦，你的情绪上来就要打他、骂他，干吗他要成为你想他成为的样子呢？

柯勇：在《心理访谈》节目里，主持人表面看来是个不太显眼的角色，您怎么看？

张小琴：做这个节目的主持人，就像椅子腿一样，如果没有，这个椅子会塌，但大家在使用的时候不一定会注意到。主持人主要是推动节目的发展，保持一种节奏，不是特别引人注目。可能来访者会提出许多问题，这个时候就需要主持人来找一条路往下走，但是一旦上了轨道之后，上面走的就只剩下专家和被访者了。

柯勇：李子勋提出的一个观点很有意思，他说先有的忧郁症这个词，再有的忧郁症患者，您怎么理解？

张小琴：很多地方在提建构，比如说“9 · 11”，美国建构了一个敌人。最后它真的有了一个敌人，有一种有意思的现象叫“医学院大一学生综合征”，刚开始学医学理论的时候，学生看到的哪种毛病都觉得自己身上有。现在大家越来越强调语言的力量，包括我们说的话和电视语言。

我在节目中提到过要与忧郁情绪和谐相处，不要很快给自己戴上忧郁症的帽子，一旦你戴上这个帽子之后，你就会按照忧郁症来发现自己的问题，越看自己越像，而且你的躯体也会配合着发展出很多你所需要的症状。

柯勇：面对困难，人应该有一种怎样的心态？

张小琴：知难而进与知难而退其实要辩证地来看，既要学会进去，也要学会放弃，当你觉得这个困难是你有能力克服的，就应该鼓起勇气去克服它，如果它是你无论如何都不可能做到的，比如肥胖、身高，类似这样的困难就不要去克服了。有些困难是别人能克服，而你不一定克服得了的，迂回也是一种办法。我们的文化侧重于让人知难而进，但一定要看不同的情况，比较自己付出的代价与要达成的目的之间是种什么样的关系，一定要明智。

柯勇：目前中国给人的感觉就是太快了，在这种大环境下如何才能保持内心的平静？

张小琴：好多人都不是特别在意自己拥有的东西，倒是特别在意自己没有的东西，前不久我去了坝上草原，到一个农家做客，我们在一个山坡上往下看的时候，看见了一个特别美丽的小村庄，这个小村庄叫蛤蟆坝，许多喜欢摄影的人都知道这里。它在一个很小的山沟里，像一个世外桃源，有河流穿村而过，四周有牛、马和围栏，鸭子、鹅在随便走，没有人管它们，到了傍晚这些动物就自己回家了。但是我们去了之后，碰到了住在那里的一家人，其中一个孩子叫还有，我们问他："还有，长大了要干什么呀？"还有就光傻笑，他爷爷就说，"当个农民吧"。

他们家生活挺困难的，房子都裂开了缝，全家就靠爷爷和奶奶支撑。老远看到这个小村庄的时候，你觉得这里一切都是特别美好的，但当你进到里面时，会发现里面的人的生活状态是非常艰难的，如果你让还有的爷爷设想一个桃花源，也许他设想的就是我们的生活环境。我们心中的桃花源是他那里，而他心中的桃花源却是在我们这里，为什么我们不把自己的生活当成是桃花源呢？

在奋斗和拼搏的时候，对自己的生活要有一种接受，珍惜你拥有的福分，你有多大的福分能够过上今天这样的生活。可能《心理访谈》收视率不是那么高，你作为主持人名气也不是那么大，可是你反过来讲，凭什么你要有这么大的福气？你有福气做这样一个节目，有福气在清华大学当一个老师，难道还觉得你的福气不够吗？

柯勇：电视剧《士兵突击》和书籍《钝感力》的大受欢迎，背后反映了人们怎样的内心诉求？

张小琴：干吗要给自己划定那么多的条条框框？我们多年来提倡的要敏锐，要不停地进取、奋斗，当强调这些东西特别多的时候，有另一种声音出来强调另外一种能力，当然是很受欢迎的。

许三多寄托了许多人的梦想，一个很老实、很厚道，不懂得钻营的人，靠一己奋斗的力量，可以获得成功，当然是所有人所期望的。许三多代表了一种可能性，即便我们每个人都傻到王宝强那种程度，我也依然有一条路可以走成功，给了大家一种底线，没有投机钻营的本事，没有避免一切麻烦的能力，也依然有成功的可能。

柯勇：谈谈您生活中最能体现生活的智慧的一件事情？

张小琴：有一次我和女儿、婆婆一起吃饭，女儿非要用三根筷子吃饭，我们也没有管她，最后我告诉她三根筷子不好夹菜，她就跟我说，“你们懂什么，这是艺术”。当时那顿饭是婆婆做的，我突然发现菜里有半个西红柿没切开，婆婆就说，“你们懂什么，这是艺术”。把挺琐碎的生活过得很精彩，就是一种生活的智慧，这是一种能力，需要想象力。有能力把自己的生活过好，同时还要有能力去体会出那个好来，我们更重视前一部分。

伍佰

知名歌手，词曲创作人，音乐制作人，演员，摄影家。他说人生是一场 fight，同时又想创作让大家“释放”的歌，这矛盾正是伍佰的魅力所在。

对话伍佰

柯勇：在 2012 年的新专辑发布会上，您说“新专辑是我们组团 20 年后第一张专辑，像一个新人”，对于您的人生来说，是否也是一种重新调整？

伍佰：20 年之后，我希望换一个心态。之前我花了很久的时间来适应这个社会，比如参加记者会，在公众场合出现被大家认出。虽然主动去适应它，但也会有反弹，有时候给别人的脸色不好看，会有排斥和冲撞。

这个过程中弄得我自己不舒服，对方也不开心，两败俱伤。20 年后我做音乐，知道自己能给什么——“joy”，人生的喜乐，人生的美妙，希望把这些给大家。

从 20 年前到现在，我一直没有断过，演唱会也一直在唱。这 20 年累积了我的成熟，我的思考与智慧。我可以把这些给大家，现在是很恰当的时刻。

柯勇：对 20 年来大家的包容，您也心怀感激吧？

伍佰：支持吧，没有歌迷一直跟着我，所谓做音乐这件事情是没有意义的。做音乐是我的天职没错，我是否可以试试看——散播欢乐，散播爱呢？是不是可以做这样的事。

柯勇：伍佰是不是变得平和了？

伍佰：不是，太平和又没有意思了。应该是向上，其实我身上一直有这个东西。新专辑做出来之后，给许多人听，他们听了之后感觉很舒服，不会很纠结，不会很难过，是一种畅快感。这是一种属于我的疗愈系，它跟别人的治愈系不一样，虽然只有一首安静的歌，其他歌都是放开的、解放的。

柯勇：是否也经历过治愈自己的过程？

伍佰：不能这么讲。我在写歌的过程中发现自己想要干吗，从创作中找到自己现在的样子。我 20 年一直没有停过的原因是——我没有拘泥自己该做什么，我只是发现当下自己可以做什么，这跟别人刚好相反。

我发现，从开始写歌到现在时间那么长，期间经历的挫折也好，辛苦也好，困难也好，令你难忘的事件发生也好，回头一看，那些点都会变成闪闪亮亮的点，一连串无尽闪亮的哀愁。

对于我来讲，就是时间，它是决定性的关键因素，时间过去足够久之后，发现晴天雨天、黑色白色本没有差别。

柯勇：您的歌词中经常有一些永恒性的主题，例如"太阳下的河水不停留"，"太阳"在您的生命中意味着什么？

伍佰：与其说"太阳"，不如说"鸟"。所以我写了《白鸽》《树枝姑娘》，很多都跟"飞"有关系。

柯勇：跟崔健歌中经常唱到的"出走"很相似？

伍佰：不是"出走"，因为我没地方走。自由不需要走，心境上自由就够了。那些看你的眼光，你给自己下的桎梏，把这些心底的枷锁拿开，你怎么都可以。这是一个时间的问题，反过来讲，时间对于我来讲是个很奇妙的东西。

时间是残酷的，它不会等你。而且它没有重量，看不到。生命美妙的地方在于你随时可以再来一次，你随时都可以重新再来一次。所以我想把这种感受对大家讲出来。

柯勇：是您看事情的眼光发生了变化？

伍佰：没有，我一直处于战斗状态。我的歌不是“平和”，它是抚摸，是安慰，因为它性感。

柯勇：感觉摩羯座的男人有点闷骚，可是您在台上又是很激烈、很放开的。

伍佰：星座的东西我不懂。在舞台上表演，对我来说是没有退路的，小的场地是肉搏战，大的场地是攻城战。刚才拍照也一样，面对媒体采访也一样，都是fight。

因为我的想法不是那么容易理解，我自己都不太理解，怎么进行采访这个事情？讲完之后我自己也很累。

柯勇：但是您的歌词都很容易看懂，都很浅显，很容易上口。

伍佰：重点在这里，因为我写歌不是为了给某一部分人听。我的歌不是为了给学生听，或者给上班族听，写一首歌是为了流传很广，变成当代的民谣，成为时代的声音。

为什么我的歌会在大街小巷唱？最初做音乐时，出第一张专辑我就跟自己讲，希望开计程车的、菜市场卖菜的，叔叔伯伯阿姨，表弟表妹，同学小孩，都能听懂我写的东西。我用最简单的话来讲后面的意思，不觉得音乐要故弄玄虚，我也不喜欢这样，你讲了一堆拉拉杂杂，别人不知道你在干吗。

柯勇：普通人的生活是您了解的吗？

伍佰：因为我就是普通人，我们都一样，只是工作不一样而已。

柯勇：您觉得当下普通人最需要什么样的音乐？

伍佰：我们缺少"释放"，收音机里十首歌有八首都很像，我很久没有听到可以让我"释放"的歌。社会处于急速的改变之中，一定会累积很多生锈的地方，不平顺的地方。为了一条马路通车，你要忍受很长时间的烟雾弥漫。

柯勇：媒体评出2013年中国人的关键字是"累"，您有同感吗？

伍佰："累"的时候我很爽快。面对困难我都是正面迎击，因为职业摔跤看多了。有时候你很矮小，对手很高大，都要正面迎击，不会闪躲，闪躲受伤会更严重。

"累"反而是一种很满足的状态，刚开始在舞台上表演的时候，我一直觉得自己是个燃烧自己的人。我是一根蜡烛，一直烧，一直烧，现场就一直火，一直火。

有一张唱片叫《伍佰的LIVE》，魔岩唱片张培仁取了这个唱片名，我当时很生气，说我不干了，因为"伍佰的LIVE"不是一个唱片名，它不代表任何意思。所以后来我又写了四个字——枉费青春，那时候我的青春全部在燃烧，我要浪费我的青春。

我觉得人不应该随波逐流，人应该fight，试自己的可能性，去往左往右，往上往下，用力伸展开来，你会发现生命是一个很美妙的东西。

你应该去做很多自己不太敢尝试的事情，最后会发现还不赖，生命会很大方地给你这么多机会。

柯勇：现在这把年纪，还会有"燃烧"的感觉吗？

伍佰：成熟了，现在比较聪明。更专业一点，更精确一点。以前音响很烂，就凑合唱了。现在音响可以调好一点，唱得久一点，喉咙保护一点，不至于唱到哑掉。

你不会想看到一个唱了二十几年，还在那里声嘶力竭、愤世嫉俗的人。他会有一个更加从容的态度去面对他的工作，这个才是魅力的来源。

柯勇：您曾经说过您想了解“大陆的逻辑”，到今天为止您弄明白没有呢？

伍佰：经常来大陆，基本上八九不离十吧。

柯勇：作为一位台湾音乐人，您自信在大陆能“接地气”吗？

伍佰：这个是很奇妙的事情，音乐有时候是无界限的。《突然的自我》怎么突然在大陆变成这样子了？突然大街小巷都在唱这首歌。之前的《挪威的森林》，还有最近的花朵舞，每个地方都在跳，哇，怎么变成这样子。

“接地气”并不一定要在当地生活，它只是一个形容词，那是一种真。

很多人会维持一个状态，有点不食人间烟火的样子。我没有，来这边我就要去吃那个卤煮小肠，这个从一开始到现在都没有改变过。

我跟大家一样，我没有上去，就没有必要下来。我没觉得我是天王，就没有必要承认或否认这个事情。我没有上去，我的心里就不会下来。当各种奖项一直累积的时候，我不应该把它当一回事。它崩溃或者摧毁的时候，我也不会把它当一回事。所以艺人这个职业，我也没有把它当一回事。

艺人这个东西，不是一个你要站上去的台阶，它只是我的工作。这个跟你的工作，其实是一样的。

柯勇：您是在扮演一个“艺人”吗？

伍佰：不是，我是在做我的工作。我没有扮演，我就是我。

柯勇：在您的摄影集里，您说自己是个艺人，所以永远成不了摄影大师？

伍佰：周润发也拍照片，大家就会说这是周润发拍的照片，这个无可厚非。村上春树希望自己死的时候，墓碑上写的是——村上春树是作家，也是跑者。

这句话很好地解释了我拍照的动机，我依然会拍照，但是我拍照不是为了出摄影集。我拍只是因为我喜欢拍，那个会让我舒服。

柯勇：那您跟其他艺人有什么不同呢？

伍佰：我的名字很简单，叫伍佰。他们没有这种名字，我的名字根本不是名字，它是一个数字。

柯勇：您希望大家喜欢伍佰这个人，还是喜欢伍佰的音乐？

伍佰：I don't care。人不会因为做什么事情而让人家喜欢的，人家要是喜欢就会喜欢他。通过做什么事情让人们喜欢他，这种事是不可能发生的。

柯勇：在困境中，您如何激励自己？

伍佰：我没有遇到过"瓶颈"，虽然这样讲起来很狂妄。我就是可以写歌，因为所有的"瓶颈"和困难都是一定会发生的，你应该去面对它，解决它，它会变成另外一个事情。不然就逃走，逃走也要知道可以逃到哪里去。

柯勇：您是不是很清楚自己该做哪一部分的事儿？

伍佰：这个团叫伍佰 & China Blue，而不是 China Blue。所有的歌，词曲和制作，混音后期都是我在弄，一开始就是这样。一开始找到乐队成员，就是希望他们帮助达成我的想法，到现在也是这样子。

我决定大方向，去哪里，他们帮助我把梦想完成。在这个过程当中，我也很谢谢他们，他们各自音乐的个性跟我在一起，变成了另外一种很强壮的东西。

柯勇：您是一个听不进别人想法的人吗？

伍佰：不会啊，我会一直问。一个和弦弹错了，所有人都跟着弹，后来可能变成正确的了。不会拘泥我的想法，不然我怎么会有那么多不同层面的歌。

柯勇：您身上给人感觉有一种流动的东西？

伍佰：我没有停过，我一直在飞啊。我是活的人，我是真的。

柯勇：从来没有一个时间段很忧郁过吗？

伍佰：真没有，只是在有些记者会上很忧郁。我不喜欢记者会，但是后来也克服了。

柯勇：作为一个艺人，被众人注视，一个人的时候是否感到孤独？

伍佰：凡是人，都是孤独的。写作的时候孤独，那是我的工作。就像一个人半夜里扳动铁轨的闸道，他也很孤独。

孤独不是我的名字，但我是独来独往的人。

第二章

要活多久才能活出自己的模样

遇见一些人，
各行各业的人，
把他们的故事写下来，
像一位采集民间歌谣的人，
原来世间有如此多种活法儿。

魏小石

“塔石”音乐档案机构创始人，美国印第安纳大学音乐人类学博士，专注于民间音乐的田野采集。魏小石和我是同龄人，那年我们都 30 岁。

1982年生人肖像：音乐人魏小石

春日北京的早晨，睡懒觉的人们偶尔能听见窗外传来的鸟鸣声，这声音让人想继续待在床上，把这段“音乐”听完。

某天清晨，生于1982年的魏小石也听到了窗外的鸟鸣声，脑子里闪过一个念头：鸟为什么唱歌？

魏小石很快便意识到自己的这个疑问有点傻，“去问鸟为什么唱歌，等于是在问，人怎么会知道它们在唱的是‘音乐’？”

7年在美国音乐人类学专业的学习，使他逐渐剥离了包裹在音乐外面的华丽外衣，于是，在那个听到鸟鸣的早上，他郑重地建议自己：每天认真听听早晨的鸟叫，努力把这个自然音乐的印象在自己的生活里延伸一点点。

而现实中他所做的事情显然比听鸟叫要复杂得多，“小石民歌笔记电台”已经制作了快50期，这50期节目是他博士课题田野调查的副产品，也是送给那些接受他采访的民间艺人、音乐人的一份礼物，而更多的人通过这50期网络电台节目认识了这个有着一副好嗓子的年轻人魏小石，以及他的音乐态度。

当“川江号子”通过互联网被我们听见，流入我们的心田，我们似乎窥见了音乐时空的一角，使我们开始重新审视音乐与生活的真实关系，这些被魏小石拣起的带着心跳的声音片段，犹如一粒粒珍珠，串起一段段声音的奇妙冒险。

拥有高亢声线"号工"的木船是幸运的，"号工"用声音感染着船上的每一个人，不论是急行，还是缓过，每个人心里都有定数，即使前方有险滩，有"号子"在，此刻心里就是坚定的。

音乐之于人的最高境界也不过如此吧。

在这时刻变化着的世界，在这不确定的生活里，音乐这种无形无象的元素给了人们极大的安慰，音乐千变万化，生活无休无止。

叔本华告诉我们，"谁要想让别人相信他的看法，那他就要冷静、不带激情地把他的看法表达出来"。魏小石在主持电台节目时的语速比日常说话时还要慢一些，即使在聊到中学女同学小玉时，他也没有让我们听出太多的感情用事，他用一种稍显冷峻的语调，将我们对于音乐的态度改变——音乐中的理性与感性从未如此和谐相处过。

每个人都有着不同的成长路径，魏小石选择了在录音中成长。在民歌采集的过程中，在与老一辈音乐家的对话中，他敏感地记录下声音背后最令人动容的那部分，加之他天生的一副好嗓子，使得这些尘封的音乐记忆顿时生动起来。

魏小石北京的家在颐和园附近，我住在通州，于是我们将采访地点定在1号地铁与4号地铁交会处的西单。我们在大悦城7层的一家寿司店聊天，而小石的母亲正独自在楼下逛街，采访过程中小石母亲会不时打来电话，小石跟我说："母亲在家憋坏了，今天刚好有机会陪她到西单走走。"

坐在我们四周的是一些年轻的情侣，旁桌的女孩偶尔会探过头来听听我们交谈的内容，在这五光十色的大悦城，我们交谈的内容似乎有点儿另类，甚至有点儿过于形而上。

就在上个月的同一天，一位中科院在读研究生从这里的亚洲最长飞天扶梯顶端纵身跳下，吓坏了周围正在血拼的男男女女，当时媒体报道这起悲剧的起因是情感问题。

周围的嘈杂并没有影响到我们的谈话，似乎在消费欲充盈的环境下，反而越能确认自己的存在价值。

小石告诉我，他身边的同龄人几乎分成了两类，一类避谈理想，一类鄙视谈理想。而他自己却依然珍视那些过往的心事，就像在“小石民歌笔记电台”第 38 期里，他将一盘自己珍藏多年的高中同学小玉的私房录音带带给大家，让我们又一次听到了磁带发出的那种“刺刺”声。

单纯的、愿望着的、美好的感情依然留存在魏小石的心中，就像他最喜爱的美国兰草音乐一样，而那些年轻时有过的荷尔蒙式的、亢奋的、无厘头式的感情正在归于理性。

每一种感情都有缘由，就如每一段好的旋律背后一定有一个好的动机一样。

30 岁的魏小石试着过一种“不受惑”的生活，即使面对如音乐般美妙的事物，也要从容以对，不失去自我。

拥有自己的民歌采集工作室是 30 岁的魏小石能想到的最切实的梦想，“使大家听民俗音乐的时候不用再去想着这是哪个民族的，这个音乐的特色是什么，在非物质文化遗产方面的意义是什么，可以忘掉这些东西，单纯去听音乐，因为对于很多人来说，他们对自己本土的音乐并不了解”。

“在学习乐器 / 在学习着别人的语言 / 在做个自由的人 / 在努力把音乐写清楚 / 让很多人都能看明白 / 八个月当个书呆子 / 四个月当旅行者”

这是魏小石在“关于我”一栏下写的话，这八句话正在他所做的每件事情中一一印证着，当他在福建泉州采访当地著名南音（弦管）音乐家苏统谋时，苏老先生对他说过这样的话：“南音是教化人的音乐。你不仅要学习它的艺术，还要学习它的礼（貌）。”

音乐如果不能让我们的生活变好，我们还要它做什么呢？

我想魏小石所坚持的正是这样一条朴素的道理，2012 年的春天，我与小石有过一次长达两个小时的交谈，之前有幸听到了“小石民歌笔记电台”，我的音乐生活从此有了变化。

英国大哲学家罗素提醒我们："那些未见的，远比我们见过的要广大。"

假如通过魏小石，你窥见了音乐世界里的某片未知之地，那么你已经是幸福的了。

对话魏小石

问：30 岁之后最大的转变是什么？

魏小石：在我二十七八岁的时候就开始悟到一些道理，人生需要踏踏实实做一些事儿，不要去忽悠，不要去觉得这件事儿多么了不起，其实你做的只是世界上小小的一件事情；同时也学会了怎么去树立一个信心，哪怕你做的事情再小，它的影响力有可能很大，尤其是最近这两年，经验多了以后，能够带给别人的东西也多一些，影响力稍微有了一些增长，更多人开始去听你的节目，看你的文章，这已经是一个很好的事儿，人生就是这样，从这些事儿中寻找到自己的一份幸福。

不用再去梦想自己要有怎样的一份事业，挣多少钱不是很重要了，已经完全不会这么想了。

也有很多痛苦的时候，现在会把这些痛苦看作生活的一部分，不会去抱怨些什么。

问：留学 7 年对您有哪些改变？

魏小石：对待知识的态度，做学问也好，做公共文化、写作也好，你得有一个什么样的知识储备，你得有一个质量上的基本标准；还有一个就是思辨的能力，在美国有很多研讨会，你得说，得大胆地把自己的想法说出来；第三个就是方法，介入民间文化需要智慧，你介入别人的生活，介入别人的历史，介入别人的文化圈，你不能用你所习惯的方式去介入，你要很清楚你的方法是什么，美国这方面的训练给了我很多启示。

现在我不高兴的时候，会习惯用英文跟自己说话，安慰一下，鼓励一下自己，至少你还做了这些事情，不要只看到没做的事儿，因为中文是母语，你有自己的感情在里面，会带给你很多乱七八糟的联想，但是英文不会，它是一种很简单的理性的东西，可能这是对待自己的一种方式吧。

问：抛开学术，音乐本身对您意味着什么？

魏小石：它既是娱乐我的一个东西，也是我要为之艰苦付出的，就像工人唱号子一样，他自己既是表演者，又是聆听者，对我来说也是这样，我既要去追求，去做一些事儿，同时自己也会享受这个过程，前进一跌倒，在这个过程中能发现不同的东西，值得你去了解和写作。

问：在您30岁的时候有什么宏大的目标吗？

魏小石：还是把自己的工作室做起来吧，关于音乐资料录音方面能有些出版物。

问：您认为"1982年生人"身上有哪些共性？

魏小石：一起看过许多动画片，这些是感情上的共同点，我曾经写过一篇文章叫《跟往事摔杯》，用创业不断给自己打鸡血，这类人不少，但也有许多是理想主义的。

如果要说共性，可以这么说，要么还挺理想主义的，要么就是非常断裂式的，有些朋友以前还很愿意聊一些很理想主义的话题，可是到现在态度完全变了，用一种让你不太舒服的方式去解释这种心态。

1985年之后出生的这批年轻人，他们的生活方式和接受社会现状的方式跟我们不太一样，咱们实际上是一种二元分开的方式，可能对于那些比我们更小的一代人，他们不存在这样的问题，他们天生对于理想和现实的概念就是很紧密的，他们不会有这种分裂的痛苦。如果他们再有更多的一些知识，补充一下民俗文化、历史方面的知识，真的会是很好的一代人。

问：您如何看我们所处的这个时代？

魏小石：不太注意细节，大刀阔斧，就是这样的一个年代，我不太喜欢。我从小生活在北京，看到北京的变化，北京突然变成一个我不太想待的城市。很好的一点是，你还是能找到跟你很志同道合的人，有共同审美情趣的、共同做事方式的人，你不用主动去找，该到的缘分，自己就会来。

问：您的幸福源自哪里？

魏小石：跟一些比较真诚的人接触。令我很幸福的一件事儿就是当我在到处走的过程中，碰到一个人，他用很天真的、赤子之心的方式与你相处，赠予你，与你分享，毫无保留，这是最幸福的东西，亲人之间有时候都没有这种感觉，跟爱人也可能不会有。

在美国留学的时候遇到一个伊拉克人，他跟我说中午请我吃饭，到了餐厅他跟我说，"今天我只能请你点 10 美元的东西"，我当时就觉得挺好啊，他事先能把这个事情给你交代清楚，他心里很为你着想，希望能请你吃饭，跟你聊聊，但他有他的困难，我也理解。他跟我这么说的时候，我其实感到蛮幸福的，有这么一个肯跟你说真话的朋友。

问：如果此刻让您表达感恩的心情，您会感谢哪些人？

魏小石：还是家庭吧，还有我生命中的一些贵人。有几个贵人，在密苏比时的小提琴老师，他毫无保留地教我，一开始他是收费的，后来看我进步很快，跟我说："我以后不收你钱了，今后我们一起去演出。"他只是思考怎么做出好的音乐，而不是怎么去经营自己，那种天真的心态对我影响很大。

还有一位社会学教授，他帮助我申请博士，那时候我对学术一无所知。还有一位土耳其的教授，在我最困难的时期，在经济上帮助我，帮我在土耳其寻找任何工作和赞助的机会，给了我很多信心。

问：您当下的生活和工作状态是怎样的？对未来有怎样的预期？

魏小石：现在你看到的我还处在过渡期，博士学位即将毕业，对未来不是特别明确，大概方向我知道，没有人做过这样的事儿，没有人走过这条路，一个人也没有，这事儿我得自己走，独自承受开心和不开心的东西。

问：能谈谈您的一位好朋友吗？

魏小石：我选其中的一个，川江号子整理者朱中庆，1929 年出生的这么一个老头，他唱的川江号子不失民歌本身的质感，同时他也知道如何去搭配，作为现代艺术去创作。我在大学的时候办音乐节，办得不太顺心，他还跟我吵了一架。

但是他这人一点儿都不记仇，我再回去找他的时候，他很乐意接受我的道歉，我现在还帮着整理他的原声。

他给人的感觉非常宽容，性格上也有很天真的东西，聊着聊着他就开始给你唱歌了。

问：可以谈谈您的爱人吗？

魏小石：关于爱情，我觉得每个人还是得走自己的路，不要因为爱情放弃自己的一些原则。之前有几次爱情经历，不是说她对我不好，不太在乎我，而是她太在乎我了，甚至她会放弃自己性格上的一些东西，这就是我不愿意看到的。我们习惯性的思维是，我为你付出，从道德上是个很了不起的事情，但是换个角度来看，你不觉得这样是在给我压力吗？我凭什么要接受你的这种付出？

曾经有个女朋友，她家里非常有钱，她跟我说，咱们什么都别干了，你就去做这个就行，后来我想，凭什么这样做呢？你觉得是对我好，但要我接受它的话，我得给自己一个理由。

不要用你认为对对方好的方式对别人。我觉得我这方面还行，对于自由这种东西，有一种天生的直觉，哪怕自由带给我许多不确定的因素，我也愿意去接受它，这是我的一个原则。

问：是否会面临现实压力？如何应对？

魏小石：压力真的非常非常多，面对的方式也很简单，我这人有时候有点儿急性子，一开始会特别沮丧，但往往第二天就会发现这事儿还有其解决办法，然后心情一下子就好了。音乐能够抚平你心理上的波动，人生都是在变的，没准第二天你遇到一个什么样的人，他能帮助你解决什么东西。很痛苦，压力很大，但是也不难。

对于"80后"来说，心理压力是因为我们把事物想象得太难了，其实没那么难，你觉得我们要住多大的房子、要在某个地段，才能活得好，其实住在另外的地方，房子小很多，你还是可以活啊，还是会有很多不一样的发现。

问：您认为自己是一个精神贵族吗？

魏小石：我觉得精神上很富足，非常富足，可以不用解释，就是这样。

问：您最看中自身的哪一个优点？缺点有哪些？

魏小石：优点是我看待这个社会，看待自己的境遇，已经不是一根筋的方式，可以从生活中寻找到一些自己能理解的乐趣，去帮助我度过一段时间；另外我表达能力还行，比如这种音乐与那种音乐之间的区别，绝大多数人说不出来，因为这关系到心理和文化上的事情。美国留学还不是一种概念上的训练，而是一种语言上的训练，当你有了这种语言能力、沟通能力之后，有些东西就能表达出来了。现在我还在学习的是，如何让大家以这种快餐的方式去理解音乐，这是现在面临的一个特别难的问题。

缺点就是太过于敏感了，在交际中别人的一个表达，我会揣测半天，我的性格就是这样，因为我是双鱼座。

阿甘的礼物

赵媛对第五大道的印象源于奥黛丽·赫本在《蒂凡尼早餐》中的一个习惯性举动，赫本每天早上都会来到纽约第五街的 Tiffany 橱窗前，一边吃着手中的面包，一边隔着玻璃窗望着里面高贵的首饰，幻想着有一天自己能够在高贵的珠宝店里享受轻松的早餐。

那年秋天，纽约第五大道，赵媛感觉正与奥黛丽·赫本在时空交错中相遇，这一切像做梦一样，回忆起来迷幻又幸福。

蒂凡尼的美好记忆

那年秋天，他们结婚三周年纪念日前夕，赵媛与丈夫卢少文进行了一次奇妙的美国观光之旅。

到纽约的时候已经是晚上 7 点多了，到酒店下榻后不久，卢少文突然提议到第五大道走走，赵媛说不要去了，商店都关门了，卢少文说只是散散步而已，拽着她出了酒店。

当他们来到第五大道的时候，街上的行人已经不多了，三层的 Tiffany 总店依然华贵而光彩夺目，一如当年。

赵媛突然想起小时候很喜欢的一部电影，奥黛丽·赫本主演的《蒂凡尼早餐》，穿着一件黑色小礼服的奥黛丽·赫本优雅又贵气，像个公主，正在橱窗旁边吃着面包，所以赵媛对那家 Tiffany 珠宝店有很好的印象，虽然之前并没有进去过。

当路过第五大道 Tiffany 总店的时候，赵媛并没有打算买什么东西，这时卢少文在她耳边轻轻地说，"我们去 Tiffany 看看吧"，虽然很多客人已经开始往外走了，他们还是径直坐电梯来到三层，那里是专门陈列钻戒的地方，在结婚的时候，卢少文曾送给过她一颗 1.11 克拉的钻戒，1 月 11 日是她的生日。

从电梯出来，赵媛一下子吃了一惊，整个三层一个顾客都没有，所有的服务生都面带微笑，对她说，"结婚周年快乐"，赵媛呆住了，因为这是她第一次去美国，对一切都很陌生，后来一位法国帅哥来到她身边，微笑着说："这里有一份礼物是您先生为您准备的，结婚三周年快乐！"

这颗钻戒的克拉数刚好是他们结婚纪念日的日期数字，2.18 克拉。卢少文依然站在一旁，微笑着望着赵媛，她顿时就明白了这一切，也笑了，此时的橱窗里还摆着玫瑰花和水晶花，温馨而浪漫。

后来她才知道，原来卢少文在西雅图的时候就提前给 Tiffany 珠宝店打了电话，由于运气好，恰好找到了这样克拉数的钻石戒指，后来就有了先前浪漫的一幕。

"进 Tiffany 三层的时候，一个人都没有，所有的人都对我说结婚周年快乐，那个时刻感觉很特别，我并不在意这个东西值多少钱，但真的感觉很幸福。"赵媛这样回忆起当天的感受。

卢少文很早就知道她喜欢 Tiffany，虽然在国内也能买到 Tiffany 的东西，但他总觉得在纽约第五大道的总店，意义会有些不一样。在女儿出生的时候，他们也特意给她取名为卢天菲，也是取 Tiffany 的谐音，每次想到那天的玫瑰花和水晶花，赵媛总有点做梦的感觉。

一个房子与一帘幽梦

上个月，在赵媛快 30 岁的时候，她又收到了丈夫一份特殊的礼物——一栋有着一面水晶珠帘的房子。

摩羯座的赵媛常常有些不切实际的想法，年轻时更是常常幻想琼瑶式的爱情，与那些很现实的女孩子不一样，在很小的时候，她就对《一帘幽梦》里的爱情故事特别向往，她不止一次与卢少文讲到过这个少女时的梦，但她没有想到卢少文会这么在意，而且这个梦会这么快地实现。

在结婚的时候，他们看了很多处房子，当时赵媛对一栋房子特别喜欢，似乎是自己梦中的样子，因为当时犹豫了一下，最后被别人买走了，对此她一直感觉挺遗憾。

一个月前，卢少文突然对她说："我们要不要再看看别的房子？"赵媛心想："我喜欢的房子已经被卖掉了，不用再看了。"

卢少文说："我们去那边看看吧，没准人家要 sale 呢。"后来他们就一起过去了，在卢少文拿出钥匙的时候，她才发现，原来他偷偷把这个房子买下来了，此外那个房子里还有一面大玻璃，玻璃外面还特地安装了一面很大的水晶珠帘。

"他送了我一面珠帘，不单单是一个礼物，这面珠帘是我儿时的一个梦想，当人长大了，可能很多人都不会再做梦了，儿时的很多梦可能也都忘记了，但突然有一天，你身边有一个人，很体贴地把我儿时的梦变成了现实，感觉很特别。"

赵媛没有想到，会在一个自己喜欢的房子里拥有一面珠帘，《一帘幽梦》里那句话曾经是她少女时期的爱情理想："谁能解我情衷，谁将柔情深种，若能相知又相逢，共此一帘幽梦！"

对一个男人来讲，一面珠帘似乎是一个很幼稚的事情，但对赵媛来讲，这却是最有意义的礼物，那面珠帘让她觉得，有个人愿意陪自己一起做梦，可能这只是一个女孩子的一个比较幼稚的想法，而在她 30 岁的时候，这个梦突然实现了。

很早的时候，赵媛就问过卢少文对他们婚姻的看法，"希望你开心，我就开心了"，卢少文每次都是这样简单地回答，带着阿甘式的傻傻的笑，起初赵媛觉得这句话只是爱人之间的甜言蜜语，而当卢少文每次都重复这句话的时候，她开始意识到，这个男人是真心的。

阿甘与珍妮的爱情

一个摩羯座女孩，一个处女座男人，一个爱幻想，一个脚踏实地，一个北京人，一个香港人，一个是副总裁，一个是刚涉职场的大学生，分属两家 IT 巨头公司，最后他们却走到了一起。

1999 年，卡莉 · 菲奥莉娜成为惠普 CEO，2002 年，这个全球商界最有权势的女 CEO 一手促成了惠普对康柏的并购，这个交易金额多达 250 亿美元的并购随后招致了投资者和部分硅谷公司的批评，但却意外地促成了一段美好的婚姻。

1992 年到 2005 年，卢少文一直在惠普工作，赵媛之前在康柏工作，2002 年惠普并购康柏之后，他们成了同事。那时的卢少文已经是惠普中国区的副总裁，同时也是惠普公司里最著名的钻石王老五。他如今对第一次看到赵媛时的情景还记忆犹新。

当时赵媛在渠道部门，刚做了一个产品推广计划，于是拿着这个计划书来向卢少文申请，卢少文说她就像刚大学毕业的大学生，但很快就给了她反馈，同意了这个计划。后来卢少文才知道，自己是对这份计划书反馈最快的经理，而其他几个部门经理都没有理会她。

从刚开始的没有什么想法，到第一次约会，赵媛开始发现这个男人就是自己脑子里理想丈夫的形象，起初的交往是从打高尔夫球开始。

卢少文从 1998 年开始打高尔夫球，算是公司的高手了。2002 年的时候，惠普公司员工里也流行起打高尔夫球，有一次本来是大家一起练球的，可卢少文到了场地才发现只有自己一个人来了，于是就给赵媛发了一条短信，因为她也说过要来练球的，一会她真的就过来了。

这也就成了他们的第一次单独约会，卢少文教她打球，打完球一起去吃饭，他至今还记得那个球场的名字——朝阳高尔夫球场，这个丽都附近的球场是他们以后约会的主要场所，而在遇到赵媛之前，卢少文一个人在丽都附近的小区住了 10 年，遇到赵媛之后，他单身贵族的生活也正式宣告结束了。

那次一起打球之后他们就开始单独约会了，公司里开始都不知道，后来有一次公司员工在女人街附近的一个火锅店吃饭，赵媛就给卢少文打了个电话，把他叫了过去，于是公司里的人都知道了。回忆当初的恋爱过程，卢少文显得很兴奋："在同一个公司工作，是蛮容易成功的。"

2004 年情人节是他们一起度过的第一个情人节，赵媛送给卢少文一个没有字的情人卡，蓝色的封面，一颗心，两个人，赵媛又给卢少文一支笔，让他自己在上面涂抹，原来字是用一支隐形笔写的，当他在上面涂抹的时候，另一颗心突显了出来。卢少文觉得这是自己收到的最特殊的一份礼物，他把它叫作"无字天书"。

2004 年 2 月 18 日他们结婚了，2005 年底卢少文离开了惠普，来到博科通讯。

之后不久卡莉 · 菲奥莉娜也离开了惠普，"有机会要谢谢她，她把我们两个撮合在一起后就离开了"，卢少文认为卡莉是自己的红娘。

在赵媛眼里，卢少文不是魔法师，因为他不会那么快就变出你想要的东西，但他却总会让你得到你想要的，不管用多长时间，也不管费多少周折，从一个房子到一面珠帘，再到一个小小的梳妆镜 。

卢少文的人生的信条是"just do it"，像《阿甘正传》里的阿甘一样，他永远是乐观的，在赵媛多愁善感的时候，他都会说："老婆你告诉我你喜欢不喜欢，开心不开心，喜欢就去做好了，我都会在后面支持你。"就像电影里阿甘让珍妮开心一样，他说自己是个很难不开心的人，任何时候他都往好的方向想，"每天看着你笑，就是给我最好的礼物"，阿甘心里永远想的只是珍妮。

在他们婚礼的请柬上，有一行他们自己设计的诗句，"两情若是久长时，又岂能不朝朝暮暮"，真是令人羡慕的一对儿。

陈巧生

江苏人，自 20 世纪 70 年代起，致力于恢复失传的宣德炉制作技艺。

陈巧生：造炉与造人

20 世纪 70 年代初，在上海松江县城，一位顾客将一只宣德炉送进了陈巧生的铜匠铺，这位顾客来自某大户人家，对这只宣德炉的历史价值似乎不以为意，他更想拥有的，是一只洗脸的铜盆和一把盛饭的铜铲。

那时候的陈巧生还是个锻造各式铜盆、铜铲的铜匠，营生的惯性使他习惯于满足顾客的要求，在那个“破四旧”的年代，远没有今人那么垂涎古物，那个款识工整、气度不凡的明宣德炉也没有逃脱被融化的命运，它的审美意义不复存在了。

生存的智慧

“文革”期间，铜匠铺一度生意很好，人们与其将家中的古老铜器扔进河里，还不如将它们送进铜匠铺，至少还能使其以另外一种形态得以保存下来。

“五六百年前的东西，你把它毁了，会是什么感觉？”

被陈巧生亲手塞进冶炼炉的老铜炉有五六十个，还有十几尊佛像，铜镜几十片。

著名当代艺术家徐冰在设计装置作品《何处惹尘埃》时，也曾用到过类似的智慧，由于这个作品使用的材料为“9.11”事件后世贸废墟上的粉尘，某次登机时，安检人员对徐冰携带的这种粉末状物质产生了极大怀疑，导致无法顺利登机。后来徐冰想到一个办法，将这些粉末浇筑成一个女儿玩的石膏玩偶，这才得以顺利安检登机。

中国人的生存智慧有时显得有些残酷，好在古老的铜器经过冶炼，除了外在形式的变化，铜本身的特质反而变得更加优良。

陈巧生制炉时使用的铜就源自废旧电机上拆卸下来的铜触头，这些铜触头不仅含有银，而且质地优良。

改革开放之前，陈巧生脑子里还没有"古玩"这个词语，20 世纪 80 年代，他在古玩店里发现了一些熟悉的物件，那些被他送进冶炼炉变成锅铲、面盆的老铜器已经成为炙手可热的收藏品。

"突然感觉自己像个罪人，内疚得不得了。"

陈巧生当时在心底暗暗发下誓愿，一定要把古代铜炉的传统制造技艺弘扬开来。从此他将个人精力全部转向仿古铜炉制造，这时他才明白，制造一个宣德炉比毁坏它要困难千万倍。

制造一件宣德炉，需要二十几套工序，对于陈巧生来说，进入这一领域之后，自己几乎是一张白纸，发现越来越困难，有五六次想要放弃。

20 世纪 80 年代，手艺人纷纷下海淘金，陈巧生却把自己关在家里闭门不出，苦心研究制炉技艺，那是一段只有投入没有回报的艰难日子。

二儿子陈冠丞回忆那段岁月时写道："如同暗夜中走一条不知方向和终点的道路，我的童年记忆，就是在满是尘埃的作坊中，支一张方桌，一家人围桌吃坐，吃些简单的饭菜。"在最困难的时候，连两个孩子过年买新衣服的钱都没有。

作为一名普通的民间制铜匠人，没有文化根底，也没有任何师承，在做不下去的时候，陈巧生总会静下心来学习，而后重新再来。与老一辈从事的民间铜器制作不同，他制造的是宫廷御制的宣德炉，8 年闭门不出，6 年到各地博物馆、古玩市场借鉴学习，陈巧生没有想过自己的作品会受到认可，更没有料到今天的大好形势。

处女作的感觉不会有了

57 岁的陈巧生回忆起往事，就像是昨天，“我不想这个文化在我们这代丢失”。

回忆起那些被自己送进冶炼炉的老铜炉，陈巧生感叹，“那些老东西不会再有了，20 世纪 80 年代做那批处女作时候的感觉也不会再有了”，他不否认自己的早期作品更接近古物的精气神。

经常有人将他的早期作品充当明宣德炉售卖，所以他后来决定在每一款炉上刻上“陈巧生制”四个字。从宣德炉到“巧生炉”，中国传统炉文化借由陈巧生之手复活了。

想到炉文化、香文化、茶文化，人们容易首先联想到日本和中国台湾，而陈巧生早年的处女作则大都被台湾藏家收藏，“现在一个月能制成的炉子，在 20 世纪 80 年代需要 3 个月”。

如果说宋代瓷器将泥土复活了，宣德炉则将铜复活了，从宣德炉多变的形状就可见一斑，每一款宣德炉就像一种性格的人，陈巧生试图将每款炉本应具足的感觉找到，而不是简单地铸造一个铜炉。

在展厅门口竖立着两只铜狮子，制作它们陈巧生花了 30 年的时间，“前 10 年总是失败，于是停了下来，因为找不到那种感觉”，这是一对近距离玩耍着的狮子，“它们必须调皮，我要的不是银行门口的那种狮子”。

做“皮壳”是宣德炉制造的最后一道工序，也是最关键的工序，做“皮壳”即为上色，做完“皮壳”之后，铜炉还需要养一段时间，才称得上是一个完美的铜炉。

古代宣德炉留下的颜色远超今人的想象，比如马鬃色、大红袍、鳝鱼黄、枣皮色、糖梨色等，“古书上也没有写具体用哪种中草药制作皮壳，用什么手段形成何种颜色，更多需要自己体会，很神秘，没有一个正确答案”。“皮壳”的制作过程类似古代炼金术士们的工作，在术士们眼里，造好的“皮壳”与造一个生命无异，陈巧生经过近 40 年的实践，也只能做出五种颜色的“皮壳”。

"火攻"是他常用的手段，炉体加热到高温，使其分子膨胀后，用配好的中草药擦拭，朱砂、血鹤是常用的中药材，这个过程十分缓慢，形成"皮壳"的过程十分漫长，"皮壳"生成之后，还需静下心来养，才能使其具备精气神。

"这是一个难题，我争取用一年时间，再拿下四五种颜色。"陈巧生面对记者发下誓愿。

"皮壳"的好坏决定了一个器物的命运，上"皮壳"几乎是赋予铜炉生命的过程。中国人看待颜色是有生命的，颜色之为物，介乎虚实之间、有无之际，台湾医学院教授张晓风在《色识》一书中写道："颜色，在中国人的世界里，其实一直以一种稀有的、矜贵的，与神秘领域暗通的方式存在。"

传统文化的最沉重载体

宣德皇帝对于中国文化有独到见解，为了制造宣德炉，从原材料上使用了进口铜，还添加了金银等贵金属，另外召集全国能工巧匠共同打造。

陈巧生自信地说："我做的炉，不输给宣德年间制的，输的只是时间。"

宣德炉距今已有580年的历史，而"巧生炉"虽为新作，也具有沧桑感。

虽然"巧生炉"品牌已经蜚声海外，但陈巧生并不只是以市场为导向，前不久，他将妻子徐晓红和两个儿子召集到一起开了个家庭会议，"我决定将1200件展品中的580件无偿捐献给国家，其中100件为宣德炉藏品"。

大儿子有些不理解父亲的做法，弟弟安慰哥哥说："做这件事能让爸爸高兴，我们就应该支持他。"

陈巧生认为，将财产全部传给子女，会使他们产生惰性，希望两个儿子能用智慧实现人生价值。

二儿子陈冠丞最懂父亲的心，他身材魁梧，面容清秀，喜读古书，爱弹古琴，作为一名“90后”，他天生对中国传统文化倾心，实属难得，父亲每推出一款新炉，他都会做一篇美文为衬，陈巧生制炉，儿子品炉，爱人卖炉，一家人围绕着铜炉这一中心，温暖而又祥和。

陈冠丞在一篇散文里写道：“爸爸是陈氏铜器作坊的第三代传人，第二代当然就是爷爷了。爷爷已经80多岁高龄，因为爸爸继承并发扬了家业，他可以和奶奶安度幸福时光了。爷爷奶奶相守一生，已经度过了金婚。爸爸最大的心愿就是他们幸福、快乐、长寿。”

从青铜器到宣德炉，“铜”是中国传统文化的最沉重载体，今天铜制品似乎已经离我们的生活越来越远，更容易清洁的不锈钢制品取代了家用铜制品，而我们的祖先却与“铜”形影不离，铜炉的一大功用是“焚香”，有言“香不必贵，炉需上好，压手为要”。

在苏州外环高架桥上，一幅巨幅户外广告格外惹眼——养人的还是手工黄酒。吴地人对于传统手工技艺有种天然的专注与痴迷，儿子陈冠丞描述：“此前十余年默默无闻的铜炉生涯，让父母对这种以艺为业、以苦为乐的生活习以为常，对于名利已经没有丝毫热衷和贪恋。”

陈巧生说，“做好铜炉是手艺人的本分”，铜炉养人，是人制造了铜炉，还是铜炉塑造了人，我一时也想不清楚。

采访完毕，走出陈巧生炉文化艺术馆，脑海里一直浮现出陈冠丞那魁伟敦实的样子，厚道、沉稳、文气，就像我见过的某款“巧生炉”。

范立欣

纪录片导演，代表作《归途列车》《我就是我》等，中国首位获得美国艾美奖最佳纪录片和最佳长篇商业报道奖两项大奖的导演。

范立欣：此身何为

2012 年 10 月，得知《归途列车》获得第 33 界艾美奖最佳纪录片时，范立欣正在山东某地农村拍摄，因为第二天要到纽约去领奖，他只能将摄制组留在当地，只身一人坐飞机到北京，接着转机飞往纽约，到纽约后在酒店换上一身西装，乘地铁匆匆赶往颁奖晚会现场。

时代把我托到一个特殊的位置

领完奖范立欣立马回到酒店，乘坐第二天清晨的飞机转机返回北京，到北京已是凌晨一点。

乘坐机场巴士到东直门，走下大巴的范立欣左手拉着行李箱，右手拽着艾美奖奖杯，出租车司机不断向他招手，“哥们，去哪儿？”

其实范立欣家距离巴士车站只需 5 分钟车程，他向司机打听价格，“50”，司机淡定地回答道。

“30 行吗？”

范立欣显得有些无助，一旁趴活的几个司机跟他开玩笑说，“哥们，看你都得大奖了，还坐不起出租车啊！”

金灿灿的奖杯在北京东直门桥的夜色下煞是耀眼，出租司机们也许不会知道，这是第一次由中国人获得的艾美奖奖杯。

3 个月后，范立欣坐在太庙旁的一间办公室里，回忆起那天晚上发生的事，"那时候我真的很穷，我现在也没什么钱"，他对中国独立纪录片人的现实处境感同身受，《归途列车》给他带了机会和名声，他想通过自己，为中国独立纪录片争取话语权。

在国际纪录片影坛上，他拿到过全球纪录片最高奖项"伊文思奖"、美国导演工会奖、艾美奖最佳纪录片和最佳长篇商业报道两项大奖，假如他是一位电影导演，这些荣誉带给他的将是另一种境遇。

范立欣每天的日程排得满满当当，他精力充沛，每天跟不同的人见面，"名我已经出过了，对钱我没有任何兴趣"，在《归途列车》刚获奖的时候，很多人来找范立欣拍东西，都被他婉拒了："我的时间太有限了，如果把时间用在赚钱上，那我就没法做我该做的事情了。"

对于自己在时代中的位置，范立欣有着冷静的认识，"这个时代把我托到了一个特殊的位置，我大学是学外语的，我在国外生活过，从中国的土地上成长起来"，种种因素聚合在一位纪录片导演身上，使范立欣具有某种不可替代性。

"首先我要去构建自己的影响力，然后把我所有的影响力和力量，都引到中国的纪录片，特别是独立纪录片人身上"，范立欣这样告诉我。

在采访过程中，范立欣多次提到纪录片《在一起》和《上访》的导演赵亮。在他看来，媒体纪录片有政府的支持，拥有太多资源，《舌尖上的中国》第二季两个冠名权可以卖 9500 万，整个片子的估值在 2 亿以上，"那不需要我去做任何事情，可是赵亮怎么办？顾海滨怎么办？还有许多没有名气的独立纪录片导演怎么办？假如你想拍纪录片该怎么办？这群人是特别需要关注的，而我是从这群人里长出来的，我一定要花我所有的时间和精力去回馈我的那帮兄弟。"

《归途列车》的横空出世让许多人眼前一亮，它具有电影的故事结构和人物冲突，同时也具有高质感的镜头语言，之前我们见到的中国故事似乎都是一种模式，突然看到一个不一样的故事之后，有人觉得《归途列车》更像是一部外国电影。

每个镜头都带着更加宽广之爱

在《归途列车》开拍5个月后，范立欣做了一个版本给央视的《纪事》栏目，审完片子后，陈虻没有多说话，结结实实地拍拍范立欣的肩膀说："年轻人，要好好坚持拍下去！如果以后有机会，我们还可以一起工作。"

那时候范立欣已经离开中央电视台。半年后的一天，在新塘的一家工厂里，北京同事电话告诉他陈老师走了。

"那是我第一次，也是最后一次见到他。虽然只是一面之缘，但可以感受到他对年轻人的信任，对于纪录片的情感。"陈虻当时的一句话给了范立欣莫大的鼓励。

他给《纪事》栏目剪辑的短片名为《开往春天的列车》，当电视台播出之后，观众反响不错，可范立欣发现这种影像不是自己所追求的，"我其实很庆幸做过一个电视版，用过一段那个家庭的故事，当我在电视上看到时，我马上清醒过来了，不能这么拍"。

范立欣决定把心沉下来，更开放一些，给人物更多的可能性和机会，心里暗暗告诫自己："不要慌，为什么要慌呢？春运，中国农民工的问题会长期存在下去，我跟定这个家庭，就要记录他们的命运，他们的命运是中国这个大历史非常重要的一部分，我就杠上了，我就要拍下去！"

他也不知道要拍多久，心想即使砸锅卖铁、倾家荡产也要把这个故事拍好，"不要慌，不要怕没有故事，不要怕没有冲突，都会有的，都在生活当中埋藏着"。范立欣把这次拍摄当作对自我的一次挑战，看看自己有没有定力、忍耐力，把这样一个中国农民工家庭的命运记录下来。

于是就有了后来我们从《归途列车》里看到的一个个既抽离又亲密的镜头，每个镜头都带着一种更加宽广之爱。

《归途列车》在国外上映之后，许多外国观众自发给老张一家捐款；范立欣每次去广州，下了飞机第一件事就是找老张一起吃饭，他时常劝老张，"再干两年就别干了"，如今的老张已经不像影片里那样年轻。

张琴，那个给观众留下深刻印象的"90后"女孩已经22岁了，范立欣曾经把她接到北京，安排她上了半年美容美发培训班，但是很快张琴就离开去了别的城市，如今正在厦门某个酒店打工。

范立欣告诉我，如今张琴比电影里懂事了很多，每个月都会给外婆寄钱，她很爱她的外婆和弟弟，还经常会给范立欣打电话，问他"弟弟不好好学习，交女朋友"该怎么办，范立欣对她说："我也不知道，我没有养过孩子，想想当年，你为什么不听父母的话呢？"

一个中国故事可以走多远？

范立欣在一次演讲时说："如果这样的故事不被人知道的话，那么这些生命的逝去，就变得毫无重量。当你身处一个境地，当你觉得是一个弱者的时候，你是多么的无助，多么希望有人来帮你，给你一些力量。"

儿时手术的经历是范立欣对于无助的最早体验，从3岁到6岁之间，他的左膝盖因骨髓炎做过6次手术。4岁时的一天，母亲将腿上打着石膏的他抱到草地上晒太阳，看着四周玩耍的小朋友，而自己只能一动不动地坐在原地，范立欣突然感觉自己跟别人不一样。拆掉石膏之后，伤口一直无法愈合，后来才发现是因为前一位医生用尼龙线缝合了伤口。

那位医生为何要用尼龙线？至今也是一个谜。

儿时经历的磨难并没有改变范立欣乐天的性格，他依然爱笑。自己从磨难中走出的经历，促使他用摄影机镜头关注更多的弱者，就像一份报纸的新年寄语写道：让无力者有力，让悲观者前行。

他希望自己拍摄的纪录片具有建设性："《归途列车》给这个时代留下了一个影像，给生活在城市里的人一个窗口，让他们可以看到，这个国家还生活着2.4亿农民工，他们生活不易，他们对这个国家有多么重要。"

这不只是一个中国的故事，在全球化的大背景下，这个世界正越来越分化，未来的利益体已经不再以民族国家为划分，"不同国家的某个阶级组成了利益共同体，中国的巨富跟美国的巨富们成了利益共同体，中国的巨富不一定会帮助中国的穷人，双方的富人会利用各自手中的力量去与政治力量抗衡，推动立法，影响立法者和执法者，各国商业力量和政治力量会不断角逐”。

以上是一位中国纪录片导演对于这个世界的看法，他努力用镜头追问，“从分配的角度来看，一个华尔街的银行家，他给世界创造的价值，凭什么就比一个农民工给世界带来的价值要多几亿倍？”

范立欣希望通过《归途列车》让全球的消费者看到，沃尔玛这样的大公司是如何把东西制造得那么便宜，然后卖给大家的，“消费者不要觉得自己是个无辜的人，不要以为自己就站在道德的制高点，你是参与者”。

农民工的工作实实在在，他们在做一件一件的衬衣，当阶级分化越来越强时，财富分配越来越不公平时，《归途列车》给普通消费者敲了一记警钟。

消费者得意于花很少的钱，买到了物超所值的货品，却看不见背后的价值链条，“沃尔玛有能力剥削地球另一端的人，不只是中国，包括所有不发达地区，通过控制、剥削劳动人民，才使得消费者可以花很少的钱去买到这些东西，然后很快就扔掉。”

“我拍这个片子，是想告诉所有消费者，你们不是圣人，你们要想一想，自己要做什么，才会让这个地球变得更好。”回到几十年前，裤子破了个洞会让妈妈给补起来，现在可能就扔掉了，在范立欣看来，这无疑是加速地球毁灭的做法。

“如果我们每个人都做出自己实实在在的贡献，我们创造了一件衬衣，我们创造了一桶油，我们创造了一篇新的文章，我们创造了一部新的电影，众人添柴火焰高，这个时候你可以多拿一点，比原来吃得多一点，没关系，我也多吃一点，也没关系，因为我们都劳动了，创造了现实的财富。”

“我是反全球化的。”范立欣说。

李兵

骑手，资深广告导演，也是北京西坞乡村马术俱乐部的合伙人。

李兵：中国没有「马语者」

1978 年暑假的某一天，李兵在北京市少年宫用橡皮泥捏马的时候，周围的小朋友都投来羡慕与赞扬的目光，此时的李兵并没有在意自己前方的中央电视台记者和摄像机，当天晚上他捏马的镜头出现在了《新闻联播》里，据说后来这些小雕塑被当作礼物送给了外宾。

李兵现在的公司位于三里屯附近机电研究院内的一处三层厂房，三楼办公室四周的墙壁上被他比赛时的照片和爱马的照片所占据，办公室里还有两件中国古代马的陶器，看起来年代久远。宽大的办公室里还摆放着马术比赛的行头，这里似乎是家与马场之间的中转站。

我们的交谈始于广告，本来以为他会以此为豪，因为在采访之前查资料的时候，发现 1997 年联想电脑著名的猩猩系列广告片就是出自他手，当我提起这个风靡一时的广告片时，李兵并没有显得那么自豪。

由于拥有极强的美术功底，加之对学习的厌恶，李兵 1989 年进入了北京电影学院美术系，大二时便开始自己拍广告挣生活费。在拍了 18 年广告之后的今天，他告诉我中国广告人拍的东西几乎全部是舶来品，他说许多香港、台湾三流广告人来拍广告就是蒙事儿，对此他的表情显得很无奈。“干广告纯属于商业行为，没有什么成就感，能够把自己学的东西用上，养家糊口”。在如今的李兵看来，广告不是一种与内心有密切关系的事情，只是一个赚钱的手段而已。

《白鬃野马》与童年的梦

李兵如今还很怀念在八一电影制片厂时的大院生活，八一厂周围是大片的农田，小学一、二年级的时候每天只有半天课，下午学农，帮农民拾麦穗，有时候看见马车拉东西经过，就会特别高兴，愿意跟着马车走一段，尤其是看到好看的马时，更是不舍得离开。

那时候有一条小河流经八一厂，水很清，有很多鱼，还有许多好看的鸟，河边全是麦田，每天 5 点听着起床号起床，开始帮着农民拔麦子。稍大一些的时候，跟着大学里的发小们打架，去玉渊潭滑冰、拍婆子。

直到后来上了电影学院，李兵才知道看电影是需要交钱的。小的时候，八一电影制片厂每天都会有电影放映，一部叫《白鬃野马》的美国电影让他印象深刻，电影讲了一个与马有关的故事，一个欧洲的名门望族坐着船到一个地方去，结果遭遇了海难，家族的一个小孩和船上的一匹马在荒岛上生活了两年，被救出去之后，小孩成了非常棒的骑手，和那匹马一起参加了当时最大的速度赛，最后拿了第一名，李兵觉得马这种动物太神奇了，心想自己要是能有一匹马，该有多好。

第一次真正骑马是高中的时候，在稻香湖，当时李兵身上就 10 块钱，5 块钱一圈，最后死磨硬泡，老板黑子让跑了四圈。"一跑圈就搂起来跑，狂跑"，这是李兵第一次感受到马风驰电掣的速度感。

"生在军人家庭，父母的要求十分严格，外面永远装着好孩子，内心完全不那样，天天想着打架。"

直到有一天他迷上了画马，用橡皮泥捏马，起初父亲会管，后来发现他的成绩永远是第一名，就不管了。

"看小人书，《三国演义》《水浒传》，照着画，慢慢捏，特好玩。"小时候用橡皮泥捏马是一种快乐，长大以后骑马是另一种内心激情的释放。

中国没有“马语者”

如今李兵早已实现了儿时的梦想，从 2001 年到现在，他一共买了 4 匹马，同时还是北京西坞马术乡村俱乐部的合伙人之一，他连续策划举办了两届国内顶级的马术障碍赛——西坞大奖赛，还曾为奥运马术三项赛骑手华天举行了一场拍卖会，募集了 3000 万。

此时李兵正在为来年的全运会做着准备，届时他将代表西藏队参加盛装舞步的比赛。在普通人眼中，马是一种温顺的动物，与马在一起可以获得心灵的宁静和放松，李兵却说，身心愉快的是人，马不会。

他跟我提起《马语者》里的一个场景，“马跑了，在去接近马的时候，那么远的距离，主人公用了半天的时间，从中午的太阳，一直拍到黄昏，一点一点走近那匹马，才能走到身边，它才不会跑，如果你直接跑过去，马早就没影了”。在他眼里，中国并没有所谓马语者。

当许多人被问及为什么骑马时，顶多会回答说放松、回归自然，而对于李兵来说，马和自己还有更为复杂和深入的感情，“跟马在一块，你把它当作你生命的一部分，你可以说把它当朋友也好，当宠物也好，有钱人拿它当一种象征也好，有人说跟马在一块身心愉悦，我觉得不完全是，而是你喜爱一件事情的时候，把它做到最好，去实现你的一种理想”。

他在马场有个大房子，夏天住在那里的时候，每天跟马一块玩，马也跟他特别好，每当他拿着胡萝卜喂它时，不用牵，马儿就会跟着他走。在这种简单的愉悦背后，他还希望做一个更职业的马术选手。作为当年的北京市中学生运动会全能冠军，他一直有种挑战自己的习惯，用比赛证明自己和自己的马，一直是他努力的方向。

“今年再玩命挣一年钱，明年买一匹特好的马，打全运会”，这也是他如今从事广告的动力之一。

马是一辈子的事业

40岁的时候，李兵开始对他从事了18年的广告事业有些厌倦了，但当他看到欧洲先进的马术产业体系和中国落后的现状，当他发现在中国找不到一个专业钉掌师的时候，尤其是当他了解到中国在唐代之后几乎再没有培育出新马种时，李兵感到一种悲哀，因为欧洲人早已培育出了专门拉车的马，专门跳障碍的马，专门盛装舞步的马，且瑞典有马术大学，英国有哈特伯瑞学院，李兵想把这套体系引入中国，即便可能需要几代人的努力。

在参观过亚琛世界马术大会之后，李兵知道了什么是最好的马术产业体系，就如同当年学习国外先进的广告作品一样，他已经知道如何使马术在中国生根，按照一个产业去发展，而不是像现在那样，老是从国外买马，打两年比赛之后就淘汰，然后又去买，形成一种恶性循环。

李兵最佩服袁隆平，"他比做慈善那些人伟大多了，做慈善只能救人一时，不能救人一世。袁隆平研究的水稻，让亩产从200斤增长到了800斤。马术将来如果发展成一个产业，很多人可能一辈子就干这个了"。

马场去年购买了两匹小马，专门给小孩子们骑，李兵偶尔也会带着4个月大的女儿上马房转转，发现女儿看着马一点都不害怕，自己心里也很高兴，"在欧洲，盛装舞步冠军都是女的，前年世界杯前四名有三名是女的"，李兵告诉我。

"你看到好的东西，去学、去模仿、去努力，千万别半截掉链子，认准这条道就一定往下走，我干了18年的广告，我只是干制作，不干发布、代理，就拍我的片子，任何事情你想把它做好，坚持下来，你都会有一个让自己满意的结果。"虽然目前马场几乎是赔钱，但他相信，只要有一天它成为一个产业，按照市场规律，总会有赚钱的一天。

春节临近，周围农村开始燃放烟花，李兵放心不下马舍里的马儿们，晚上不时去马舍看看，是否有马受惊吓的，有的马吓得哆嗦了，他会过去安慰一会，喂点好吃的，陪它待会儿。

“人，天天住在城里，不舒服，到马场住很舒服的，500 亩地，30 几个人，一群马，那是什么心情，真的不一样。”李兵慨叹说。

李佳明

主持人，美国哥伦比亚大学东亚研究硕士。主持过《开心辞典》《绝对挑战》《向幸福出发》等节目。

李佳明：为后三十年做准备

2006 年，在《蒙代尔》杂志发布年度中国最具价值主持人排行榜上，李咏以 5 亿元的身价第三次蝉联冠军，王小丫以 3.4 亿的身价排名第二。

那一年王小丫达到了个人主持事业的最高峰，而她在《开心辞典》的搭档，同时也是她四川老乡的主持人李佳明却在那年离开了央视荧屏，只身前往美国哥伦比亚大学学习东亚政治。

当王小丫得知李佳明要离开后，几乎懵了。直到最近她与李佳明一同做客《春妮的周末时光》，还对老搭档耿耿于怀，“你为什么毅然决然就离我而去？”

停三年，为后三十年做一种准备

李佳明认为自己骨子里是一个不自信的人。“不自信的原因很多，比如对我的外形不自信，我妈从小就跟我说你长得很丑，所以我从来没觉得我是帅哥，你再讲学历、家庭背景，都没有让你觉得出众和骄傲的，你就是普通家庭的普通孩子。所以开始的时候你只有拼命，靠不了任何人。”

出国前一年，李佳明在央视录了超过五百场节目，用“拼命三郎”形容当时的他一点也不过分。除了《开心辞典》，他还主持着《绝对挑战》《积极创业》两档节目。

"觉得自己有掏空了的感觉，相信主持人多多少少都会有，只不过是强烈程度不同而已。到北京来，虽说站住了脚，但是接下来往后走靠什么？能否立得住？当时觉得自己要停一下。"

李佳明累了，2000 年从重庆电视台调到央视，他花了五年时间来证明自己，其间甘苦自知，在表面的光环背后是一颗疲惫的心。

"出国的初衷还是想出去看看，尽管在别人眼里事业蒸蒸日上，而我不这样看，基本上每 5 年都会有一个平台期，2000 年开始来到央视，干到 2005 年，2006 年出去，说得俗一点叫见世面，就是见世界一面。"

他内心的苦楚与外人眼里的光鲜没有多大关系，想要继续往前走，必须要做一些改变。

"给自己一些思考的时间，你会从中获得另外一份勇气。"

"停三年，为后三十年做一种准备。"出国前，李佳明在日记本里对自己写下了这样两句话。

2005 年 12 月 26 日，他向几位记者释放了出国的消息，也是为了让自己真正下定决心。从 12 月 2 日在日记上写下出国的计划起，他用二十几天时间完成了出国前的所有事情。

到今天，周围的朋友还是不敢相信李佳明当时会做出那样的决定。

"那个时候如果不做决定，以后就没有那个勇气了，我今年 38 岁了，如果今天让我做那个决定，绝不可能了。"李佳明当时这样劝说自己，心想此时不走，可能一生都没有机会走了。

最初萌发出国的念头是在半年前，与徐小平聊天时，徐小平建议李佳明该充充电了。

李佳明当时的择校依据是自己的工作经验及兴趣爱好。美国哥伦比亚大学作为常春藤名校之一，位于美国纽约市曼哈顿，学校的教育学、医学、法学、商学和新闻学院都赫赫有名，其新闻学院颁发的普利策奖更是美国文学和新闻界的最高荣誉。

李佳明最终选择了东亚政治专业，一来由于东亚政治都是发生在自己身边的事，比较好理解；二来能深度研究西方媒体（尤其是美国媒体）

是如何看中国的。

哥伦比亚大学一年的学费是四到五万美金，生活费需要两到三万美金，一年总共要花费八万美金。

“这些钱，如果我不出国，它可以用来干什么？我发现什么也干不了。买房也买不起，买车也不是你想要的，当时流行一句话，什么样的投资永远不会亏本？就是投在自己身上。”李佳明觉得全世界只有这样的投资是永远不会亏本的，就是让自己不断去学习。

出国前李佳明已经结婚了，出国的决定妻子完全支持，“她觉得这是我自己在人生规划上的一个步骤，无非是距离远一点，就像你去一个地方学习一样，你是按照你的计划在往前走”。

许多人问：“你不担心回来后央视没有你的位置吗？”

李佳明心里做过最坏的打算，“大不了我回重庆台好了”。

他相信对一个如此虔诚，花了老本，停了工作，一门心思想去收获更多的人，老天爷不会那么无情的。

他从没有过出国镀金的想法，脑子里想的只是学习充电，“我从来没有做过一件事像出国那样目的性强，第一回国后回央视；第二我不转行，我还会做电视”。

带着“四书五经”去美国

刚到哥伦比亚大学时，李佳明脑子里还不时回放着央视名嘴的生活。但在校园里，没有人认识他，也没人亲切地叫他“佳明哥”，慢慢地他开始适应另外一种身份。

在哥大的第一学期，李佳明选了六门课，同学们都说他疯了。“我也想一学期选两门，可是花钱啊，还有时间成本。”李佳明对我说。

早上七点起床，吃过早餐后李佳明会带着电脑去图书馆占座。哥大学生有“占座位”的传统，自带电脑锁，将电脑固定在图书馆的桌子上，代表这个位置有人。

每天只有两节课，其余时间李佳明基本上是在图书馆度过的。

“认真听完一节东亚政治学的课程是很耗费体力的，中午在食堂吃完午餐，找一个有沙发的图书馆，倒头便能睡着。”李佳明回忆说。

下午他会去哥大免费的健身房放松一下，然后回到之前已占好位置的图书馆继续学习，直到晚上十一点。

周一到周五的生活简单重复却很充实，只有周末才能有时间去百老汇看场演出，或者去中国城溜达一下。工作十年之后的李佳明似乎一下子回到了大学时代，他全身心地投入其中，并享受着这份难得的“简单”。

除了“简单”，李佳明也感到了另外一种压力。每天都有两到三份作业要完成，早上八点之前要发到老师的邮箱。

在哥大的日子里，他会时不时提醒自己:“人在新鲜的世界里，多容易迷失而忘记自己的初衷啊。”

“出去之后才发现自己对中国的传统文化了解得这么少，当你对一个问题表达看法的时候，会发现你的表达是不充分的，谈到孔子，才发现我们了解得太皮毛。”当他试着跟美国同学描述中国的时候，他发现自己并不了解中国传统文化，于是回过头来恶补。

王小丫记得李佳明留学第一年中途回国时的情形，“他带了一整箱的《论语》《四书五经》去美国，他在美国的学习其实非常辛苦，要过语言关，学专业，还需要自己母语的滋养，除了作业之外他还要学这些”。

内心的柔弱在异国时空彻底暴露

美国留学的两年，也是李佳明逐渐认识自己的过程。

“你只会娱乐别人，当你没有娱乐别人的时候，你这个人一点光彩都没有了，你不会娱乐你自己，你发光的时候都是那种场面上的东西。”一位朋友的这番话让李佳明思量许久。

“他觉得我很可怜，说我自我那块是很空虚的，我觉得他说的有道理。”在异国的土地上，李佳明不用再掩饰自己的内心，因为每个人的弱点和优点都被同等对待。

另外一位朋友说：“你这一辈子都在想对得起这个，对得起那个，而你最最对不起的是自己。”

“班里组织活动，老师说我是一个 nature leader，可能跟我的职业有关系，在一个聚会上我会照顾所有人，不会让人受冷落。”

李佳明想起那个经典的段子：一个人去看心理医生，说自己事业很成功，但一回到家就空虚，不知道该怎么办，医生就说，你压抑的时候去看看那个喜剧演员的戏，那里每天晚上爆满，最后那个人说自己就是那个演员。

2006 年夏天的一个早晨，李佳明坐在哥大图书馆，听着朋友许林留给他的 MP3，里面有 7 首中文歌和 4 段四川老乡李伯清的方言评书，当耳机里播放《隐形的翅膀》时，李佳明的眼角湿润了。

那一刻，他思量了许多：“为什么此时我一个人会待在美国？为什么在别人认为事业发展不错的时候要出国学习？为什么 31 岁还要重回校园？”

虽然出国前怀揣一堆支持自己的理由，可是当真正身处异国的校园时，一首歌就足以引爆听者内心的孤独、彷徨与无助。

想起自己 22 岁时放出的“豪言”：“我宁愿被打死，也不愿被蒙死。”10 年之后，李佳明有侥幸余生之感。

母亲曾对李佳明说：“你 34 岁才明白什么是脚踏实地，太晚了。”

后来李佳明在一篇日志里写道：“我不这么认为，因为，我曾经飞过，飞在天空上，当我有一天手持拐杖，仰望天空时，我依然会笑，天空中有我彩色的青春。”

“收起隐形的翅膀，变成有形的选择”，在美国校园里，李佳明开始想象拐杖带给自己的踏实感和安全感。

靠三年改变三十年，不可能

20 天前，李佳明带女儿去过一趟纽约，回到自己曾经学习过的哥伦比亚大学。

重回哥大的那天晚上，李佳明又一次想起当时的决定，"回想你出国的决定是积极的，还是被动的；是乐观的，还是消极的；是感性的，还是理性的……"他在日记本上一连写下了十几个形容词，写到最后，他突然意识到每个形容词都是当时出国的一个因素。

经常有朋友向李佳明问起出国的事儿，可是他发现很难回答，一个人询问该不该出国，就如同在询问自己该喜欢什么样的人。每个人出国时怀揣的目的都不同，特别是对年过 30 岁的职场人来言，几乎没有前人的经验可资借鉴。

"你得到的与你当时的初衷不一样，但也有收获，这收获取决于你内心的提问。"五年之后，李佳明对于留学开始有了新的认识。

在许多人眼中，李佳明当时冒着失去工作的风险去留学。李佳明却告诉我："其实是没有风险的，钱是花在自己身上，开眼界记在自己心里。你的状态是一个充电的状态，不可能没有机会，而且你去的是美国，去的是做电视最先进的国家，没有理由老天不给你机会。"

出国之后，许多人问李佳明："你会留在这里还是回国？"他回答："当然是回国，美国没有 13 亿中国观众，而且我家人在中国。"

出国就像搭乘的交通工具，不论坐汽车、火车还是轮船，你的目的是终点站，你需要把终点站想好再出国，因为出国只是一个手段。

"我以为走出去可以解决我现在面临的问题，但是错了，我回来之后这些问题依然都在。"回国五年之后，李佳明对于当年留学的选择看得越发清晰了。

回国之后，李佳明遇到的最大困难是不接地气了，"从你回国的那一刻起，就要忘记自己出过国，不要告诉自己有优势，你的劣势是你离开了这儿三年。首先想要把你离开这三年缺失的东西给补上，慢慢再去想你学到的东西会对将来有用”。

回国五年，许多人对李佳明的职场表现有些失望，人们先入为主地希望他回国后应该上个台阶，比当年《开心辞典》时的李佳明更火一些。

可是我们在李佳明身上很难看到留学镀金的印记，虽然身边人能感受到他的变化，但这种变化无法使人联想到他美国留学的经历。

至少从李佳明的经历中，我们发现留学不是一个立竿见影的效果。

“你出去了三年，可是别忘了，你在这里生活了三十年。你想靠三年的经历改变三十年，不可能。你三年的学习和感受会慢慢融入之后几十年的生活中。”李佳明在美国最大的收获，是知道了什么是真正的平静和简单，如今他觉得平静和简单特别好。

“我的收获不需要证明给你看，我自己知道。”李佳明说。

去温榆河边拍摄当天，李佳明难得一天无事，早上七点就起床，看一本讲对越自卫反击战的书到十点，如痴如醉。

采访结束时李佳明突然跟我聊起张学友，听到张学友的最新普通话单曲《定风波》时，李佳明似乎听到了自己内心的声音：

“莫听穿林打叶声，何妨吟啸且徐行。竹杖芒鞋轻胜马，谁怕？一蓑烟雨任平生。”

刘畊宏

台湾男歌手、创作人、主持人和演员，热爱健身，曾担任真人秀节目《超级减肥王》总教练，时常激励周杰伦健身的人。

刘畊宏：失败人生拯救者

刘畊宏从国光艺校毕业许多年之后，才发现自己的兴趣不在演戏、唱歌或主持综艺节目上。

他如今的兴趣点多来源于好兄弟周杰伦身上又多了几块腹肌，或是一个胖子减掉了几斤赘肉，一位人生的失败者被他的言语激怒，后来又重新找回了自信。

台湾南部高雄的少年

中学时他是不折不扣的坏学生，喜欢打篮球，不喜欢念书；因成绩差被排到“坏班”，上课就睡觉，没事就打架。

中学毕业，不想读书，虽然父母反对，还是跑去一家汽车吸尘器厂当工人，每日的工作就是拧螺丝钉。

在流水线上，另一位工人每天对着刘畊宏大声唱歌，并向其诉说自己想当歌星的梦想。这样的梦想刘畊宏从没有过，虽然小学时参加过儿童合唱团，那也只是因为合唱团中有漂亮女生。

一边是枯燥的工作，一边是唱歌唱得令人心烦的工友，一个月后他选择了离开，“我的人生不该是这样子”。

他决定重新回来念书，上补习班，这也是母亲乐意看到的。在补习班，刘畊宏又遇到一位怀抱着演艺梦的同学，这位同学想报考当时的国光艺校，于是也拉着他报了名。

从南部的高雄到台北参加国光艺校考试，刘畊宏很兴奋，这种兴奋不是考试前的兴奋，而是一路游玩的新奇感，他从没想过自己能考上，起初报名只为去台北玩一趟。

考试前，国光艺校的学姐看见这位从南部来的少年，满脸淳朴的样子，心生欢喜，坦诚地告诉他如何应考的技巧，真心希望他能考上。

到了考场，面试的场景令刘畊宏感到熟悉，就如同春节时跟姐姐妹妹一起在爸爸妈妈、爷爷奶奶面前汇报表演，考官都跟父母的年纪相仿，也没有同龄人围观。

刘畊宏感到轻松，边哼唱边跳了一段洛克舞，他乱唱乱跳的样子逗得考官哈哈大笑。后来他才意识到，那次考试考的并不是技巧，而是胆量。

当年国光艺校戏剧专业招生 20 人，刘畊宏第 17 名，同去的那位准备充分的同学却落选了。

母亲为刘畊宏终于考上一所学校而高兴，而他自己心想："演戏总比念书好吧？"

15 岁去台北学习表演，一张白纸的刘畊宏反而得到了老师们的喜欢，相比那些有基础的同学，他的进步更快。作为班级里第一个进演艺圈的人，刘畊宏高二时就开始拍戏了。

20 世纪 90 年代台湾电影时代没落之后，他拍了许多偶像剧。后来组建咻比嘟哗乐团，他是吴宗宪公司最赚钱的全能艺人，主持节目、出唱片、出健身书、演戏，他一样也没落下。

吴宗宪旗下的全能艺人

刘畊宏承认自己是吴宗宪带出来的，吴宗宪总是告诉身边的伙伴："艺人其实可以做很多不同的事情。"

在这样的思想指导下，一位年轻的艺人可以依靠吴宗宪的提携和帮衬，迅速扩展自己的事业版图和影响力。

刘畊宏从没怀疑过这样的方式有何问题，直到有一次主持一档叫《车族传说》的电视节目，从一场车祸中幸免于难的刘畊宏开始重新思考自己的人生方向。

那是一款昂贵的敞篷跑车，刘畊宏驾驶着它，同时也作为主持人解说着，副驾驶上坐着摄像师。在 30 秒之内，汽车冲到了 100 码之上，超车时车轮发生了侧滑，汽车打着转从内侧车道滑行了 50 米撞向内侧车道。

"轰"的一声巨响过后，刘畊宏发现自己上身凸显出一大块瘀青，而跑车的车头已经撞没了。

"当时想到一个事情，我现在这么忙，赚了这么多钱，真的是我想要的人生吗？"

刘畊宏决定暂时离开演艺圈，到加拿大学习一年。从高二开始，刘畊宏几乎每天都在工作，他一直有出国的梦想，也默默为留学存了一笔钱。

"虽然没想清楚，但我已拥有了这一切，可并不是很快乐。所以我决定出去念念书，出去静一下。"

那年刘畊宏 30 岁，也是咻比嘟哗乐团最火的时候，吴宗宪为此找他聊了三个晚上。

当刘畊宏提出解约时，吴宗宪试图挽留，"你现在是因为太累了，工作太多了。有很多像你这样的艺人，想要有一份工作都不容易。可是现在你有这么多可以做的，每个月几十万收入对于你来说其实是很好的。可是你说你不想做，你就损失了"。

"我不想做的原因不是钱的问题，是我一点心都没有想在这个工作上更努力。我找不到那个动力了。"刘畊宏如此回应吴宗宪的挽留。

假如人生突然没有了？

回国后，刘畊宏休整了两年。虽然之后出了专辑《彩虹天堂》，拍了电影《大灌篮》，但他的路已经偏离了原先的演艺之路。

周杰伦与刘畊宏都是吴宗宪旗下的艺人，吴宗宪曾难得正经地说："大家可能不知道，其实刘畊宏对杰伦的帮助比我对杰伦的帮助要大，当年杰伦还是个穷小子的时候，他给予杰伦很多方面的照顾。"

周杰伦的腹肌后来成了一个长盛不衰的娱乐话题，而刘畊宏正是这个话题的制造者。

周杰伦刚出道时，在刘畊宏的帮助下练健身，在一次演唱会上，周杰伦弹钢琴时把衣服脱掉，引发了一个风潮。

后来当周杰伦达到天王地位之后，接下来八九年都没有再继续健身了。

"拍《青蜂侠》时，周杰伦本想训练，但他一个人去了美国，我没办法陪着他，他说你教我的方法我都记得，我会练的。最后不但没练成，反而更胖了。"

后来监制电影《天台爱情》时，刘畊宏实在看不下去了。

他在电影开拍前对周杰伦说："这部电影的男主角需要一位年轻人，剧本是你写的，但是你现在的身材和体型没法像年轻人一样。你已经三十多岁了，要演一个二十多岁的人，如何说服观众？所以你现在必须改变。而且现在海外观众都要看你这部电影。"

他深知周杰伦是一个很希望为华人争光的人，就故意激他那个点。

帮助他人健身，从而改变一个人的人生，这是刘畊宏后来发掘出的能让自己感到兴奋的事。

"他很会激怒别人，激发人的潜力，让你做一些不可思议的事情。"太太王婉霏如是说。

激怒对方，是刘畊宏帮助他人找到内在动力的方式。为了帮人减重，他曾经面对面将一个体重 200 公斤的胖子骂晕倒。

在摄影师的坚持下，刘畊宏才答应裸露上身出镜。在脱去上身穿的 T 恤之前，他做了十几分钟热身运动，力图把身上的每一块肌肉都调动起来。

“想要练成我这样，如果没有一个正面的思想，你很难做到。”刘畊宏对那些想跟他练健身的人说。

他的工具是健身

跟太太王婉霏谈恋爱的时候，他们常常在一起快走，在运动中分享彼此今天做了什么事。

“上帝创造你，如果你不知道自己的潜力，太浪费了。或许你是一个篮球国手，或许你是一个跳高选手，可是没有人帮你发展这一块。”刘畊宏起初为了发掘周杰伦健身的内在动力，跟周杰伦聊了很久，聊到最后周杰伦热血沸腾地说“好！”

刘畊宏没学过心理学，但长期当义工的经历，使他遭遇过很多别人的问题。“我们会为他们祷告、分享，还会帮人上婚姻辅导课，久而久之，慢慢开始帮助人的生命改变。”

“信仰就是这样，只是工具不同，有人用唱歌，有人用跳舞，有人用健身。我老婆用美姿美仪，也能帮人的生命改变。因为我老婆是选美冠军。”

太太王婉霏做的事，是通过美姿美仪课程，帮人找到自己最美的样子，使其从心底散发出来。

“我不怕我的教练变得更棒，出去自己开健身房，因为我的目的不是靠这个健身房为我赚更大的钱，如果你在这个过程中变得更棒，那就更棒去吧，我也会变得更棒。如果你不能变得更棒，我的进步动力就没有了。”

刘畊宏经常对自己团队成员说：“要拼每一分、每一秒，因为你不知道什么时候就离开了。你要每一刻都为你的梦想努力，你要想清楚，你到底想要的是什么。”

刘畊宏现在四十岁，却有着十八岁的基础代谢水平。“现在是我人生巅峰的时刻”，他对我说。

周杰伦见到他会很奇怪地问："你又没有那么红，为什么可以每天那么快乐？"

"我的生活非常棒，我有老婆和两个小孩，我的爸爸妈妈都很好"，刘畊宏回答。

他不会因工作忽略家庭，就算再累，也会想办法赶回去给儿子洗澡，哄他睡觉。

陪两个孩子成长与做自己的事，刘畊宏不想失去任何一个。

"不是说事业很大才是人生的巅峰，你有一亿，好了，你想吃什么，你想开几辆车，你想住几个房子，你就一个人而已。欲望更强，实际上并没有得到更多东西。赚更多的钱，你需要靠那个来增加你的成就感吗？"

"你没看到这个，你就不懂得珍惜现在的每一分钟。我告诉你，熬不过的，越熬时间越长。你必须享受每一刻，时间才会过得快乐。回头再看的时候，超充实。"

十年前那台撞毁的超级跑车就像一个隐喻，如今的刘畊宏不需要再去买一辆几千万的豪车来获得成就感。

他的快乐越来越简单，却越来越快乐。

刘中

画家，法国教育部造型艺术硕士，2009 年 6 月受邀在第 53 届威尼斯双年展举办《大自然的赞歌——刘中绘画作品展》。他的作品中充满了自然流露的天真。

刘中：一颗带有挫败感的心

1977 年 5 月 31 日《人民日报》第二版刊登过这样一张照片，照片的焦点是一个正在作画的小男孩，周围有许多小朋友在观看，摄影师很好地捕捉到了小画家身后一个小女孩啧啧羡慕的神情，图片说明这样写道：

> 北京市灯市口小学一年级学生刘中画了一幅《热烈祝贺华国锋同志任中共中央主席、中央军委主席》的画，表达了新一代对华主席的深厚感情。这幅画已入选一九七七年全国美术作品展览。

那一年，刘中还不到十岁，但他开始画画已经有三年了，有着一颗闪闪红星的军绿色帆布帽是他的最爱。

翻看刘中小时候的相册是件令人愉快的事儿，多么快乐的童年，不论是举起右手宣誓，还是拿起毛笔，小画家都是昂着头，目光澄澈，阳光打在脸上，像一朵向日葵。

许多年后，刘中给自己一幅关于向日葵的作品取名《含》，画面上是被无数绿叶包裹着的黄色圆盘，像一轮初升的太阳，喷薄欲出。

阿基里斯与龟

我见到刘中的时候，他已经 40 岁了，他翻开儿时的相册给我看，其中还包括剪报，从 5 岁起报纸杂志就有关于他的报道。

这可能是我见过的最好玩的个人相册了，几乎囊括了刘中从出生到中年这段时间的所有零星记忆，这背后是一对画家夫妇对于儿子点滴成长的热切注视的目光。

我看到了戴着红领巾的刘中与侯宝林先生一起的留影；在另一张照片上，小刘中坐在艾青夫妇的中间，这还是我第一次看到老诗人晚年的照片，艾青夫人挽着刘中的手，面目慈祥，也许小刘中并不知道自己右边的老爷爷刚刚经历过一场怎样的磨难。

刘中回忆起自己当年的邻居范曾时，讲述了这样一个小插曲：

小时候范曾叔叔为我画像，他画完后问我像不像，我答："不像，太老了！"

"儿童的憧憬就是一心想要长大，而成人后，却对童年一去不复返黯然神伤，从艺 35 年让我懂得作品中的童心不泯是如此珍贵。"刘中 40 岁时写下了这样的句子。

我们坐在农业展览馆附近隆博广场二楼的福楼法式餐厅，他工作的地方中国美协就在隔壁，我的第一印象是对面这位中年画家与北野武电影《阿基里斯与龟》里的男演员太像了，刘中 4 岁时的作品《北京饭店夜景》就获得过"全国少儿绘画比赛"一等奖，这也与电影中画家小时候的经历很相似，影片中的小画家自小就得到过日本著名画家的称赞和鼓励，还送了他一顶画家的帽子，这顶帽子北野武到老都舍不得摘掉。

北野武的电影讲述了一个从小受艺术召唤的画家的一生，少年、中年、老年，在喜剧情节的背后，是无尽的悲凉。结束的时候，满身绷带的老年画家（北野武饰演）依然不忘自己艺术家的做派，将一个捡来的可乐罐标上 20 万日元的价格。

一生碌碌无为的艺术家，最后一个艺术品也注定是无人买单的，也许只有一个人还记得他，那就是已经与他离婚的妻子，她收留了这个境况凄凉的老人。

有人说这个结尾太过温情而消解了整个影片的力量，我却很喜欢这个结尾，艺术真的那么重要吗？

在与刘中聊天的过程中，电影中的一幕幕总是挥之不去，我常常拿刘中与影片中的艺术家对比，刘中是幸运的，少年时代是祖国的花朵，青年时代有机会去法国留学，中年时更是将自己的作品带到了威尼斯双年展上，朋友对他说："一个人 35 年一直坚持做一件事实在很难，你却做到了。"

和动物说话的机器

刘中 3 岁以前的童年时光是在陕西农村度过的。黄土坡，会捏面人的奶奶，那满是老茧的手，田野里的动物，给了他生命中最初的记忆。4 岁时被父母接回北京，对一切充满了好奇，于是脑海里便留下了"妈妈给我很大的纸，爸爸给我很多的墨的记忆。"

动物在刘中后来的创作过程中成为一个永恒主题，他说："我偏爱画野生动物，因为它们心属自然，心归自然，在它们面前，人类显得多么物质、无奈与无助。"

1979 年，10 岁的刘中创作了《我发明了和动物说话的机器》，并在中国美术馆展出，展出现场无数小朋友拿着小本子在一旁写生。那时候，刘中与另外三位小朋友亚妮、阿西、卜桦一起被媒体称为"画坛神童"，接着是报纸杂志铺天盖地的报道。

我好奇这样一个"画坛神童"为什么没有走上职业画家的道路。

"因为我从小就喜欢画画，绘画成了我生活中的一部分，但是你不能因为画画而不去幼儿园，也不能因为画画就不去上小学，大了以后也不能因为画画而不去工作。"

20 世纪 80 年代末 90 年代初的时候，朋友把他介绍到广告公司，"画坛神童”摇身一变成了北京中亚广告公司的艺术总监，这个工作让刘中很满意，他认为自己的创意能力并不比别人差，而这个职业既能谋生，又能发挥特长，因为当时没有电脑，很多人不会画，而自己会画，只要手跟得上，又有创意，就能生存得很好。

1992 年，刚参加工作的刘中就成为赛特的顾客了，当时的赛特是北京最高档的一家购物中心。

当生存不再成为问题时，刘中决定继续学画，后来去法国留学，上午去学院上课，下午学法语，晚上还要回家创作，那时候似乎从来没有整块的时间用来画画。

后来他总结：“作为一个画家，不能闭门造车，也不能只顾自己，你要照顾这个社会，社会需要你做一些除了画画之外你能做的事情，这是一个自然而然的事情，我想在很多职业画家里头，他们可能是因为没有这种机会，如果有他们也不会拒绝的。比如帮一个孩子看看画，或者帮哪个产品出出主意，看看画面、构图、色彩应该怎么弄，我的生活状态就是这样，所以就习惯了。”

服务画家的画家

为什么没有去学院当老师？这也是我好奇的一点。

“我始终坚信一点，绘画这个东西，老师教的是技法，其实技法也不是教出来的，跟学英语一样，这个方法谁都会，你说英语能自学吗？当然能，而且很多自学出来的比在学院里学得还要好，只要感兴趣，只要热爱，就是最好的老师。”

刘中觉得去学院当老师有点误人子弟，“这东西也甭教了，都十八九岁的成年人了，你还教别人什么呀，真要有天分别人自己都能成”。

1994 年去法国留学的时候，别人问他都画这么好了，还考我们学校来干吗呀，刘中解释说自己对西方当代美术现状了解不够，后来被破格录取，一年便拿下了硕士。

刘中对中国的美术教育体制一直耿耿于怀，当年就是因为英语考试不及格被中央美院拒之门外，"你看现在活跃在中国当代的60岁左右的艺术家，他们当时都没有考英语的，包括陈丹青，都是破格进去的"。

小时候与父母一起在家里画同一个静物，画着画着突然小刘中哭了，父母十分纳闷，后来问他的时候，刘中说："我画得没你们好。"

刘中如今最爱做的事儿只有两件：一件是陪一岁半的儿子玩儿，另一件才是画画。

他告诉我："孩子对自己是有要求的，基础的培训是循序渐进、自然而然的，他知道自己画得不好，你给他点一点，他不就画好了吗？"

他如今在中国美协工作，白天服务画家，晚上服务自我，"白天要入世，晚上是出世，没有入世就不可能有出世，小时候与好朋友阿西去餐厅打工的经历让我印象深刻，这比几个特教老师天天给你灌输强多了，生活就是知识"。

刘中的画给人感觉很舒服，没有798艺术区当代艺术作品那种紧张感，作为中国第一位进入威尼斯双年展的水墨画画家，刘中已经享有了很高的知名度，但至今一直没有签约一家固定的画廊。

"我现在有稳定收入，另外我对物质上的要求也不高，所以说也没有那么迫切，这样其实是最好的。"

他佩服像吴冠中先生一样的艺术家："第一是他的激情，对艺术的执着，不是说他的线条一定高过谁，也不是说他的构图多么绝，色彩能超过西方吗？也不是，它是综合的，体现了一个艺术家的真诚。第二是他对于物质生活的淡漠，这么多年一直住在那个小房子里。"

他偷偷告诉我，其实吴冠中在离家不远处还有一栋别墅，可他从来没去住过。

在奥运个展时的画册里，刘中写下了一句话：用一颗带有挫败感的心去行感恩之路，会使人更加虔诚与坚毅。

刘中时常想起童年时候的事儿，"少儿时期成为画坛神童或许是幸运的，或许是不幸的；18 岁那年因英语差几分被拒之中央美院大门之外是不幸的，又或许是幸运的；真正值得庆幸的是我一直不停地画画——用手、用眼、用心画”。

里尔克说过，就算你什么都失去的时候，至少还拥有童年。

我想，刘中的幸运要感谢这个时代，那向阳花一样的童年，他们是祖国真正的花朵，今天能如此从容地画画也是中国水墨艺术之幸。

陆毅

演员，在这次访谈中，他谈到了自己的家庭观，以及对于演员这一职业的看法，在光怪陆离的娱乐圈，他就像一位墨者，守城者。

陆毅：守城者正

“我一直觉得，自己像一个老派演员。”说这句话的时候，陆毅的目光如回到了少年时代。

20世纪80年代，当陆毅还是一位童星时，演戏是一件很神圣的事儿，穿着白大褂、戴着白口罩的化妆师，一水蓝布制服的灯光师，都给他留下了深刻印象。

1990年，14岁的陆毅被特招进入上海儿艺。开学不久，带班老师对大家说：“你们是演员，演戏给小孩看，你们就是孩子心灵的工程师。”国家级的电视台和电影厂，严谨的创作态度，专业的工作人员，陆毅在那里感到内心很踏实，想着自己正在做一项高级的工作，走在成为“灵魂工程师”的路上，十分骄傲和自豪。

儿艺的3年里，陆毅经历了严苛的京剧武打训练，参与了数不清的舞台剧演出，一丝不苟地磨炼着自己的心智与演技。

“20年过去了，我一直记得，演员的使命是这样的。我5岁开始接触这个行业，那时整个行业非常健康，那是一个很正规的体系。”20世纪80年代到90年代初，那段时光在陆毅的记忆里从未磨灭过，为他整个演员生涯铺就了一抹明亮的底色。

演戏

“近10年来，各种乱七八糟的东西都进来了，忽然觉得自己早年接触的东西，正发生颠覆性的改变。"当听到老艺术家们说看不惯现在的剧组时，陆毅深有同感，因为他曾经跟前辈们走在同一条路上。

与前辈们的抱怨不同，陆毅学着去适应它，"毕竟你做这个行业，不能因为接受不了就不干了，这是大环境的变化"。

在这个"乱七八糟"的演艺圈，陆毅只想做自己；在同行里，他找不到参照系。

"在演员当中，有没有谁的戏你很喜欢？"

"没有。我就是凭自己的感觉去演，以前演过一些名著翻拍，我从不会去看之前拍的是什么样儿。既然你找我来演，那肯定是以我为主。"

陆毅扎实的表演功底在当今浮躁的演艺圈愈发凸显，他曾在高希希导演的《三国演义》里扮演诸葛亮，拍摄重头戏"舌战群儒"时，连背4页台词一字不错。

最近有朋友建议陆毅去参加《最强大脑》，在演员当中，陆毅背台词的功力几乎无人能出其右。

"经常背，就能慢慢找到自己的习惯，按一种适合自己的方式做，就会比别人更快更好。"陆毅如此解释。

当许多人议论韩国艺人的职业素养时，陆毅却不屑于跟韩国艺人比较，"韩国地方小，他们要挑选艺人，范围是有限的，中国太大了"。

对于演戏，陆毅更看重表演传达出的正面力量。"虽然在这个行业那么多年，我一直是一个特别正的人，高兴就是高兴，不高兴我就不做。"

虽然20岁出头就走红演艺圈，陆毅从没隐瞒过自己的恋情，别人眼中敏感的话题在他看来都再正常不过。

李安的《少年派》上映时，许多人猜测导演隐藏在影片中的各种寓意，陆毅却不以为然："根本没那么多寓意让你们去想，有人因此想到很丑恶的一面，我根本不愿去听；我就把它当成是一个非常好看的片子，带着孩子去看。"

导演王文杰在采访中表示："陆毅身上有一股正气，就是邪不压正的那个正，他要压倒邪，那么他的正就要很正。"

“那些太阴暗的东西，不宜太多宣扬。”陆毅毫不客气，他说自己拥有“一身正气”，喜欢生活每天阳光明媚、开开心心。

他饰演的角色总是正面而积极的，传达给观众一种阳光的生活和工作态度。即使一个有些阴郁拧巴的角色，交给陆毅去演，也能演出正面的气息。

在 BTV 热播剧《假如生活欺骗了你》里，陆毅饰演的黎阳因家中贫寒无背景，为了得到一份好工作，向现实低头，放弃了青梅竹马的女友曾小娅，与暗恋自己多年的高干子弟程真真（秦海璐饰演）结婚。

在接这部戏之前，编剧王宛平对陆毅说：“演完这个角色，别人会讨厌你的。”

“你放心，我来了，就不一样了。”陆毅告诉王宛平。

陆毅跟朋友开玩笑：“不管什么戏，我来演就是正的！”

每个人对待生活的态度不同，呈现出的样貌也相差万千。

让一位躲在阴暗角落的弱者变得积极向上，重燃生活的希望，似乎只有戏中的陆毅做得到。

家庭

在电影《教父》里，马龙·白兰度饰演的老教父询问强尼：“有没有经常陪妻子和孩子？”这句话在电影结束时依然回荡耳边。

陆毅似乎受过马龙·白兰度的教诲，爱人与女儿是他的全部。

“我很感谢能遇见她。她也是演员，我们是大学同学，大家以前一起寻找机会的时候，什么都是平等的。但我后来走红以后，许多剧组找她拍戏，都会问上一句，能让陆毅来客串吗？她不喜欢这样，所以宁可在家待着。”陆毅如此形容当时的女朋友鲍蕾。

“后来鲍蕾为了我，说以后再也不从事这个行业了。一方面是她对我的尊重，另一方面，她确实不喜欢演戏。”十年后，他对鲍蕾的形容几乎没变。

陆毅自认是一个比较理性的人，他喜欢去规划生活，何时谈恋爱、何时结婚、何时有孩子，心中都早有设想。鲍蕾遇到事情时，第一个想到的也是给陆毅打电话。

"找个女朋友，这是最浅的欲望，不是我没能力这么做，是我不喜欢这么做。现在人缺少的，并不是谈个女朋友。而是给你一个人，爱她一辈子。"前几年陆毅与鲍蕾合出过一本名为《爱上爱情》的书，当大家都在惧怕爱情、惧怕婚姻时，陆毅对大家说——"我不怕"。

"不要看到新闻里每天报的那些东西，就不相信美好。美好的东西就存在我们身边。"

2002到2004年间，陆毅出了两张专辑，却招来了许多人的责难。

"我脾气倔，你们都说我不行，那我再出一张。"唱片出到第三张时，陆毅感到身心俱疲，他开始怀疑出唱片的决定是否错了，自己是在跟整个大环境抗衡。

"那我就不干了，我歇一会，调整调整。"2006年陆毅结婚了，婚后在家待了很长一段时间。

"那种宅在家里的生活我很喜欢，每天周而复始，我会觉得很安逸，很享受这种感觉。"这一待就是两三年。

鲍蕾怕陆毅懈怠了，旁敲侧击地问："你又不是年纪大了，又不是拍不动了，就这样放弃演艺事业了吗？"

后来，陆毅重返演艺圈。与之前出唱片时的状态截然不同，每天带着家庭的使命感去工作，陆毅觉得很开心。

"我一直把生活看得很重，只要生活开心，让我做什么，都会开开心心去做。如果没有一个稳定的家庭，就没有安全感，找不到自己的方向。"

后来女儿出生，陆毅的心态更加释放开了。

"现在我家庭很幸福，有自己的方向，我永远把家庭放在第一位，为了家庭我可以放弃一切。"

"我不会为了没拍某部戏而感到遗憾，如果因此错过了孩子的成长，我会遗憾一辈子。”

鲍蕾也经常会劝陆毅，这个戏别拍了。不是剧本不够好，而是那边风沙太大，怕过去之后遭罪。局外人也许会为这些错失的工作机会感到可惜，但对陆毅和鲍蕾来说，一个稳如磐石的家，才是重中之重。

“在家的时候，什么都不想。早上七点半起床，送孩子去幼儿园，回来之后看看电影，看看书，上上网。吃完午饭，出去逛逛街，顺便接孩子回来，陪孩子玩到晚上，哄孩子睡觉。”这些平平常常的日子，陆毅很享受。

陆毅很早就把家安在上海。考大学时，有机会上北京的学校，他没报；大学毕业后，有机会到北京的单位工作，也没来；踏入社会，走上拍戏的路，很多同学都来北京发展，他也没来。

“我一直坚守在上海，这座城市比较适合生活，是一个我熟悉的地方，我是一个不希望那么忙碌的人，把生活和工作分开。”

采访当天，陆毅坐早上的飞机来北京，下了飞机立刻投入工作，一直工作到晚上；第二天工作完成之后，他将直飞上海，再从浦东机场直接开车回家。

陆誉夫

正福草堂堂主，造园者，致力于探寻中国传统生活意境，回归江南中式传统生活方式。

陆誉夫：中国式精致生活建构师

陆誉夫身着汉服站在同里正福草堂大门外，早上 9 点，游人已经开始在老街上聚集，人们因好奇而驻足观看这位男子，陆誉夫一点也没有感觉不自在，经常有人问他是不是日本人或韩国人，这反而令他有些无奈。

22 年前，他还是邻镇上一位农民的儿子，父亲没有强迫他非要念大学，像大多数书念不好的年轻人一样，陆誉夫初中毕业后就告别学校，早早学会了一技之长——汽车修理和驾驶，事到如今他还感念父亲顺其自然的教育之道，使他在离开校园之后一直能够自由自在地做自己喜欢的事。

某个久违朋友的住所

18 岁的陆誉夫成为镇子上最年轻也是最早一批驾驶员，很快就谋到一份在当地农业银行给行长开车的工作，虽然待遇优厚，但工作 6 年之后他还是选择了离开，“钱是挺好的，但太不自由了”，那时的陆誉夫心想。

由于平时喜欢养花草树木，在给行长开车之后，陆誉夫自己折腾起一家小型的花木厂，以租赁的方式为镇子上的工厂、企业、政府机关提供花木，陆誉夫培育的花木几乎垄断了镇子上的公共办公空间。

从农业银行辞职之后，陆誉夫来到同里镇上，开了一间花木店，可生意并不如想象中那么好，那时候当地政府鼓励镇上居民将闲置的房屋重新利用起来，改造为“民居客栈”，这种做法给陆誉夫很大启发，只要把自己的家打理好了，客人就会主动找上门来。

“恩泽堂”属于同里镇上的大户人家，也是最早开“民居客栈”的人家，主人爱好收藏古董，在厅堂上摆放了许多自己收藏的物件，整个环境古色古香，在开客栈的同时也结交到许多同样爱好收藏的朋友，既养家糊口，又以此为乐，陆誉夫决定效仿“恩泽堂”的做法。

由于不是同里人，没有老宅子可以利用，陆誉夫开始时试图租一栋老宅，后来无意中发现了今天正福草堂所在地的这处宅院，一直空着没人住，于是通过种种途径打听，最终以 45 万的价格购买了这个院落。

当时陆誉夫身上虽然只有 8000 块钱，却无畏地通过亲戚朋友和银行借钱把房子买下，参观完其他家客栈之后，陆誉夫总结，“民居在前，居家在后，必须体现居家的感觉，把主人的个人喜好在客栈中体现出来”。

那时候的陆誉夫已经开始师从苏州灵岩山明学老和尚学佛，他没有把所有房间都改造成客房，经堂、厅堂等自己信仰生活的空间都保留了下来，这种做法后来得到了许多人的赞许，人们能够在正福草堂看到房屋主人的生活理念和态度。

客栈开业后，陆誉夫经常亲自帮客人提行李，而客人也经常把这里当成是某个久违的朋友的住所。

江南水乡富人不止于富足

草堂有字：“正者，常也；福者，祥瑞也……草堂者，简居也，唯有德者居之，虽陋不掩其清雅。”

2001 年购买的这处宅院不是老房子，属于后来建设的仿古砖混建筑，在之后的 11 年里，陆誉夫用苏州传统古建的制式逐渐完善它。

草堂正门朝南邻街，门上贴的是一幅苏州桃花坞木刻年画，接着是一扇春天景致的漆画屏风，整体建筑虽为早期两层砖混结构建筑，但后建的楼梯和回廊均采用传统苏式木质结构，经过后来的细心修整，原有的砖混结构已经不显突兀，与周围的传统砖木结构浑然一体。

原有的院落用砖木结构建筑的茶轩一分为二，茶轩四面透光，冬日的阳光以45度角正好照射到人脸上，南院虽小，却满是鹅卵石铺就的海棠花，北院是水景，以太湖石绕砌，水宽处设点步石，东北角一树芭蕉映衬在白墙青瓦上。

同里古镇是富庶水乡苏式古建的代表，在一本旅游书里我得知了同里二字的来历：同里最早名为“富土”，那时的文字是竖写的，两字相连，“富”字的“田”借给了“土”便组合成了一个“里”字，而“富”的剩余部分便演变为了一个“同”字。

从“富土”到“同里”，可以看出江南水乡的富人们并不止于富足，他们追求的是诗意的栖居和精神的富足，作家燕华君写道，“我在去往同里的路上，我在去往寂静的路上”，在正福草堂，你能感觉到一种至为难得的缓慢，这也许就是陆誉夫造园所追求的意境。

好古琴、喜香茗、爱清供、眈雅玩、染园冶，这是朋友们眼中的陆誉夫，而在他的脑子里有一个更为宏大的愿景——成为中式精致生活的倡导者，如今正福草堂已经在周庄、丽江开业，正福家居和正福茶园已经开始运转。

可是在法国老佛爷抢购奢侈品的中国人对中式精致生活依然陌生，感官刺激正在取代精神愉悦，喧闹取代了宁静，伪西式上层社会生活取代了中式精致生活，中国富人们什么都有了，唯独丢了生活。

仿古建筑大多是臆造的

“我们拆了大量的传统建筑，盖了许多仿古建筑，这种举动是很可笑的，今天的仿古建筑都是伪仿古建筑，因为不是按照古建筑的结构和材料来建造的，不然就是臆造的建筑，自己瞎想出来的。"在陆誉夫看来，自己所做的只是将一个臆造的古建筑改造成仿古建筑的过程。

"在苏州，不懂没关系，因为老木匠很多，样板很多，比如同里的退思园，跟当地的土木工匠说出你需要的样式，他们就会给你做好。"在造正福草堂时，技术上并没有难倒陆誉夫。

"无须出图纸，只需要告诉工匠长宽，他在外面做好之后进来安装就行了，就像搭积木一样。在设计曲廊时，由于没有设计稿，就拿着竹竿在地上比画，自己觉得合适了之后，再让工匠用石灰画线，然后开建。"久病成良医，长期跟许多老师傅接触，陆誉夫看在眼里，记在心里，慢慢也明白了一些基本的法度。

2005年陆誉夫来到丽江，在那里一连修建了6个宅院，之后他才真正有自信完整地修建一个宅院。

因势利导是造园的基本法度，正福草堂试图展现宅子里的微型园林，在陆誉夫看来，这也是一个折中的手段，相对那些居住在火柴盒子里的都市人，宅院梦依然显得很奢侈。

中国近代建筑大师童寯先生所撰《随园考》中，讲述了随园主人袁枚造园的故事，杭州才子袁枚所购的是一个废园，园主人姓随，故名随园。袁枚购得后，并不大兴土木，而是伐恶草，剪虬枝，因树为屋，顺柏成亭，不做围墙，向民众开放，袁枚和当时主流社会拉开了距离，却树立了另一种生活风范。

在古代中国，建筑语言与音乐、诗词歌赋的美是一致的，一件家具同时具备诗书画的感觉，一座园子也按照画的结构来布局。

中国式精致生活的典范就是明代文人式精致生活，而明代文人精致生活的典范在苏州，吴文化的精致生活几乎涵括了中国式的精致生活。

陆誉夫希望依靠有影响力的人来推广中国式的精致生活，从客房里使用的高端卫浴产品，到家居坐垫样式的选择，都可以看出他的用意，对于那些习惯于住万豪酒店的人们，在这里也不会感到完全陌生。

看似漫不经心，实则苦心经营

从自己力所能及的事情开始，慢慢影响到周围的朋友，2009 年正福草堂重新改造之后，这种中国式的居家生活已经改变了许多人的观念，许多人到正福草堂喝过一次茶之后，才发觉中式生活是这么恬静、自然、有内涵，而且不缺失时尚感和舒适度。

当我对草堂内一件家具好奇时，陆誉夫答曰："不是我设计的，古代就有的；现在叫沙发，古代叫短榻。"陆誉夫在上面配以宜家式的坐垫，既古朴又舒适。

李渔的《闲情偶记》和明代文震亨的《长物志》是描述中国人生活艺术的两本出色著作，文震亨取"长物"一词，意指多余之物，实际上书中所指又并非多余之物，从生活的层面来看，它们大体上并非日常必需之物。

"长物"一词体现了古人对于奢侈的定义，说是无用，却要借此建立起主人全部的精神生活。

格心成物，雅人之志，布置房间时，于不经意间，处处有规矩，看似漫不经心，实则是苦心经营，虽是人为，宛如天成，看似厅堂里不经意间摆了一盆兰花在茶台旁，陆誉夫说，"其实是经过反复折腾后的结果"。

现今主流的居家理念跟古人已不太一样，"古人提倡明堂暗室，可现代人追求卧室有阳台和落地窗，所以现在的人思想都比较涣散"。陆誉夫告诉我们。

有位女士去苏州灵岩寺拜见明学老和尚，在明学老和尚的方丈室里，她吃到了此前从未吃过的美味——香菇斋面。

她在回忆文章里写道：虽然里面都是素，但是它们的搭配非常的完美，味道融合得恰到好处，面条润滑且很有嚼劲，面条汤既清淡又有一种自然的香甜……

我想这位女士吃到的面一定不是什么稀罕食物，只是明学老和尚的方丈室给了她一种美好感觉，使这碗面无比美味。

走在同里明清街上，看着老房子上的飞檐翘角，灵动得像要起飞的仙鹤，“古人虽然住在宅子里，却不被其所困，自己依然感觉是自由的”，陆誉夫感叹古人对于内在的追求比我们多，而我们太浮躁，沉不住气。

“在北京上海，每天早上起来，几百万辆汽车在马路上奔驰，冬天和夏天，几千万台空调在运转，几千万颗贪婪的心在躁动，这样的城市怎么清净得了？”

“在北京上海，年轻人每天花两个小时在上班的路上，无谓地把人生能量都耗费了，导致自己的心情和工作都不好，中国人的服务质量怎么能好呢？”

陆誉夫建议年轻人不如回到自己的家乡，在县城里谋一份工作，“也许你会发现生活还能如此从容，没那么多的恶念了”。

《鸥鹭忘机》是陆誉夫喜爱的古琴曲，造园者需要足够的忘我才能使空间生出喜悦，在真正自由的状态下，每个人是这里的主人，又不是这里的主人。

陆誉夫接受我们采访的时候，小院的女主人坐在他身边，而后又离开，淡淡的，相爱又相忘，正是江南女子的好。

裴金宝

苏州望亭人，现代吴门琴家、企业家，精于斫琴和古琴修复。师承吴门琴派吴兆基，曾与吴兆基一起创办吴门琴社。

裴金宝：不要一副朝南面孔

"琴师的手像两只凤凰那样在朗朗宇宙间飞来飞去，没有人见过凤凰，琴师想怎样表演都被允许。"

——摘自林西莉著《古琴》一书

在苏州的怡园，每个月的第一个星期天，都会有大批古琴爱好者聚集在"石听琴室"内弹奏，在怡园，这样的古琴雅集至少持续了上百年，不论初学者，还是古琴大师，都能参与其中。

以前大家会先自报家门，"我今天想弹奏某某曲目，请各位先生多多指教"，现在的年轻人连客套话也不会说了，闷声不响地坐上去就开始弹奏起来。

经常有琴友从北京、上海慕名而来，也有在家看过古琴书籍，过来偷学琴艺的琴痴，其中有一位每月都来观摩听琴，雷打不动，最终小有所成。

了解古琴就了解了古人的方向观

开放和平等交流一直是吴门琴社所倡导的，琴社社员并不反对观众录音录像，怡园内的古琴雅集使这一古老艺术有了雅俗共赏的可能性，从学龄前的小孩，到八十多岁的老人，都会在这里展现自己的琴艺，遇到名家高手演奏，全场顿时鸦雀无声。

裴先生的女儿已 23 岁，从 6 岁开始跟着裴先生到怡园听琴，刚开始只会钻桌子底下，裴先生跟她开玩笑说，“你是在打扫卫生呢，把桌子底下的蛛网都弄干净了”，裴先生认为女儿喜欢在古琴的氛围中玩耍已很好了，而且能结识不同的人和这个园子。

怡园自古就有浓厚的古琴文化，苏东坡当年收藏的古琴就曾长期存放在怡园，“石听琴室”是怡园最里面的一间屋子，“室者，养也，男人娶妻后自称有室，女子出嫁后自称有家”，裴先生跟我们讲解琴室的来由。

一般人看苏州园林，仅仅停留在拙政园的风景很好，留园的建筑很精致，很少有人关注这些背后的人文精神，那些人们赋予园林上的东西，裴先生告诉我，“苏州园林内石船的船头全朝向东方，寓意顺风顺水”，而在当下，这些古人所遵循的规矩已离我们远去。

回到古琴，古琴台以及琴师的座位坐北朝南，称之为正位，而古戏台的方位正好相反，坐南朝北，因为看戏的人在上位，演戏的人在下位，这些人文细节在许多地方已被慢慢遗忘，而吴门古琴还保留着传统，代代相传，人们即使不懂其中的所以然也依然在遵守。

琴师左手朝岳山方向柔弦称为“绰”，古语有“绰流而上”一词，意与“逆流而上”同，速度再快些称为“上”，朝西为“上”，朝东滑弦为“下”或“注”，右手则分“起”“落”“前”“后”四种指法，古琴的方位与地理的方位惊人一致。

裴先生告诉我们，苏浙一带有句古话，“你不要一本正经，一副朝南面孔”，寓意权威话语。

了解了古琴的方位与指法，基本上就了解了古人的方向观，人站在哪个方向，会同时联想到自己该做何事，不该做何事，古人做任何事都有次第，人自然会知道自己的位置与轻重。

裴先生感叹，“汉人的传统已经被遗忘很久”，南面为前，北面为后，西边是上，东边为下，回头再重读唐诗宋词，古琴的指法，几乎全部相通，顿觉豁然开朗。

古人不只是让自己生活在物质空间

琴言者，尚其真；琴心者，尚其善。

古琴声响起，古人心中也许会涌起兰草、枯竹、梅花、仙鹤以及水墨画中经常出现的高山流水，一个空灵的高音升起，如同一只孤雁独行，飞向无尽的高远之处。

"乐修内，礼修外"，古琴在古代兼具教化和修身养性的功用，"刚开始弹古琴，脑子里会出现形象，后来会有音象出现，整个旋律的感觉会在脑中浮现，弹到后来会出现意象，会从哲学层面来理解古琴音乐"。在裴先生眼里，中国传统文人是很含蓄的，喜欢混迹于大众之中。

"桐木为体，丝为弦"，蔡邕编写的《琴操》一书，告诉后人是伏羲创造了古琴，以反对虚伪和不道德，使人回归内心真实的王国。

古琴泛音象征"天"，散音象征"地"，暗音象征"人"，琴师弹琴时，能够与整个宇宙都发生联系，琴声响起，一种空间感和宇宙感顿时升起，弹琴人才不会觉得空洞。

古人为何会设计出这样一个空间？

"这个空间不是虚的，这个空间是精神空间，我们的古人不只是让自己生活在一个物质空间里，而且还营造出一个精神空间。""何为有？何为无？快乐是看不见的，是精神的，其实它是实实在在的，如果没有精神领域的拓展与想象，你弹琴一定是苍白无力的。"裴先生说。

现在的流行音乐他听不大懂，因为流行音乐的语言总是前句不搭后句，而传统音乐语言里句与句之间的逻辑关系非常强，音乐语言非常完整，一首曲子不论多长，去掉第一句和最后一句，每一句都是第二句。

自认有个性的年轻人弹出的古琴曲反而缺少个性，反而老一辈琴师能够演奏出一些传世曲。

古琴的曲调自成体系，许多年轻人似乎还没有走到这个体系当中。

“首先要把老一辈的传承曲继承下来，不需要理论，你的感觉自然就有了。”裴先生给这些门外汉支着，按照吴门琴社的传统方法，老师弹一句，学生弹一句，模仿不对的地方老师才提一句。

对于巫娜等新生代古琴家对于古琴音乐的创新，裴先生表示很赞同，因为古琴演奏的创新自古有之，例如古琴曲《大胡笳》里就有波斯音乐的影子，《鸥鹭忘机》是明朝的新曲，《关山月》是民国时候的新曲，后来才慢慢演变为了古曲。

裴先生就曾创作一首名为《古柏操》的古琴曲，这首曲子是跟电子和声器一起合奏的。

唐人追求一种非常有底蕴的声音

裴先生的父亲 13 岁时在点心店当学徒，那家店招学徒只有一个条件——会音乐者优先。后受家庭的影响，裴先生对传统音乐里的吹拉弹唱都有了浓厚的兴趣，京戏和江南丝竹是他儿时最好的娱乐活动。

直到 22 岁时，裴先生才第一次听到古琴的声音，他的女儿今年才 23 岁，却已是古琴老师了。

1976 年，年轻的裴先生喜欢在小弄堂里随意行走，偶然听到苏州古琴家吴兆基先生弹奏的古琴声，心头一颤，因为那次机缘，在之后的 30 多年里，古琴一直陪伴着裴先生。

当时几乎没有人会主动学习古琴，听说裴先生要拜师学琴，吴兆基先生很是高兴，没有任何拜师仪式，裴先生就“登堂入室”，成为吴兆基先生的学生，从一张白纸开始学习古琴。

如今也经常有年轻人到裴先生门下拜师学琴，初次见面，有人鞠躬，有人磕头，开始时裴先生感觉很不好意思，因为自己拜师时也未行此大礼，“那时候的师生关系像父子关系”，裴先生回忆。

裴先生的第一把古琴买自 20 世纪 70 年代上海的一家旧货店，花了 65 块钱，后来才知道那是一把宋琴。

不同朝代的古琴，似乎存有那个时代的精气神，已故古琴师王迪生前弹的是一张唐代的琴，她的学生形容这把琴宽宽的，红得花里胡哨，琴音既高亮又浑厚，当她弹《流水》这样比较激烈的曲子时，整个房间都在颤动，而宋代的琴则纤细优雅许多。

在裴先生看来，"唐朝时社会上的噪音还很轻，唐人追求的是一种非常有底蕴的声音，大声音里还有小声音，多频率震动在一根琴弦上"。

北宋《断琴记》有记载："唐贤所重，惟张、雷之琴（雷绍及震、威、张越也），冠绝今古。雷琴重实声，温劲而雄；张琴坚清声，激越而润。"

现今的人都向往老琴，可是唐朝人只向往自己时代的琴，从唐琴音色所体现的开阔气象来看，唐代无疑是中国历史上最好的时代之一。

古人将人的额头比作"天庭"，形容人天庭饱满，而古琴长三尺六寸五分，象征一年三百六十五天；宽六寸，象征六合；厚二寸，富天地阴阳之气；琴面拱圆，底板平坦，与古时天圆地方之说相应和。

有人说古琴的尺寸和象征有迷信之嫌，裴先生却不这么认为，"任何传统乐器都有两个尺度，一个人文尺度，一个工程尺度，就像所有的建筑都有地理方位与人文方位两个向度，而现在的物件只剩下工程尺度了"。

中国人，中间团得非常紧，两头很松

汉学家林西莉这样描述管平湖、溥雪斋、查阜西等老一辈古琴家：我花了很长时间才明白这些老先生是何许人也，含蓄、友善、温和，有着那种只有智慧长者和高僧才有的明朗的脸。

"中国人很含蓄，同时也很正经，尽管内心很紧张，表面上也很坦然的样子，有修养的知识分子都是这种性格。"裴先生形容中国传统文人的话也是他自己的真实写照。

中间团得非常紧，两头很松，这是裴先生自创的一种古琴节奏，他自称为"汉字的节奏"，汉字造字，中间结构复杂，四周比较简单，跟中国人的性格一模一样。

打谱是考验琴师功力的重要方面，当我们听到厦门琴人演奏裴先生打谱的《秋江夜泊》，听到济南琴人弹奏裴先生打谱的《客窗夜话》时，证明裴先生打的谱打动了许多人。

除了弹琴、打谱，斫琴也是裴先生自学的一门手艺，想收藏一把裴先生制作的古琴，至少需要等三年。

裴先生是苏州一家升降机制造企业的负责人之一，古琴只是爱好，不是营生，所以面对古琴，他能够更加坦然以对，“搞古琴是件很快乐的事，有益于自己又有益于别人，何乐而不为？”

面对前来拜师者，裴先生往往首先会婉拒，在他看来，一位学琴者是否诚心正意是很重要的，学习古琴对于学生和老师都要投入大量的精力，如果半途而废，对双方都是一种浪费。

面对络绎不绝的来访者，裴先生尽量做到以诚相待，不堪其扰时，他会想自己已经不只是裴金宝个人，而是代表了苏州和传统文化，代表了吴门琴社和老师吴兆基。

为何不灌录古琴唱片？裴先生有自己的看法，今天的录音设备可以随意修改声音，这种不真实是裴先生不喜欢的，他宁愿学生们在自己演奏时录音录像，至少学生们录下的是真实的古琴声。

裴先生不想古琴成为一门玄学，所以他很少讲古琴，“讲古琴的人多，讲传统家具、园林的人少，所以我挑没人讲的事情来讲”。

形而上者谓之道，形而下者谓之器，如果“器”中包含天地万物的理念，那么就具有了“道”的特质。

天花板是圆的，桌子是方的。

何为茶道？是否有好茶壶，好茶叶，以及好的茶艺师，这些说重要也不重要，茶道的最高境界是你跟谁在一块儿喝茶，中国所有的“道”，都是人道，是人赋予的精神。

能够自我满足的生活才是真实的

林西莉形容当今社会上涌现的所谓"古琴大师"，"自称为'大师'，穿着绸缎的唐装，用那种让人联想到12世纪徽宗皇帝的神情目光，上台表演了。"

裴先生前些天去参加一次古琴交流会，听到一位福建年轻人张俊波现场演奏的《文王操》，演奏结束后，裴先生跟观众一起报以热烈的掌声，裴先生言，"文王为一代明君，我为文王鼓掌，第二我要为《文王操》不知名的作曲者鼓掌，第三要为打谱的陈功亮鼓掌，第四要为张俊波精彩的现场演绎鼓掌，第五要为制作这张琴的人鼓掌，第六要为台下的知音鼓掌"。

有人称他裴大师，他总是一笑了之，老婆女儿的话他都能听进心里去，比如刚打完谱，他会第一个让女儿听，女儿是裴先生的第一个听众，她提的意见裴先生一般都会遵照。

"我们之间既是父女关系，又是师生关系，同时又是朋友关系，这种融洽不是表面上的融洽，是心底里的融洽。"女儿似乎对我跟裴先生之间的对话没有太大兴趣，旁听了一小会就上楼去了。

裴先生言，"舒心、放心、能够自我满足的生活才是真实的"，他从来不去收藏自己，任何采访报刊从来不收集，媒体不给寄，也不会主动去要；裴先生最爱李煜的词，"无言独上西楼，月如钩。寂寞梧桐深院锁清秋"，并为它做过曲。

某日裴先生走过一家古玩店，有个人在店里拉二胡，拉的曲子是《病中吟》，演奏者一个人在空空荡荡的店里坐着，生意也没有，二胡音乐响起，门外西北风呼呼地吹，没有人到那冷摊上去照顾生意，不论谁从他身旁走过，他只是两眼紧闭，陶醉在自己的世界里。

裴先生回忆道："这位先生的二胡水平还是很不错的，因为我拉过二胡，他有点怀才不遇，中国知识分子总有点怀才不遇的感觉，当你到了五六十岁，这种怨气会逐渐消散，会少一点，因为道路千千万万条，不要钻一条死胡同，你就不会怀才不遇了。”

女儿小学五年级的时候，有些音乐学院附中想让她去念书，毕业之后当个古琴老师，女儿跟父亲说：“爸爸，我不想做专业的古琴老师，像你这样弹弹琴，多放松，多潇洒，如果做了专业的，有任务在身，还不累死了。”裴先生认为女儿的想法很正确，表示赞同。

在女儿还小的时候，裴先生家住在苏州一处小房子里，因害怕古琴从高处摔下，裴先生经常把一张琴平放在地上，偶尔女儿会突发奇想用脚弹琴，女儿的小脚拨弄过的那把古琴距今已经千年，这一千年来似乎还没有第二人用脚弹过它。

裴先生并没有因此训斥过女儿，“不要把它看得太形而上，不想让女儿对古琴产生一种怕的感觉”，裴先笑着说。

裴先生的话语中除了传统文化，还带有丝丝情感，显然这些已经是他生活中的一部分了。

秦四风

作曲家、键盘演奏家、音乐制作人。2017 年 6 月 24 日，他凭借专辑《SEDAR》包揽了第 28 届台湾金曲奖“演奏类最佳专辑奖”“演奏类最佳作曲人奖”“最佳演奏录音专辑奖”三项大奖。

秦四风：不着喧器 思起指落

许多科班出身的音乐人在毕业之后，几乎都会面临职业的困惑，但这在秦四风身上从没有过。

2004 年秦四风从沈阳音乐学院作曲专业毕业，之前他已经担任过辽宁电声乐团钢琴手，组建过东北地区第一支爵士乐队 GYQ Band，并成立了个人音乐工作室 Fourwind Studio。

流行音乐作曲专业当初在全国只有沈阳音乐学院设立了专科，而秦四风是中国第一个获得这个专业本科学历的学生。

毕业后第二年，秦四风与著名吉他手龙隆共同组建了中国第一支 Fusion Jazz 乐队“团结湖乐队”，同年加入汪峰乐队担任钢琴演奏至今。

以上履历对于一位生于 1978 年的音乐人来说似乎有些过于顺风顺水，但这些光鲜的成绩背后是一位音乐人逆向生长的故事。

谦虚的态度磅礴的热情

秦四风早年学画画，父亲担心太累眼睛，后改学音乐。父亲也是音乐科班出身，所以秦四风很早就走上了创作与演奏之路，少年时的他，就已经跟着院团到处演出。

“单位里的破事多，观念也跟当时的自己不一样，心想还是去学校念书吧！”如果不是后来考大学读书，秦四风也许会一直在辽宁电声乐团混到现在。

因为业务能力出众，秦四风在辽宁武警文工团、辽宁电声乐团、辽宁儿童剧院都工作过。少年秦四风跟一帮四五十岁的中年人混在一起，同事们每日争论房子和职称，这让他担心自己以后就这样混下去了。

“他们讨论的东西对我来说特别无聊，但那个阶段给了我很大的锻炼，比如我的演出经验有了很大提高”，几年的院团工作经历使秦四风后来重回大学念书时，跟其他同学在观念上很不一样。

进沈阳音乐学院时，秦四风已有一套自己的创作概念，而他的同学们则稍显稚嫩。

“去学校学习之后有了一种感悟，总觉得自己在任何方面都还相差很多，于是就养成了一种刻骨铭心的习惯，在任何情况下，都认为自己仅仅是个初学者。”

由于一开始就有过社会实践和创作经验，秦四风进入音乐学院学习时已很清楚自己要学什么。

“抱着一种谦虚的工作态度，磅礴的工作热情，这两点是保持高度认真的必要条件。”

秦四风认为一个音乐人在创作的时候，一定要先入为主地认为自己的能力相对差，但工作一旦启动就要把自己的世界完全展示出来。

这个习惯一直伴随着秦四风，让他内心一直有一种创作高级音乐的动力。

在毕业之后的许多年里，除了写这样那样的歌，编这样那样的曲，为音乐圈人士演唱会担当音乐总监，秦四风依然还是想表达自己内心的音乐。

不去积攒大家认为的成绩

毕业前的一天，中央音乐学院的同学对秦四风说："你必须去北京。"

"我只想写自己的音乐，在哪儿写都一样。"

秦四风没有去北京的打算。朋友执拗地劝说他，说秦四风来京将为中国音乐做出很大贡献。

"我们都是地方的人，不知道北京什么样，就知道刻苦学习。他知道我不是追求那个的人，于是用一特牛的话鼓励了我一下，于是我就信了。"朋友希望秦四风去北京后在事业上有所进步，希望大家知道秦四风，了解秦四风的音乐。

许多北漂音乐人刚开始都很痛苦，可是秦四风一来北京，就有各种各样的工作找上门。

他甚至参与过歌手杨臣刚《老虎爱大米》的编曲和演奏，开始时秦四风并不知道这是谁的歌。直到这首歌红了，他才慢慢回忆起来。

换作别人，也许会去不停为名人编曲，不停赚钱，用获得的名声再赚更多的钱。而秦四风并不这么看。

"我看得相对淡，并不是说我不喜欢赚钱。在我的观念里，住 100 平的房子与 200 平的房子没有本质区别，一年赚 100 万还是 200 万，你都买不起一亿两千万的别墅。"

"作为一个音乐人，你干得再好也无法达到那个财富水平。所以我根本不去想它，不如用那些时间和精力来创作自己的音乐。"

秦四风脑子里琢磨，自己现在这个行当再怎么接活儿，也不可能变成亿万富翁，那为什么还要干呢？

"我十天编一个曲在北京买不起房，我三天编一个曲在北京还是买不起房，这说明你选错行了。如果你想不停提高物质生活水平，那么你只有两条路，一个是放弃你真正的音乐理想，另外一种方式就是，你干脆别做这行。"

虽然在北京买了房，但是秦四风依然拿买房做了个比喻。

在秦四风看来，艺术有它的独立性，唯一性。如果你干这一行，肯定不能像做商业赚那么多的钱。

在音乐之外，他热衷于平面设计、摄影创作，也写诗，虽然这些与音乐无关的创作并不能给他带来什么经济利益。

在这个浮华的社会环境中，想尽办法保持自己内心有一块净土，不受任何干扰，是他经常琢磨的事儿。

当大部分人为了名利放弃自己热爱的事业时，秦四风却让自己变成了一位无法定义的音乐家。

他不会定义自己属于何种音乐类型，爵士、摇滚、流行、古典、还是民族音乐。

"我想创造自己的特征，虽然这种特征不足以强大到形成一种风格。尽量做到让别人一听，就知道是我。"

全世界搞音乐的人有一亿，里面高手有一千万，但只要弹一下就能让别人识别出来的，只有一百人。

秦四风希望成为生活在中国的这样的音乐家，具有艺术的识别力。对于演奏家来说，这样的目标显然比歌者更难达到。

他每周会去一家酒吧演出一次，在他看来这是艺术，跟商业无关。

他如今关注的不是自己接什么活儿，干什么工作，"那个太短暂了，在人们心目中太短暂了，所以我也不会拿经历去积攒这些大家认为该记录下来的成绩。因为我认为它本身就不是成绩，更不是你的成绩。若留下一些音乐作品，在我离开这个世界之后依然有人听，那就是好的音乐。"

在汪峰乐队的日子

加入汪峰乐队之前，汪峰给秦四风打过三次电话，前两次都被秦四风拒绝了。

第一次接到汪峰电话的时候，秦四风说："我没听过你的音乐，即使听了我也可能不会喜欢，我不合适你。"

汪峰让秦四风听过之后再考虑。第二次接到汪峰电话时，秦四风虽然听了他的音乐，却对汪峰说："我不大喜欢这类音乐，还是希望你能找合适的人。"

"第三次我同意了，我觉得第三次如果再不同意就太装了。不管他是谁，他的音乐是什么样，至少他对我和他自己的音乐都表达了足够的诚意。"

秦四风觉得那时候的自己年少轻狂，而并非有多牛。第三次接到电话的时候，秦四风被汪峰的坚持打动了。

到了汪峰乐队之后，秦四风对汪峰说的第一句话是："如果找到比我更好的钢琴手，马上把我换掉，这样对你个人是最有利的。"

可是到现在汪峰也没把秦四风换掉。

"他是很敏感的一个人，极细微的差别都能听出来。有时他跟我说，四风，你别弹得过于细腻，可能不太适合这首歌的风格。有时候我还需要控制一下自己，让自己变得简单一些。"

秦四风认为他在汪峰乐队里，只是一个服务性的角色，歌是汪峰写的，自己尽量用全部所学来帮助汪峰完成他的音乐。

汪峰无疑是乐队在公众眼里的焦点，只有一些资深乐迷才会将汪峰与秦四风联系起来。

国外有许多大牌乐队可以做到全体成员平起平坐，分享荣耀。

秦四风认为，中国国情决定了现在的这种一位明星人物挑大梁的乐队形态，他开玩笑说："让一小部分音乐家先富裕起来，有利于带动其他音乐家一起致富。"

"如果我是一个明星，我会雇用最好的乐手，这其实对双方音乐家都是极其有利的。"秦四风认可汪峰和许巍的乐队模式。

合作时间长了，秦四风也逐渐接受了汪峰的音乐美学与音乐哲学。

关于摇滚乐，他也喜欢黑豹乐队，他说自己喜欢那种比较真诚的音乐，认认真真给大家唱歌。

Fusion 比自由重要

“北京精神”之歌《我的北京我的家》、杨臣刚《老鼠爱大米》、张靓颖《新不了情》、汪峰《回忆之前忘记之后》、林广财《来苏》，当以上五首歌摆在一起的时候，没人会想到它们出自同一个人。

“我不排斥任何一种音乐，包括民族音乐在内，都太值得认真去思考。”秦四风在音乐上没有偏爱，一视同仁。

秦四风觉得自己身上能被人称为榜样的地方有两点。第一点是在繁多的工作当中，仍能保持自己的时间和空间，创作表达自己内心哲学的音乐，这一点大部分音乐人很难做到。秦四风鼓励所有音乐人应该这样做。

第二点是尽量尝试不同音乐类型，并且为它工作，而且要认真。他编过民歌，做过影视配乐，在汪峰的乐队里做摇滚乐，有自己的爵士乐队，担任流行音乐专辑和演唱会的制作人，也坚持写古典音乐。

“不要排斥任何一种门类的音乐，取之能用在更多其他领域，这样就更丰富，也更 Fusion。民乐的灵感可以融在爵士乐中，摇滚乐中的激情可以放到古典音乐里，将古典音乐的严肃用在流行音乐上。”

秦四风认为，音乐上的包容是一个特别有好处的事儿，可是当下有太多的音乐人，做了一种风格，就排斥另外一种风格，比如搞爵士的瞧不起搞摇滚的，搞摇滚的又觉得搞爵士的做作。

正如胡适先生晚年所倡导的观点，“宽容比自由更重要”。音乐人很容易陷入某种自以为是的境地，把思维的僵化当作对于理想的坚持，把自我当成自由。

“都要去尝试，只要给你机会，就应该认真地去完成。不排斥任何一种音乐，因为每个她都是一种极美的事物。”在整个采访过程中，秦四风从没对某种音乐类型表现出特别的偏好。

就在我整理这篇采访的时候，秦四风又接受了一部电影的拍摄邀请，除了在剧中担任男配角以外，他还兼任了剧照拍摄与作曲等工作。

在融合不同工作的过程中，学习如何回到原点，也许这就是他认为的——让每个人逐渐看清自己的方法。

孙初

中国当代水墨画家，《VISION 青年视觉》设计总监。他的水墨作品总是给人带来惊喜，一位具有先锋意识的传统水墨画家。

孙初的画

孙初寥寥数笔就勾勒出了一幅国画大师黄宾虹的肖像——这是大师老年时的样子，长袍马褂，头戴一顶黑色小毡帽，双手拢在袖子里，侧身直视前方，圆形镜片背后的眼神有些许悲凉，同时又有几分坚毅。

在近现代绘画史上，有“南黄北齐”之说，“北齐”指的是居住在北京的花鸟画巨匠齐白石，而“南黄”说的就是浙江的山水画大师黄宾虹，他擅长山水、花卉，并注重写生，但成名相对较晚。

黄宾虹六岁开始临摹家藏的沈庭瑞（樗崖）山水册，1887年赴扬州，从郑珊学山水，从陈崇光学花鸟。1907年后居上海三十年。前二十年，主要在报社、书局任职，从事新闻与美术编辑工作。

生于1966年的孙初之于生于1865年的黄宾虹，经历也颇为相似，1997年秋，孙初抛家舍业来到北京学画，没能成为职业画家，却做了中国一位优秀的平面设计师，最后加盟中国一家新潮的《VISION青年视觉》杂志。

生于1865年的黄宾虹之于生于1966年的孙初，就如同传统水墨艺术世代延续过程中一根看不见的线。

与西方绘画相比，中国绘画更像是一种哲学，中国画借物抒情，而西方油画注重再现，个人情怀的抒发是中国文人画历代延续的一个永恒主题。

看着笔下的黄宾虹先生，孙初似乎看到了自己老年的模样，像老人一样透过眼镜片看透世态炎凉。中国画似乎是一面镜子，可以照见自己，有时候你从画中看到的自己甚至让自己感到悲凉。

我猜想孙初一定体会到了这种感情，中国文人绘画在当下社会越来越被边缘化的现实同样也让人感到不快，在2008年的展览中，孙初展出的作品给人的感觉是古朴的，老气横秋的，同时也隐藏着一种冷眼的乐趣，相比八大山人那种孤绝的愤世，你会发现它依然留有对世事的依恋，一种被生活摧枯拉朽般折磨之后，依然热爱的冷眼。

孙初2008年的作品中给人留下深刻印象的是那些画中鸟，这是我见过的最笨拙而缓慢的鸟，我常常担心它们是不是真的为飞行而生，它们的翅膀耷拉着，与脑袋相比，嘴巴奇大，它们的眼神落寞，同时又若有所思。

总之孙初的水墨画简洁到使你看到的满是心境，每一块墨迹都是有感而发，例如他笔下的竹子没有竹节，只是淡淡的几条线，这样的画面充满了想象的张力。

中国画有内向的特性，画者必须要直视内心，象征中国画的梅兰竹菊、花鸟虫鱼在孙初笔下统统成了自己的喻体，这些鱼和鸟越来越鲜活，它们随着画家自身的生命轨迹一天天变老。

在2008年展览序言里，孙初写道："中国画是人们想超越现实而向自然中去，以获得精神自由，回复生命自在意义而成立的，是反省的反映。而另一种艺术则是对时代社会采取顺承性的反映，这种艺术对现实犹如火上浇油。"

关于2009年的这次展览，孙初并没有将中国画的自省精神进行到底，甚至拒绝了改良，他选择了对水墨艺术语言的大胆革命，与当年杭州艺专的赵无极、吴冠中学习西方艺术不同，对于热爱传统水墨艺术的人来讲，你可以从赵无极的抽象画里看到中国绘画的传统，但是对于一个对水墨艺术一无所知的人来讲，赵无极的画只能属于西方绘画的范畴。

可贵的是，孙初的画给人的第一观感依然跟传统水墨有关，水墨与丙烯，两种同样溶于水的材料，在宣纸上起了奇妙的化学反应，水墨之于孙初是游刃有余的表现手段，正是这种游刃有余使他看到了水墨的局限，孙初认为，到了我们重新定义中国画的时候了，只有具有中国人文精神的画才算是中国画，他喜欢传统山水，是因为水墨在纸上的那种不确定性。

“不要定义水墨画和油画，可不可以打破这个界限？东方西方，具象抽象，意象意境，二维三维。”在他的这批新画里，界限全部被打破了。

为了这批新作品，孙初闭关画了两个半月，最后一张作品出炉，他也病倒了，输了几天液才好起来。

其中有一幅水中女人体，具有西方油画的一切要素，同时又有中国水墨画的灵动，第一次看到这幅画中的女人，你就会久久不能离开，中国画第一次这么光彩夺目地出现在观众面前，而不是如同故纸堆里的珍宝，或是俗气的梅兰竹菊。

另一幅值得一提的作品是《十字架上的耶稣》，某天夜里孙初鬼使神差地从床上爬起来完成了这幅画，耶稣的表情十分写实，同时又显得十分神秘，水墨在刻画人物表情时犹如神来之笔，而丙烯让整幅画立了起来，这幅画代表了东方人对西方圣人的理解，水墨不是简单的工具，而成了跨越文化差异的桥梁，抵达了人类心灵的通感。

《伏虎罗汉》延续了孙初水墨作品风格，体现了艺术家对于透视法的独特见解，甚至让人联想起达利的某些作品，西方超现实主义艺术透视法在中国水墨艺术的创造力面前，更像是一个不值一提的小小伎俩。

《戴面具的猴子》是一幅幽默的作品，一只猴子正准备带上人形的面具，结果一不小心露出了小鸡鸡。

如果说孙初 2008 年个展带给人们的印象是传统而内敛的，甚至是老气横秋的，那么 2009 年新作展给大家的观感一定是颠覆性的，而这些作品体现了艺术家汪洋恣肆的创作激情。

在孙初眼里，水墨就是自己的性命，这次他选择了革自己的命。

王以培

汉语写作者，兰波诗歌的中文译者，任教于中国人民大学，十几年来行走于三峡地区写下了《白帝城》《江有汜》《沉沙》《河广》等作品。

王以培：现代汉语缺梦缺水

“汉语还在生长、演变；我有一种妄想，就是给汉语注入新鲜血液。在我看来这是可行的，必行的……汉语需要自由的精神，汉族需要这样的精神探索者与流浪者——哪怕遍体鳞伤，死于荒野，也绝不放弃新的梦想与新的征途。”

说上述言语的时候，王以培还是一位热血的青年诗人。

后来他去法国学习象征主义文学，去庞贝古城感受古老文明的废墟，在兰波的诗歌里受到启迪，在废墟的记录文献中找到了自己汉语写作的方向。

当汉语遇见兰波

法兰西有句谚语：“伟大的精神往往相遇。”

兰波自称“通灵者”，王以培遇见兰波，通过翻译兰波的诗歌，发现汉语也有通灵的功能，正如曹雪芹在《红楼梦》开头写的“通灵”二字。

王以培对汉语的重新认识，一方面来自于祖先的回忆，从传统汲取高山流水；另一方面来自于学习西方语言时受到的启迪。

兰波有一首叫《元音字母》的诗，被诗歌爱好者称为“天书”。王以培翻译之后，却发现其中的奥妙很简单。

“兰波就是把六个元音字母看成象形文字。”

兰波在诗中写道："总有一天我要道破你们的来历，A：围着腐臭的苍蝇紧裹着身上的黑绒被芯，垃圾嗡嗡不已。"

王以培认为，兰波以通灵的眼光，从几个元音字母看到了象形文字。

"26个字母都能看出这么丰富的景象，要是兰波用汉语写诗的话，那还得了？"王以培心想。

兰波的诗被翻译为中文之后，受到广泛的欢迎，王以培翻译的《兰波诗歌全集》经常卖断货。

王以培决定接过兰波的衣钵，成为——"用汉语的兰波"。

"废话少说，不去跟人家争论，我拿出大量的作品来"，王以培感到身上升起无限的创造力。在课堂上，见到一位同学，就能想到一个字，接着写成一首诗。

翻译完《兰波诗歌全集》，王以培写了《寺庙里的语言》，兰波使王以培感受到汉语所包含的神性，"说中国人没有宗教，那是因为他们不认识汉语。中国人自己没有好好了解自己文化的根源，总是妄自菲薄。"

他深感现代汉语缺梦缺水，急需从源头引入高山流水，接续上《红楼梦》里的那个梦，梦见繁华世界，如花似锦。

什么是安身立命的事业？

在王以培心中，人分为两种——有灵性的人和没灵性的人。兰波和《红楼梦》里的宝玉一样，都是通灵者。汉字是通灵者造就的，真正学会汉字的人一定是通灵人。

"我是一个普通人，都能修炼出来，相信大家也可以。"

"宝玉传这块玉给人，就是让人莫失莫忘，不忘记女娲补天的传说，不忘记玉是一个通灵的神器，不忘记我们民族是如花似玉的民族。"

王以培解释自己的名字——培以王，连接天地者为"王"，把自己培养成连接天地人的人，这是冥冥中命运的安排。

什么是安身立命的事业？年轻时写朦胧诗，后来翻译兰波的诗，最后他将目光放到三峡，那些将被江水淹没的古镇。

2000 年，王以培走到意大利的庞贝古城，看到被维苏威火山掩埋的废墟，意大利朋友告诉他，当时记录这场灾难的是一位叫小普林尼的地方官，当时在给舅舅写信的过程中，记录下了 79 年的那场大灾难，这封信也是留存下来的唯一历史文献。

“我一下子就想到，在我的家乡，长江三峡要涨水，即将淹没一百万人的家园。谁来记录它？历史的责任落到自己的肩上，必须要做这件事，就把一切都放下了。”

2000 年回国，2001 年开始去三峡行走记录，直到现在依然在继续着，并写下了真实的文学——“长江边的小镇”系列。

彼得·海斯勒的《江城》被国人奉为经典，而王以培十几年来行走写下的三峡故事却鲜为人知，这个世道似乎有点荒唐。

“长江边的古镇”系列图书已经出版了第四本，他计划写完全部六本。已经出版的有《白帝城》《江有汜》《沉沙》《河广》，包括由刘欢作曲、王以培朗诵的诗歌专辑《新田白水溪》。刘欢是王以培青年时代的好友，也是他汉语写作的默默支持者之一。

兰波唤醒了王以培身上通灵的眼光，让他觉得自己跟祖先很像，在小说《烟村》里，他写了很多诗。

我所使用的汉语是干净的

成为一个汉语写作者，貌似简单，实则艰辛。

网络上铺天盖地充斥着汉语的负能量——谩骂、诋毁、自贱，王以培说：“我不会传，当我跟朋友说话，落成文字的时候，哪怕留一张字条，一定注意每一个字，养成一个习惯。”

王以培认为培养良好的语言习惯跟好的生活习惯一样重要，“我不去要求别人，但我去要求我自己。我所有使用的汉语，都是干净的”。

如何分辨好的汉语？王以培说：“平心而论，每个中国人都有一个共识，我们读‘关关雎鸠，在河之洲’，只要懂汉语的人，都会觉得好，天生的。”

随园老人袁枚觉得书是前世读过的，王以培认为每个中国人对汉语都应该有一个共识，相信自己内心的判断力，而不是相信专家学者。

王以培在长江边遇到的那些人——“他们就相信自己，你们爱怎么样就怎么样，我就说我们的重庆话，吃我们的火锅，跑我们的船。”

“我不是一个挑剔的人，之所以不看现代人的作品，是因为我看不下去，里面缺乏对中国传统文化的理解。本能地感觉到，这些人不学习。”

王以培喜欢沈从文、郁达夫、鲁迅、老舍这些民国时期的作家，今天流行作家的书他一点也看不下去。

“当代的西方哲学为什么没有影响到中国人？因为翻译很糟糕，为什么基督教和佛经影响了我们？因为翻译得好，‘色即是空，空即是色’，‘鼎为炼银，炉为炼金，唯有耶和华熬炼人心’，《心经》和《圣经》翻译得多好！”在王以培的译作里，我们几乎看不到翻译腔，没有拗口的词语，只有顺畅的汉语表达。

曹雪芹听过鲍勃·迪伦的歌

“古来圣贤皆寂寞，是真名士自风流”，王以培还记得当年杨宪益先生家中挂的那副字。

杨宪益先生喜欢魏晋，而嵇康，是王以培最崇拜的人，“宝玉是阮籍，嵇康是一个圣徒，鲁迅有点像嵇康。”王以培告诉我。

王以培内心的孤独跟宝玉一样，他每年都开一场《红楼梦》讲座，“女娲补天，一块石头从天上滚下来，在人间孤零零自成一体，自来自去”。

他写过一篇文章《宝玉：滚石，天下第一》，“像一块滚石，自成一体，无家可归”。

“我本无意将这两块相隔甚远的石头放在一起类比，然而机缘巧合，它们两个在我心里相遇，才发现它们之间存在着一种默契。在这里，我宁愿相信曹雪芹先生在冥冥之中听过鲍勃 · 迪伦的歌，也不想说是鲍勃 · 迪伦看了《红楼梦》受到启迪。”王以培写道。

《红楼梦》帮王以培理解了兰波、理解了鲍勃 · 迪伦，同时兰波和鲍勃 · 迪伦也帮他读懂了《红楼梦》。

“人是向往神圣和纯洁的”，王以培今天更关注汉字的神性，那属于自然、有圣灵居住其中的汉语。

“以这个眼光来看，我们每个人在汉字面前都是初学者”，当王以培保持这种状态时，觉得人生很美，感觉自己每天都在进步。

“汉语的潜力取决于使用汉语的人的潜力。”

“假如我们在精神上沉沦、萎靡，再好的语言落到我们手里也只能枯萎；但只要人能振作起来，我们就能找到新的金矿、新的水源。”

青年时期的王以培曾经作此论断，如今他实践着这段话。

拍摄间隙，王以培送给化妆助理一个“酷”字，接着他快速写下一首名为《酷》的诗：

酒窖藏得很深 / 沉香只属于一个人 / 你独自酿酒 / 将生命酿成一座教堂 / 彩色的玻璃窗上印着沉醉与神圣。

吴彤

音乐人，民乐演奏家。1991 年组轮回乐队，2000 年加入马友友“丝绸之路”乐团，近年来积极推广华人民乐当代化，与多位音乐家跨界合作。

吴彤：痞子的优雅

若干年前，吴彤在一个雪夜听到自己踏过雪地的声音，雪后的世界空无一人，只有零星的建筑物，声音从脚底发出，反射到建筑物上，再次传到吴彤的耳朵里，清脆、空灵，犹如天籁。

“人为什么活着？”这是下雪之前吴彤一直在思考的问题，他扛回一整箱康师傅方便面，将自己关在屋子里，思考着同样的问题，发下誓愿。

三天后，吴彤推开窗，下雪了，冰凉的空气引诱他走出小屋，来到天地之间，“下雪了，天上地下一片白颜色 / 下雪了，这个城市变得很辽阔；下雪了，孩子们的眼睛在闪烁 / 下雪了，踩着它我有点舍不得。”这便是歌曲《下雪了》的来历。

吴彤法名释明桐。笙，又被称为“凤鸣”，因其形似中国传说中的凤凰，音色清脆、和谐。百鸟之王的凤凰身怀宇宙，非梧桐不栖。

制笙是家里的祖传技艺，父亲去世后，姐姐管理着家里的乐器厂，吴彤对于制笙的程序也烂熟于心，能够亲手制作一件笙。

专辑《我一直听见自己的笙音》里的《笙音》一曲就由一只笙和一把吉他演奏，吴彤吹奏的笙与赵卫手中的吉他展开对话，就像一位穿着汉服的古人与今人相对而言，我们甚至能从中听出爵士、萨克斯的味道，但仔细听，你会发现旋律里的中国味道，婉转中带着隐忍，清脆悦耳又意味深长。

在与马友友合作丝绸之路乐团时，吴彤所使用的音乐语言依然是传统的，笙不像萨克斯那么孤单，声音饱满同时充满线条感。

友谊

2009 年 9 月王家卫在香港观看了吴彤与丝绸之路乐团的演出，现场音乐家来自不同国家，演奏了来自丝绸之路沿线不同国家的音乐，吴彤代表中国的音乐家站在舞台上。

2009 年 11 月的一天，吴彤接到王家卫打来的电话，希望他参与《东邪西毒终极版》的电影音乐创作，后来电影里张学友杀马贼那场戏的配乐就出自吴彤之手。

《东邪西毒终极版》北京首映后的派对上，王家卫对吴彤说："这里有这么多的男子汉，就你最像痞子。"显然王家卫话里的痞子是带引号的，他鼓励吴彤在音乐探索上更有勇气一些。

"他对我非常爱护，理解我的音乐，我们是在灵魂上沟通的"，吴彤心领神会王家卫对自己的评价。

"不论之前有多么伟大的作品，王家卫没有原地踏步，一直往前走，所以我很尊重他；这么多年我在音乐上的实践和付出，他也能感觉得到。"

吴彤在音乐上放荡不羁，有着一颗不安分的心，在音乐风格上不拘泥任何一种固有形态，这一点与王家卫很像。

在工作的时候，王家卫文质彬彬，以平光眼镜示人，而面对公众的时候，他则永远戴着墨镜。

"那副墨镜是他夫人送给他的，在他刚开始创业的时候，每天写剧本，眼睛熬出血丝，在面对媒体之前，他的夫人送给他一副墨镜。从那之后，每次面对媒体，他都会戴着墨镜。墨镜变成了他心里爱情的见证，我感觉非常非常酷，也非常非常 beautiful。"

吴彤讲述了王家卫墨镜背后的故事，墨镜后面是一个男人的坚持。

同为丝绸之路乐团成员，吴彤多次在采访中提及与马友友的友谊。

吴彤 2000 年结识马友友，至今已快十四年了，每次见面，相互以“马老师”“吴大师”称呼对方，一个比一个客气。

“马友友演奏大提琴的时候，有时候你会感觉到天使般的圣洁，有时候你会感觉到人性丑陋，但人性就是这样，有美，也有不太美的地方，当你直面这些东西，在舞台上展示给大家，每个人都可以在音乐中升华。”

吴彤眼中的马友友，在舞台上带给观众的是一种揭示人性的勇气和智慧。

“在音乐上他也非常鼓励我，给了我许多启示，在舞台上演出的时候，他考虑的不单是自己，我常常被他感动。比如我有一个地方演奏错了，他会在我演奏下一句时故意错一下，从而让我的错误变得合理。”

在吴彤看来，马友友身上具备着艺术家的品格，从做人到做音乐，都是一个非常善良、质朴、有爱心的人。

吴彤也有恼火的时候，因为每次都赶不上马友友买单的速度。

跟马友友一起吃饭，吴彤总试图找各种机会，比如去洗手间的机会买单，可是每次都以失败告终。马友友总是不知不觉就把单买了。

“我怀疑他在订餐之前就把信用卡告诉别人，或者他进酒店之前就会把信用卡放在前台。”

“东西方的人其实都是一样的，只要发自内心地善良。”吴彤感叹道。

笙音

2012 年吴彤去美国领了一个“年度音乐家奖”，这个奖是专门为吴彤设置的，之前只颁发给终身成就人物。

这些年里，他在旧金山歌剧院演过歌剧，在纽约曼哈顿 downtown 的酒吧与当地爵士音乐家即兴演出过，也在古典音乐圣殿卡耐基音乐厅演出过，与美国爱乐乐团协奏。

美国人通过吴彤的演奏开始了解笙这种中国乐器，“美国人对待音乐相对开放，他们欣赏我的音乐，只会从音乐层面去欣赏"。

在丝绸之路乐团里，有太多的外国音乐家，只有吴彤一个中国人站在舞台上，他想让更多的外国人听到中国的音乐。

一位印度裔的美国爵士音乐家专门为吴彤手中的笙写过一首重奏，今年十月我们将会在丝绸之路十五周年纪念专辑中听到。

"并不是为了获得多少掌声，我只想把中国音乐的优势表现出来。"

吴彤深感自己的幸运，站在丝绸之路这个世界性的舞台上，"我会尽力把它做到最好"。

"每个人多多少少会有一些身上的责任"，吴彤出身于民乐世家，是笙制作技艺的第四代传人，也是国家级非物质文化遗产传承人。

父辈和周围朋友在民乐领域的付出，都被吴彤看来眼里，记在心里。他乐于将这些宝贵的东西分享给更多的观众，无论中国人，还是外国人。

"在音乐里，人可以得到快乐和幸福，在我创作的每一种音乐里面，我都能体会到它的好，在民乐里，我的感受更深。"

摇滚乐和流行音乐，可以直抒胸臆，可以自顾自地表达，它们是当今时代最强势的音乐形态。曾经的摇滚主唱吴彤认为："在传统音乐里，也有对现代社会有所补充的部分，在快节奏生活中，传统音乐里的清淡、神韵、简单、缓慢，对于现代人快速的心理节奏，是一种补偿。"

崔健用摇滚乐唱出了《农村包围城市》，吴彤也在思考："乡下人看城里人，城里人看外国人，每个人都在看别人，在网上看热闹，看别人怎么过，看别人眼里自己是什么。可真正的自己是什么？"

吴彤不是摇滚教父，并没有批判与敲击的欲望，他说："我想在音乐里找到传统文化的根，做起事情来会更有底气一些。"

"不论做音乐还是做事情，都一样。黑人唱 RAP，会故意找自己的咬字发音，找自己的传统，他会将 ASK 读成 AKS。一定要保持自己强势的自觉性，如果说人有个性，这个才是真的个性，而不是嗲声嗲气地学港台腔。"

他想在自己的语言里创造出大家喜闻乐见的音乐，音乐可以给大家带来更多的幸福感。

个性

在音乐上，他能够汪洋恣肆，天马行空，可是在待人处世上，他又是如此平和、优雅，丝毫没有自我的肆意张扬。

在吴彤看来："我行我素没有问题，人应该有个性，但是你跟大家在一起的时候，你的我行我素影响到了别人，这就是缺乏修养，跟个性无关。"

他在美国看到一位舌头和眼皮上打着孔，身上穿着一件破破烂烂皮夹克的年轻人，很自然地为走在自己身后的老人开门；随后年轻人没等老人说谢谢，扭头就走了，"虽然酷，但他会做自己应该做的"。

吴彤希望在中国也能看到这样的摇滚青年。

"我不会觉得我的唱腔与众不同，只是我在做自己喜欢的音乐而已。"

吴彤似乎具备一种超越外界标签的能力，无论是摇滚吴彤还是跨界音乐家吴彤，都不足以阐释眼前这位处女座男人。

"我并不是要所有人都回归传统音乐，传统音乐是我们的一部分。你发现自己是什么，怎么与众不同，怎么有个性，所谓的个性只是流行文化而已，真正的个性谁去找？从商业的角度，这叫核心竞争力。"

"如果你能找到自己跟别人与众不同的一点，谁都模仿你，但都不如你自己最好。而你的核心竞争力谁来发掘，当然是你自己了。"

吴彤试图告诉我们一种思考事情的方法，无论对待工作还是生活上，都是靠谱的方式。

当年吴彤在轮回乐队影响力最大的时候离开，曾经有媒体说他因为吸毒在美国被扣留，回不来了。

媒体试图用加问号的方式逃脱责任，当时吴彤很受伤，非常不理解。

"真是太野蛮了，我总是告诫自己要做一个正面的人，作为站在台前的人应该有这样的把控力，包括我的作品，也不会一味发牢骚。"

吴彤后来慢慢开始理解，他所面临的是一个转型中国，整个社会时刻处于变化之中。

"因为要生存，媒体要这样做，我们可能都是牺牲的一代，但希望我们这种牺牲是有价值的。"

离开轮回，吴彤心里想的是："大家十几年的感情怎么能这样结束？"

每个人都不愿意多说一句，都觉得自己没错。

若干年后，当年轮回乐队的老哥们见面，已经可以释怀以对，每个人的路不同而已，矛盾其实并不存在。

传统

吴彤形容自己是北京胡同烟酒嗓，他也一直保留着老北京人的生活方式，比如"出门饺子落地面"。

在他眼中，老北京文化留下来的东西，是可以给人带来存在感的，"否则就会觉得自己很失重，跟着风飘来飘去"。

在吴彤眼里，北京人仗义，不是假仗义，北京人没有虚头巴脑；北京人说话可能酷不拉几、带搭不理，但当你真的需要他的时候，会让你感觉是一盆火。

从三岁会说话起，吴彤就学着唱样板戏，《红灯记》《林海雪原》的唱腔刻在了脑子里。

当站在舞台上，灯光暗下来，有很多种可能显现出来，"你的视觉的空间关闭了，但是你想象的空间打开了"。

他感觉自己正融入一个传统里，不自觉地感受到生命的持续性，获得一种融于历史的存在感，同时也享受创作的整个过程。

"世风浮躁，如果大家都找不到自己，在文化上失重的话，这种无奈感就会很明显。"

吴彤在世界上很多地方游历过，看到过许多对自己文化不重视的例子，他发现有些国家很富裕，但国民的幸福感并不比那些不富裕的国家多。

吴彤总是跟自己较真，甚至有点儿精神洁癖，任何一方面都希望达到完美，无论是创作、演奏，还是演唱，这三方面都要达到完美的时候，对身体和精力都是极大的挑战。

“如果你想突破，想更好地表达你的人生价值，就是要不断地挑战自己，我喜欢这种挑战，喜欢每一个好的瞬间，可以跟大家分享的时候，我认为是有价值的。我存在的意义就在那一刻实现了。”

作为 2013 风度年度人物，吴彤在面对摄像机镜头时如是说。

年轻的时候，男人的风度是“酷”，是“BREAKDOWN EVERYTHING”；随着阅历和生活体验越来越多，人会变得内敛，回头看自己，关注自己的下一个目标，在吴彤看来，这是更酷的事儿。

“谢谢！”

吴彤显得有些疲惫，依然用带着沙哑的嗓子对摄像师和工作人员拱手致谢。

肖全

1959 年生于四川成都，被誉为“中国最好的人像摄影师”，出版过摄影集《我们这一代》《我镜头下的美丽女人》。

肖全：你有一颗很好的心

肖全坐在北京建国路附近的一家面包店里，回忆起最近两年来不寻常的经历，显得很兴奋，眼睛里放着光，除了眼睛周围的鱼尾纹，你很难看出这是一位快50岁的中年男人。

2005年之后的肖全是另一个肖全，之前的某一天，一个1984年出生的女孩子吸引住了他，女孩带着笑容，眼睛同样是清澈的，两个眸子放着光，他们在蛇口的海边吹着海风，一起在佛堂朝拜弥勒，弥勒手里拿着“地球”，对着肖全开心地笑。

见弥勒的那一天，肖全身上带着与师永刚合作的《三毛私家相册》，把三毛带到弥勒跟前，慈悲从心里溢出来。

之后他去了尼泊尔，去了西藏，在西藏大昭寺看到了释迦牟尼12岁的金像，出来的时候看到外面的阳光，开始流泪。

从西藏到尼泊尔，肖全镜头中是另一个世界，生死就在身边，就像喝杯开水一样简单，在圣河的边上，死者的身旁，每个人都在祝福，不会悲痛，他们对生死就像《西藏生死书》里讲到的，死亡只是一个过程，应该花一些时间去了解死亡，而不要去害怕它。

之后的春节，肖全回到重庆，在飞机上与对面的小朋友耍得开心极了，周围人也被肖全感染了，纷纷睁开眼睛逗起那位小朋友。

当飞机在重庆上空的时候，肖全激动流泪，回到故乡，如同回到母体中。

回到家，侄女最先看出了肖全的变化，"你怎么会这样？你的眼睛在发光"，侄女吃惊地问道，只有肖全自己知道内心正发生的一切。

在连州国际摄影节，肖全买了摄影家吴家林的两本画册，300元一本，之前10年里他们结下了不解之缘，当年由肖全牵线，吴家林见到了马克·吕布，之后才有了吴家林在旧金山的个展。

马克·吕布

1992年，肖全从广州火车站出来，发现眼前这个城市有一种特别的活力，每个人都走得很快，虽然之前在北京当海军航空兵的时候去过很多地方，但来到广州，突然有一种在这个城市生活下去的强烈欲望。

"在深圳这个极端商业的城市，所有的人都在忙着挣钱，男人只做两件事情，挣钱和女人，我居然在那里想做摄影，和这个城市格格不入。"

肖全回忆当年时这样说。

在《现代摄影》杂志社，肖全开始与摄影大师们的对话。

"干我们这一行的人，注定不会成为富翁，买了胶卷，付了房租，剩下的钱只够买汽油，倒进破旧的大众牌汽车，但我们是幸福的，我们见证了这个时代"，读到法兰克·霍瓦《摄影大师对话录》的时候，肖全知道自己的未来要做什么了。

之前他遇到了三毛，1993年，他见到了马克·吕布。

得知有机会给马克·吕布当助手，肖全没有犹豫，"我把工作辞了，每天在楼下吃几块钱的馄饨"。

1993年6月，马克·吕布出现在他面前，满头白发，很用力地与他握手，马克·吕布不认识眼前这个年轻人，但这个年轻人却对他很了解。

当天下午三点，他们约好一起去火车站拍照片，由于要拍排队买票的农民工，肖全得上前去和他们说话，让被拍摄者注意力在自己身上。

"一天，我们去佛山拍照，在路边，他看到一位卖杧果的小贩，他让我去问价钱，我告诉他后，他摇摇头离去了。我悄悄买下了几个杧果塞进了我的摄影包，看见马克·吕布低头的背影，我顺手抬起了相机，拍了一张很少拍过的一个人的背影。”

肖全眼中的马克·吕布，作为男人，他要养家糊口，作为摄影师，他还要为历史负责。

更多的时候，肖全的工作是把马克·吕布的28、35、50、90mm定焦镜头按顺序摆放整齐，随时为这个时代最伟大的摄影师提供弹药补给。

这一代

肖全镜头下的三毛被印成明信片之后，杨丽萍看到了那本叫《天堂之鸟》的小册子，就找到了他，于是肖全接了自己的第一单活儿。

之前他是四川广播电视大学的录像师，为了拍杨丽萍，他把工作辞了。

肖全决定用10年时间去记录一些人，最初的人选是张艺谋、陈凯歌、杨丽萍、崔健和姜文。

他把这个想法告诉了马克·吕布，老爷子却说：“你有这么多重要的事情要做，为什么要拍这个？”

“肖全，你的工作会非常重要，5年、10年、20年之后，你的照片会非常珍贵，因为这个国家在不断地变化”，马克·吕布习惯于这样鼓励肖全拍摄。

肖全没有放弃最初的想法，何多苓、苏童、叶兆言、陈村一个个走进他的镜头，并且定格在那个时代。

“我知道你是苏童、叶兆言、陈村他们的朋友，我也相信你拍得好，可我实在不愿拍照片，何况咱俩又不认识。如果有机会在什么地方，一帮哥们吃饭喝酒，这样顺理成章认识，我喜欢用这种很自然的方式认识你”，王朔这样回应肖全的拍摄要求。

“那个时候我开始觉得我已经不仅仅是为自己拍照片，还是想坚持一下，于是就给刘恒打电话。因为刘恒也是海军的，张承志和王朔也是海军的，于是王朔就让我第二天下午三点钟来。"

拍了王朔之后，肖全再也不希望听到别人说王朔不好的声音，在肖全看来，在今天这个时代，能够像他那样真诚面对自己的人太少了。

"面对自己按理说是一个再自然不过的事情，为什么到现在觉得他成了一个英雄人物，难道不是每个人都在遮蔽自己吗？无论他用什么方式，他敢于这么真诚地面对自己，这就是为什么我们会觉得这个人那么与众不同。"

《我们这一代》摆在肖全家里的书架上，很少翻开，有时他会想："为什么这一代人中偏偏是我，在那个时候做了那么一件事情，我自己都觉得很了不起。"

前不久，肖全在深圳遇到画家刘小东，他对肖全的评价是：你真有眼光！

作品

当张晓刚提议将这些人在10年之后再拍一遍的时候，肖全却犹豫了。

10年的变化已经写在每个人的脸上，成功的也好，没有成功的也好。

在去西藏的路上，肖全已经拍了扎西达娃，同时他又在想："我可不可以不拍，我不做行不行，不成功行不行。"

到今天为止，肖全都没有卖那些当年的照片，很多人找到他，组织拍卖的人来找他，他都说不着急。

"我的这些影像总有一天能够得到它应有的回报，总有人来懂它，真正需要它，使这些照片与更多的人分享。然后又能给我带来银子，我拿着那些银子，不是用来吃喝嫖赌，我去云游四方，去拍我最想拍的东西。"

肖全总觉得那些找他买照片的人有些不对劲，他说除非有一天自己觉得特别想了，否则不会去凑这个热闹。

肖全拍过很多年的广告，这一点他很少与人提起。1994年，当太太口服液找到他拍毛阿敏的时候，他连一台120的相机都没有。他更愿意把这种工作说成是“拍饭票”。

1997 年的一天，栗宪庭去成都，看到路边的房地产广告惊呆了，广告语是吕澎写的“上河城，一个充满回忆的新城”，背景照片是几个小孩，穿着海魂衫，背着书包，脏兮兮的，站在拍朱哲琴《黄孩子》时的瓦房子里。后来才知道这张照片出自肖全之手。

从那之后，很多人开始知道肖全广告拍得好，于是这就成了他吃饭的一条路子，“拍广告，找肖全”成了坊间的口头语，拍过 IBM、Motorola，拍过服装，但他从来也不与别人说。

肖全记得自己当兵时走到妇产科医院门口看到的一幕：那天下着大雪，突然看见一个小孩被毛毯裹着，从医院抱出来，大门右边停着一辆上海牌小轿车，雪地湿湿漉漉的，排气管冒着青烟。过了一会，又出来了一个抱着小孩的人，一辆三轮车，上面有个马架子，竹子做的，妈妈就躺在上面，丈夫骑着三轮车，婆婆坐在边上。

“刚出生的小孩，就像天上的雪花一样，降临到这个地球上，一出生就分为不同的阶级”，从那一天开始，肖全开始学会用脑子、用眼睛去观察这个世界。

第三章

发现那些易逝的感伤

把一些散乱的心，
一一收拢，
至少它是真实的。

白蜡树

白蜡是一种树，因这种树上放养白蜡虫而得名。木质坚韧，耐水湿，宜制作家具、农具、胶合板等，枝条可编筐，树皮称“秦皮”，中医用作清热药材。

在我经常散步的园子里有很多白蜡树，起初被树上面钉着的铭牌吸引，“白蜡”这个树种还是第一次听说，仔细阅读后才知，还有一种叫白蜡的虫子，常年寄生在这树上。

中国古人有养白蜡虫的传统，白蜡虫分泌的白蜡，是一种高级的动物蜡，据说有一种淡淡的幽香。

住在城市里，总是不自觉地亲近绿色。我租住的小区附近有个干涸的大坑，四周有围墙和小路，中间是个小亭子，夏天大坑里长满了芦苇和各种植物，马尾巴草，喇叭花，都是野生的，这个大坑就像是北杨洼小区的肺。

早上和晚上，都有很多人围着这个大坑散步。跑步是不行的，因为小路太窄，散步的人又太多，你根本跑不起来，快走还行。

我不喜欢跑步，也不喜欢快走，一般就是找个人少的地方站会儿，看看满坑的绿色，呼吸一下青草的气息。到了冬天，芦苇都凋零了，有人会在里面烧野火，这时候闻到的就是烧荒草的味道，那味道也是我喜欢的。

阅兵那天上午，在家看电视看得眼睛发痒，决定到外面转转。天上的直升机飞过，从远处看直升机真的很像某种昆虫，特别是几十架直升机排在一起的时候。

不自觉又走到那片干涸的绿色池塘，对面有一位年轻的女人带着几岁的女儿玩耍，看起来开心极了，女人不时地跑到池塘边摘一朵野花递到小姑娘手里，接着一串清脆的笑声传来。

已经到了吃午饭的点，这母女两个怎么还不回家呢？也许是一位单亲妈妈，有着极为乐观的性格。

我没有继续往前走，怕打搅到她们的欢乐，我在柳树下站了一会儿，看着天上的歼击机飞过。

这些天看了太多的抗日故事，看过就忘了，唯一有印象的是一张老照片，当时国民党几位飞行员的合影，他们的发型和神情都帅气极了。

我相信，那几位飞行员在70年后传达给我的气息，绝对是其三观的外化，他们接受过的军校训练，从小受到的教化，统统都写在脸上。

有时候无聊自拍一下，常常是面目可憎的样子，充满了游移不定，缺少了某种坚毅的东西，我的自我驯化基本上是失败的了。

大自然是好的，经过优良驯化过的人和动物也是好的。

我渴望亲近自然，也期待被正确地驯化，成为更好的人。没有具足的上师引领，也没有出国留学的决心，这一切都只能依靠自己。

有时候，多么期望自己的大脑里有个双向开关，推上去便可成为兰波，拉下来就是军人的样子。

可是大多数时候，你只有一种选择，而且这唯一的选择也常常是不彻底的。

这也是我佩服王阳明和南怀瑾大师的缘由，他们都有从军的经历，而且知行合一，打仗和写诗似乎一样合乎天理。

茶中味

一

他走过那条繁华商业区背后的僻静处，似乎是在有意躲避人群。

一家茶叶店孤零零开着，灯光很明亮，店中却没有人，茶叶和茶具整齐地摆放着，进门正对是一个木质茶台，静静地立在那里，沏茶的人哪里去了呢？

相比各种花里胡哨包装的茶叶，他对店中的各种喝茶小碗儿更感兴趣。一只仿汝窑的小杯子，上面布满了不规则的裂纹，呈现出一种不一样的沧桑感。

他拿起杯子，看看下面的价签，45元，这是他可以承受的范围。

"您好，先生，看看茶具嘛！"店主人出来了，是一位年纪相仿的女孩，不是美女，却很亲切。

"这只杯子给我包起来吧"，他把仿汝窑茶杯递给女孩，准备掏钱付账。

"不好意思，这只杯子是店里用过的，您看这上面的开片都泛黄了，要不我给您拿只新的？"他这才意识到茶杯上的裂纹其实是用久了产生的开片，想着这杯子被无数人喝过，他顿时就没了兴趣。

"那算了吧，要不你给我介绍一款适合冬天喝的茶吧，我胃不好，听说不能喝绿茶。"女孩看起来很热情，他决定在店里再逗留一会儿。

女孩把他引向茶台，开始烧水，烫杯，沏茶。

这家店主打铁观音，圆圆的茶粒放入盖碗，浇上沸水，茶叶舒展开来，像盛开的绿色花朵。

“您闻闻这茶香”，女孩递过来盖碗的盖子，一股清香扑鼻而来。

说不清是兰花还是其他什么花的香气，这只散发香气的碗盖让他感到莫名的温暖，他低着头，瞄了一眼姑娘的手，又细又白，他摁住了内心要抓住它的冲动。

“你让我闻这盖子干吗？”他使劲闻了一下，想跟女孩开个玩笑，可女孩并没有接话茬。

茶汤的颜色微黄，在白瓷的映衬下美极了，啜了一口，似乎还没尝出味道来。

茶杯极小，他不知喝了多少杯，只要姑娘倒满，他便顺势灌下喉咙，直到膀胱肿胀时，他才意识到自己已喝下了太多。

屋子里有个极小的卫生间，放水过后他又回到茶台前，与女孩相视而坐，女孩每每问他对这款茶的感受，他总是摇摇头。

女孩脾气极好，从 300 元 / 斤到 3000 元 / 斤的铁观音都让他尝了个遍，他的味蕾无意中被女孩惯坏了。

好茶之人大都有过醉茶的经历，他在恍惚中接过女孩递过的茶，囫囵倒进嘴里，舌尖已经没有了味觉，鼻子里却飘飘然闻到一股淡淡幽香，若有若无。

这香味似乎不是从茶中飘来的，更像是姑娘身上的气息，这气息让他着迷。

他任性地装扮成有钱的土豪，让姑娘给他泡最上等的茶，只为在店里呆久一些。

曾经有位大哥告诉他，追女孩的方法只有一种：与她一起浪费更多的时间，直到时间酿成爱情的美酒。他对这一点深信不疑，于是死乞白赖地坐着，似乎时间是静止的。

在尝过最贵的铁观音之后，女孩又拿出正山小种和大红袍，这两款都是上等的武夷红茶。

茶汤的颜色由淡黄变为琥珀色，香气更加浓郁，汤味也厚重了不少。

如果说之前品的铁观音是妙龄少女，这次倒进碗里的大红袍则像位中年熟女，香气内敛，茶汤中深藏着某种苦涩，让品茶人入迷。

虽然已经三十岁了，他依然是个处男，记得有部叫《闻香识女人》的电影，女人对他而言只是各种散发着香气的事物之一。

他继续摇头，女孩则有些不耐烦，倒茶的姿势不再优雅，暗示自己要下班了，请他赶紧做出选择，从尝过的十几款茶中挑一款中意的。

“这些茶都太寡淡了，能给我来点重口味的吗？”

这只是一句借口，他不好意思空手离去，口袋里又没带太多的银两，女孩为他服务了两个小时，不买些茶实在说不过去。

女孩指了指摆在货架高处的一排小陶罐：“要不你试试这种普洱茶吧，味道不错价钱也不贵。”

女孩似乎看出了他囊中羞涩，一百出头的价格刚好是他能承受的范围。

女孩沏了一泡，顺便给他讲了讲普洱茶的功效，提醒他不要省去洗茶的流程，一定要用滚烫的水，才能逼出普洱的沉香。

“就是这个味儿”，此刻他已经分不出不同茶的香味，便随意对这款茶夸赞了一番，准备付钱。

姑娘已经开始忙着收拾东西，对于这位难缠的顾客，她也开始慢慢习惯，不耐烦的表情消失了。

姑娘让他帮忙把箱子搬进屋里，把门前搞促销的易拉宝拿进来，这突如其来的信任让他感到受宠若惊。

最后，姑娘只收了他一百块，还额外送给他几小包很高级的铁观音。

对于一位没有经历过感情生活的男人来说，常常会把来自女性的关心当作爱情，只是这爱情来得太快了。

随后，他主动提出送姑娘回家，并果断拦下出租车，帮姑娘开车门，待姑娘坐进后排座位后，他顺势也坐了进去。

夜色渐浓，他脸红得发烫，这是他人生中第一次主动送异性回家，他努力扮得像位绅士。

出租车开动了，他浑身紧绷地坐着，双手不知往何处放，脑子里各种念头纷飞。

他幻想着会被姑娘邀请去家里做客，设想着接下来会发生的一幕幕幸福场景。

他谈恋爱方面的经验太少了，只能从看过的影视剧里找些摹本，他想鼓起勇气抓住姑娘的手，可是几番思想斗争之后，依然没有真正行动。

当他左思右想，思想斗争正激烈的时候，感到耳边有种毛茸茸的感觉。

扭过头，正好与姑娘对视，姑娘此刻已靠在他肩头，像温柔的小鸟。

二

一个三十岁还没有尝过恋爱滋味的人，有一天真正遇到爱情时，并不能品出其中真味；一个不懂茶的人，给他喝最上等的武夷岩茶，何尝不是暴殄天物呢？

三十岁还混沌着的男人，值得姑娘去爱吗？这个问题值得所有姑娘思考，同时也萦绕在他的脑子里，不自信总是缠绕着他，不知道如何开始下面的故事。

有一天，他重新回想起那天晚上的一幕，内心升起一股纯洁的感情，他想重新回到那一刻，让故事重演。

可是，这一切都停留在时间这个大书柜的某一格，他一再取下这本书，细细品味，同时对自己犯过的错懊恼不已。

他不好意思面对自己犯的错，那是一种难以启齿的感觉。

他从此爱上了普洱茶，并且成了品茶的行家，能从不同茶的味道里感受到沏茶人的心情。

他之后再也没有爱上过任何一个姑娘，即使姑娘爱他，他也常常无动于衷。

这是一个再也没有出现过的夜晚，那晚的灯光有着电影般的梦幻色彩，可是人生不像电影，无法重演。

当茶叶在盖碗中舒展开来，水中有了各种滋味，他日复一日地重复着泡茶这个动作，品尝着不同的味道，这些味道都像是从那天晚上飘来的。

他变得老成，对待人和物都一副若有所思的样子，让人猜不透，他抱着品的心态面对一切，他感受着朋友的背叛，女孩的小心思，心中没有怒也没有喜。

他不再是那个可爱的小伙子了，没有什么事让他激动，再漂亮的妹子也不会让他感到紧张。

有时候，他感觉自己飘浮在空中，看着芸芸众生，那些身边发生的爱情故事在他眼里轻飘飘的，似乎早已预知了结局。

他爱上了萨特和克尔凯郭尔，一再翻看《悲剧的诞生》，他爱上了哲学和宗教，他试图给人类飘忽不定的情感一个注解。

这美丽的无常啊，这也将他的人生引向了不可知的境地，他无法定义自己，导致别人也无法认识他，进而与他发生各种合作。

他走在街上，迎接陌生人的目光，他回到父母身边，却无法与亲人对视，姐姐说这个弟弟变了，变得陌生，他眼中的姐姐没变，却不知如何愉快地相处。

人生啊，总是在偶然之处拐弯，从此走向了陌生的境地，回想三十五年前，他还在襁褓中时，被母亲抱着，被亲人簇拥着，被邻里夸赞是美男子。

谁也不曾预测，他在成年后会变得如此莫测，谁也摸不清他在想什么，他没有如众人所愿成为一个美男子，他的长相十分普通，甚至还有些奇怪，远不是什么美男子。

他一生游荡，品味人生，却无法成为人生的主宰者，他的感官像婴儿一样灵敏，总会在一瞬间通灵，触摸未知的世界。

他什么都不在乎，唯独不愿意失去童年的记忆，对世界的好奇心，对善和爱的渴望，对母亲一样的异性的幻想。

“那位沏茶的姑娘真的存在吗？”一次大酒过后，朋友问他。

他努力回忆姑娘的样子，可是怎么也想不起来，那个夜晚就像个温暖的气泡，茶叶的香气弥漫开来，一个女孩和一个男孩，一个泡茶一个喝茶。

他自己也产生了怀疑，那个女孩是否真的存在，在多年后，他特地来到那条繁花街道的背后，竟没有发现任何一家茶叶店。

可是茶叶的名称却牢记在他心里，铁观音、正山小种、大红袍、普洱、冻顶乌龙，他对茶叶的所有知识几乎都来自那个夜晚。

他家里没有一本关于茶叶的书，身边也没有一位卖茶的朋友，难道他对茶的记忆来自前世？

他认真品每一种茶，试图找到那天喝过的味道，有时碰到似曾相识的，随后又感觉大不同。

走啊走，品啊品，从三十岁到三十五岁，一个男人最好的时光都耗在喝茶这件小事上了。

在夜深人静时，他也会担忧未来，担心自己慢慢丧失了斗志，成为茶的奴隶，就像那些抱着二锅头度日的老炮儿一样。

可是茶中滋味又总是引诱着他，不断地给他新的感受，滑过舌尖，滑过喉咙，滑过胃肠，身体感受着，像与那位女孩的灵魂交流。

主人翁不愿意透露他那段失败的初恋，作为作者，我也无从下笔；不知是他选择性遗忘，还是根本就羞于提起，总之每次他给我讲起恋爱史，都只有上半部分。

也许那位姑娘把他耍了，也许他始乱终弃抛弃了姑娘。五年之后，这一切都不重要了。

我经常跟他一起喝茶，回忆年轻时做过的傻事，一起看着窗外的行人发呆。

当冬日的阳光透过落地窗洒在茶室，我看见茶的气息在他身上升腾、挥发，幻化出美人的形状，也许，那就是我们的灵魂。

当代艺术的通灵人

人人都爱看《红楼梦》，但并不是人人都爱当代艺术。

当我看到胡赳赳出版的当代艺术文集《空，欢喜》时，与阅读他的诗歌有着同样的感受；如果你喜欢他的诗歌，你也一定会喜欢看他的艺术评论，且不论你是否爱当代艺术。

法国诗人兰波说过，诗人应该是"慧眼人"和通灵者。兰波在不起眼的短文《文字炼金术》中写道："很久以来，我自诩能享有一切可能出现的风暴，可以嘲弄现代诗歌与绘画名流。"

胡赳赳显然有足够的能力读懂当代艺术，虽然他在序言里谦逊地写道："以上便是我对当代艺术的全部意见，我必须宣称我只是在自说自话。"

诗人的自说自话往往可能道破天机，正如兰波的短诗《元音》："A黑，E白，I红，U绿，O蓝：元音，终有一天我要道破你们隐秘的身世。"兰波后来自信地承认："我发明了元音的颜色——A黑、E白、I红、O蓝、U绿，我规定每个辅音的形状和变动。"

"里尔克的诗歌《豹》描述到：'那矫健的脚步 / 只能停顿于命运的设定 / 柔和地挪移，恰如 / 宇宙周而复始 / 渴望的意志慢慢消逝 / 火在灰堆中悄悄熄灭'。而在曾梵志的画笔之下，他似乎也能捕捉到'豹子'所具备的那种气息。"

以上出自一篇描写曾梵志的文章，胡赳赳接着写道："他开始省悟人生的意义了。但显然，他无法与中国传统‘儒家’的哲人发生关联，他的联想是通过具体的器物发生转换的。”

从某种程度上诗人与艺术家是天然的朋友，胡赳赳的当代艺术写作与艺术家心灵相通。

“小丑与大师一墙之隔，当代艺术是一面照妖镜，那些误解曾梵志的人，或许照见的是自我的缺陷。”从这一句话可以看出，胡赳赳对于艺术家们是多么的偏爱。

当代艺术在大众眼中晦涩难懂，价格成了大多数人读懂艺术的唯一参考系，观众如催眠者一般相信了眼前作品的价值，忘掉了审美。艺术家负责创作，艺术商人负责贴上标签，艺术评论人为艺术服务，形成了一个完美的闭环，跟普通观众无关。

胡赳赳显然不满足于成为一位为艺术服务的艺术评论人，他所在的刊物努力使当代艺术贴上时代性的标签，他本人则在当代艺术中找到了自己的创作标的物。

“客观”二字在当代艺术写作上几乎是一个悖论，如果说艺术家比拼的是灵感，那么艺术评论人比拼的同样是灵感。书中出现的艺术家后来大多成了胡赳赳的好友，他与艺术家之间的交往也往往带有友情的因素，可这并没有降低文章的阅读价值。

在北京宋庄生活着上万名艺术家，他们每天都会冒出上万个新想法。胡赳赳却告诫艺术家：“所谓自由、思想、创造力、颠覆这些意图都是假设。哈，面对无趣的大多数，艺术家再不有趣一点，实在会让人对他的人品抱有怀疑。”

他似乎比艺术家更懂艺术创作的精髓，在他开始写当代艺术之初，确曾有过几个装置艺术的小构思，后来都不了了之了。

他依然靠写作谋生，跟艺术家喝酒喝茶聊天，后来爱上了写毛笔字，却很少主动结识新艺术家。

导演们说“我拿青春献给你”，而诗人能奉献的只有文字，这本书是胡赳赳献给身边艺术家朋友们的新年礼物，至于艺术家们是否领情，与诗人无关。

胡赳赳珍视这些身边的艺术家朋友，如同珍视手中的宝玉，他乐意将心中的诗意献给朋友。

不知大家是否还记得圣·埃克苏佩里《小王子》里的1号作品，一顶藏着大象的帽子。通过观看当代艺术这顶帽子，胡赳赳一定看到了许多不为人知的意象，有时他看到了憋在心里，偶尔遇到有缘人，才会说出来，落笔在纸上。

我见过书中提及的大部分艺术家，胡赳赳的描述有时与我对他们的印象不太一致，也许是我还没练就"小王子"一样的洞察力。

当我看不懂艺术时，我只能听听故事。当我翻看这本书时，我将其看作是一位1978年出生双鱼座男人的艺术圈交友史。

伍迪·艾伦早年是纽约当红的喜剧演员，一次被记者问到："你希望大家喜欢你的表演，还是你这个人？"伍迪·艾伦果断回答："我希望大家喜欢我这个人，这样不论我表演什么大家都会喜欢。"

在《空，欢喜》这本书里，我看到了许多可爱的艺术家。

至于他们的作品，嗯哼，就那么回事儿吧。

发黄卡带里唱着沈灏的歌

关于沈灏，我最深的印象来自张萌萌早年专辑里的歌词。

2000年年初，我在前门附近一家音像店里搜罗到几张张萌萌的卡带，那是我少年时候听过的声音。

我习惯于看着歌词听歌，偶然间发现了一个叫沈灏的名字，以为他是一位音乐人。

广州闷热的铁皮屋顶，青年的迷茫与躁动，理想与现实的撞击，沈灏的歌词经由张萌萌浑不懔的嗓音吼出来，让我感到了某种共鸣，那时我正面临毕业的茫然无措。

误打误撞进入媒体行业之后，看到沈灏两个字的机会越来越多，我不断向朋友求证，媒体人沈灏是否也是位音乐人，可是谁也没有给我明确的回答，这个疑问一直保留在心里。

张萌萌后期专辑里也不再出现沈灏的名字，那位写歌词的南方青年似乎消失了，他去了哪里？也许只有张萌萌知道。

又过了好几年，我在一个饭局上见到了张萌萌，才有机会向他当面求证，得知媒体人沈灏正是当年的作词人。

萌萌告诉我，当年他们都是在广州打拼的迷茫青年，那时的情形，正如胡赳赳在《理想不死》歌词里写道：当我走在广州街头，面对夜色温柔，和你饮下这杯酒。

两位年轻人，在一场大酒之后，各自奔向了不同的方向，走上了人生的正确轨道。沈灏留下的那几行歌词，犹如一个时代的背影，时而模糊，又时而清晰。

卡带的时代结束了，CD 的时代也结束了，MP3 的时代也快结束了，时代裹挟着人往前走，单个的人愈发显得渺小，必须随大势，除非你有权有势。

20 世纪 90 年代的北京地下摇滚，现在听来就像个笑话，当年酷酷的姿态沦为未来的笑柄，人们依然在听的，也许只有舌头。

20 世纪 90 年代南方摇滚，我们能记起的只有张萌萌了，以及那位写过《出门人》的王磊。

时间验证着一切，正如报纸上的文字终会沦为纸浆，而向上升腾之物，那些来自灵魂深处的歌，终会一再被人吟唱。

作为媒体少帅的沈灏为人称道，而他的少年意气却被人忽略，我想起毛喻原对这个时代的注解：物国人对更正、更高、更深的事物是拒绝去感知的。

朋友们，请忘了那个媒体少帅吧，试着去走近那个人的内心，他升腾的灵魂更值得探究。

张萌萌是幸运的，那些早年的歌已成为绝响。

2014 年冬天，胡赳赳写下《理想不死》的歌词，张萌萌用更加成熟的摇滚唱腔吼出来，我似乎又找到了当年的感觉，就像第一次听到了沈灏作词的那首《紧张》，"每一天晚上当我打开电视 / 我总是莫名其妙地紧张起来 / 有人在回顾自己短暂的一生 / 有人在回顾自己漫长的一天。"

我听到了心脏怦怦跳动的声音，有力地跳动，敏感得像一只兔子，在历经宠辱和惊吓之后，这颗心没有变得迟钝，反而更温柔了。

沈灏在一本书的序言里写过这样的话："把野草打成了草粒，然后塞进枕头，献给自己，献给夜晚，献给梦。"这本书的名字叫——热爱。

中年人的目光依然纯洁，他回首往事，他痛哭流涕，他默不作声，他跳动的心脏宣誓着：理想不死。

当我第一遍听《理想不死》时，会不由自主联想到那首《最高处》，歌手优雅地唱着："当你忘了自己的过去 / 满意自己的现在 / 漠视自己的未来 / 你就站在了生活的最高处"。

可是，也有另一些人，总是难以释怀过往，难以割舍初心，念旧朋胜新欢，即使站在人生的最低处，他依然反复吟唱：理想不死！

刘敬哲

（1973-2015）艺名刘王。艺术家。评论家称其画中有“殉道意识”。所绘“武士”“花火”系列为其绝唱。

敬哲：周年祭

敬哲去世一年了，我时时还会想起他。

他送我的《猎鹿者》油画摆在客厅里，那是一只林中鹿，朝人世看了一眼，恰巧与猎人在瞄准镜中对视，猎人没忍心开枪，鹿走了，融进了自然里。

每天下班坐地铁，回到家一身疲惫，偶尔瞧一眼那幅画，静静地立在那里，让我浮躁的心也安定了一些。

我与敬哲第一次见是在宋庄一位画家组织的烧烤聚会上，彼此都比较腼腆，相互寒暄了几句，他没吃东西就走了。

后来得知他查出胃癌，我时常去看他，见面的机会也多了，交流的话语也多了一些，会聊聊彼此喜欢的音乐人和艺术看法。

敬哲对艺术、音乐和电影的喜爱是很单纯的，没有夹杂任何世俗的目的，他的生活愿望也很简单，找一个小村子住下，安心画画。

他对待身边的朋友也是单纯而热切的，每一次相聚他都是那么的投入，他热爱身边的朋友和这个世界。

那次在新周书房的展览，晚上大家一起聚餐，看得出敬哲很开心，虽然他没有说太多话，只是静静地听着大家说。

聚会快结束了，大家都准备各回各家，敬哲却说想去新周书房休息一下，他想再待一会。

他希望这次个人展览能够持续下去，希望朋友们陪他多待一会，大家能够继续聊艺术，聊生活，开玩笑。

下雨了，大家急急忙忙打车回家，每个人都有自己的心事和要紧事。

后来，敬哲的身体状况急转直下，每次去看他，从他的眼神里，都能看出他希望我可以在病房里多待一会，他忍受着身体的痛苦与我聊天，手里拿着念珠，表情依然是平静的，而身体却渐渐枯萎。

一次陪他输完液，他硬要陪我去吃吉野家，那时他进食已经有些困难了，吃完牛肉饭，我们合了张影，我便又奔向茫茫然的生活里去了。

新周书房展览之前，摄影师阿灿过来给敬哲拍照片，他在胶片里的样子酷极了，就像电影《猎鹿者》里那位拿枪指着头的美军士兵，他站在自己画的北野武旁边留影，北野武笑着用枪对准太阳穴。

敬哲对我说："暴力的背后是慈悲。"

在病中，他多次跟我提及这句话，他喜欢北野武的电影，在作品中表现人与环境的抗争。

那次在喇嘛庄，他把那组《武士》油画拿给我看，我惊呆了。抗争和暴力消失了，取而代之的，是一眼望不到边的绿色平静之心。

我是一个对颜色不太敏感的人，那组画中用到的绿色却让我难以忘怀，那种绿，比翠竹的绿更浓烈深沉。

人世间，过一种绿色环保的生活是困难的，可是人们内心是趋近自然的。

每天中午，同事们走出写字楼，在树下抽烟发呆闲聊，久久不愿离去，这是难得的自在时光，有树的荫蔽，头顶上凉风习习，暂时忘却了烦恼。

佛陀在菩提树下悟道，人类却拘在格子间中奋斗。

敬哲早年在中关村工作过，干的是原画师的工作，如果他不放弃稳定工作去圆明园画画，也许会是个体面的职场人。

我问过他是否后悔当初的选择，他是怎么回答的，我已经忘记了，总之是没有说后悔。

早上在十号线上，旁边的女孩正在发朋友圈，我无意看了一眼，她从一篇励志语录中复制了一句话，配上自己年轻而充满朝气的影像，发在自己的微信朋友圈。

她一定期待着更多人点赞，给自己奋斗的身影加油打气。

大师说，你要攀登更高的山，才能看到更美的景，大师又说，你要登更高的山，才能转变视角看待身边的烦恼。

小时候，长辈吓唬那些调皮不爱上学的孩子：“再不用心读书，就滚回老家种田吧！”

我想，如今没有家长会这样吓唬孩子了吧，因为老家早已无田可种了。

我想，敬哲生前所选择的生活方式，未来会被更多人追求。

爱与自由，谁又真正付诸行动过呢？

不论是生活中，还是病重时，敬哲都是平静的，他以沉默来替代加深痛苦的呼喊，且永远满怀希望。

在化疗期间，他独自一人将一个沙发从很远的地方搬到画室，我们都很吃惊他是如何做到的。他多次跟我提及，他还有几张未完成的大幅作品，他想抽空画完。搬沙发，就是为了让身体舒服点儿，好继续画画。

经历过动荡年代死里逃生的老画家萧墅，后来在自传里写下：“我宁愿睡卧在草丛里吃糠咽菜地活着也绝不愿意深入无知的社会群体人们精神浮躁的生存空间里去与人们东拉西扯地空谈一切与我无关的话意。”

一位诗人感叹：“他忽然发现这一生 / 都是在孤独中度过”。

很少有人能体会到，敬哲对于绘画的迷恋，之于个人的意义何在。

我最开始也是不理解的，直到有一次，我一个人窝在家里写文章，写着写着，突然有种忘我的感觉，在写字的时候，仿佛内在正在生长，外部世界的矛盾欲望纷纷崩塌。

对于一位创作者，创作本身像粮食一样滋养着他，绘画和写作，都是养人的。

在外人看来，他是孤独的，可是他内心的风景是外人看不见的。

敬哲未完成的作品是一只鹿，还有百望山林中的一个根雕。

百望山是他病中经常散步的地方，他在林中发现了一个树根，身体还行的时候，他每天都去刻一会，然后再把树根用枯枝掩饰好，据说那是一只小狗的形象。

这只小狗的藏身之处只有敬哲知道，敬哲走了，那只小狗的形象只能凭我想象了。

敬哲一生亲近自然，那只在树根之上雕刻的小狗，是他给大自然的献礼。

昆鸟

“80 后”，诗人。2016 年出版诗集《公斯芬克斯》，代表作《肉联厂的云》等。他的诗有着我们这一代少有的严肃。

昆鸟的诗：黑夜里最纯的糖

昆鸟有一次跟我说，他曾经跟我一样不爱说话。

作为好兄弟，我以为他在鼓励我外向一些，多跟女孩子接触，多跟不同的人扯扯淡。

今天看他新出版的诗集《公斯芬克斯》，里面有一篇昆鸟与陈家坪的对谈，标题是——把自己扔到可以看见的地方，并接受世界的审讯。

我开始相信他曾和我一样内向了，而现在的外向只是对自己的一种挑战。

昆鸟对朋友很好，你很少能遇到这样随和的人，你让他喝酒他就喝，给他烟他就抽，再难吃的菜他都说好吃并吃下去。如果他抽烟不那么凶，朋友会更多，更有女人缘。

可是我在许多场合，感受到了昆鸟内在的紧张，他总是那么敏锐地表述某个观点，闪电般地说话，闪电般地思考，我感到他脑子转得飞快，灵魂快要飞出身体。

他带有那种巴黎左岸作家的敏锐气质，抽烟，也许是为了让灵魂收敛一下，听他忘我地夸夸其谈，我常常有点出神。

昆鸟身上还具备某种女性气质，同时还有些草莽气和学术气，这些矛盾的气质恰恰就集中在一个人身上。

他曾经给《新周刊》写过一篇很长的报道，报道的对象是一个打工歌手，他与采访对象探讨很高深的主题，我不知道这位打工歌手是否听懂了，反正这些问题是昆鸟想搞懂的。

读昆鸟的诗也一样，他诗中的意象如一道道伤口，在本该抒情的时候，他却撕开一个口子，让抒情不至于引向空虚。内在的爆发力和破坏欲诗意地流露出来，让读者目瞪口呆。

昆鸟本名叫管鲲鹏，他给自己取名昆鸟，是否因为生命不可承受之重？

不做鲲鹏，他依然是一只炸裂天空的鸟，与天空冲撞，否定既有时空和心灵的界限。

他将《给女性的诗》放在诗集最后，就像一只鸟冲撞了无数次之后，终于累了，速度慢下来，安心归巢，找到那根肋骨，成为两个人。

昆鸟的这首长诗与邱岩的《穷男人组诗》，形成了美妙的映照关系，也是男人女人之间无声的默契。

在《给女性的诗》里，昆鸟写出了少有的暖色调。这一次，他显然找到了归宿。

此刻你在我面前了
你来了就不走了吗？
我是勇于爱，勇于怠慢生活的人啊
但总还愿意睁开眼睛。穿过正在蒸腾的土地
我能看见你在远处，像一株水草在摇
——摘自昆鸟《给女性的诗》

给他祝福，蒲公英爬满他瘦削嘴唇时
给他春天，风毛榉飞过暗地与荒野火车时
给他一泓抖动末日的清水
照耀他眼睑里沉睡的神圣
给他神的绿野森林中的光
当光爬满丰收的玉米，给他一句
被大地上锁的歌吟
—— 摘自邱岩《穷男人组诗》

两只刺猬

八月十六的晚上，第二次在北京见到刺猬。

上一次见到还是在宋庄，一个小雨的夜晚，我开着富康车送朋友回疃里。

“我好像轧到了一只刺猬”，我对身边的小贾说。

其实我已经确定它是只刺猬，前一秒钟远光灯曾经照见过它，只是因为夜晚开车有些疲倦，我最终没有反应过来。

老富康从那只刺猬身上压过去之后，我才猛地回想起那个眼神，那对小眼睛曾经惊恐地与我对视过，可是我却没有及时打方向盘。

之后的几天里，我陷入了深深的自责，远光灯下那双直视我的小眼睛，总是萦绕在我心里。

第二只刺猬出现的位置是公园的小路上，它蜷缩着，月光下像一团干草。

我前面跑步的姑娘遇见它就绕开了，我蹲下一看，原来是一只小刺猬。

我用脚轻轻碰了碰它，它一点反应也没有，继续缩着头。

我试图让这只刺猬钻进草丛里，在人行道上待着太危险。

刺猬的天性是遇到危险时缩起头，我怎么碰它都不肯动一下。

干脆，我直接把它推进了草丛，这圆滚滚的小家伙，从此消失在我的视野里。

用脚推它的时候，感觉好轻好轻，似乎一点重量也没有，可想在这个小街心公园里，它的食物并不丰富。

它滚下台阶的时候，我的心也跟着跳动了一下，那是一种从未感受过的生命温柔。

似乎年龄越大，越能感受到这些。小时候，见过大人杀刺猬，给刺猬剥皮，似乎一点也不会害怕，大人们说刺猬肉炖汤很美味。

小时候，听说刺猬死的时候会发出婴儿般的叫声，我没有听到过。

我曾见过一张刺猬的皮，依然蜷缩着，被挂在院墙上很多天。

我惊异于孩子的残忍，用开水浇蚂蚁洞，尿知了洞，掏鸟窝，童年的游戏现在想起，许多是极其残忍的。

我的童年，许多时光是跟姐姐一起度过的，姐姐善良，我残忍。

姐姐带着我去河边，用簸箕抓小鱼，用罐头瓶养着，里面还放上水草。可是残忍的我却把小鱼一只只掐死，并以此为乐。

姐姐在多年后还记得我掐死小鱼的情形，而我却一点印象也没有。

上小学的时候，我学会了钓鱼，成了一位疯狂的钓鱼迷。记得我钓起最大的是一条五六斤的黑鱼，黑鱼护崽，我用泥鳅逗它，它以为泥鳅要吃黑鱼仔，便上钩了。

我记得很清楚，那条鱼把鱼钩吞到了肚子里。那条鱼在水里挣扎了很久，当我把它拉起之后，胳膊都快抽筋了。

来北京的这些年，我几乎再没怎么钓过鱼，越来越觉得钓鱼太残忍。

有一次到云南，在一位僧人家做客，好客的摩梭人用泸沽湖里的野生鱼招待我，味道鲜美极了。

我问僧人：出家人怎么也吃鱼？

僧人告诉我，这些鱼是从集市上买来的、不是自己家人捕的。

也许就是从那次之后，我吃鱼的态度变了，去餐厅吃饭不再挑活鱼，去菜市场买鱼的时候也不爱挑活的了。

前些天买了条武昌鱼，是商贩宰杀过的，可是我拿回家洗的时候，它还在使劲地摆尾。

这情形让我有点手足无措，鼓起勇气把它清洗干净，切成两半，撒上盐，放进冰箱，心里才稍微平静一些。

不知从何时起，我开始对活物有了敬畏之感，那个热衷于掐死小鱼的少年不见了。

王娟

音乐人。她用简单的吉他和美妙的人声勾勒出一个广阔的世界，这篇文章是专辑《吾心安处》的听后感。

聆听《吾心安处》

记得好些年前，在鼓楼小广场旁边的小酒吧，冬日的夜晚，屋子闷热，灯光昏黄，大家挤挤挨挨地坐着，听一位叫王娟的歌手唱歌。

我一句歌词也没听清，一段旋律也没记住，屋子里都是比我年龄大的青年人，那时候我刚刚二十出头，听得入迷的观众都是我该叫姐姐的了。

当天王娟带了一些唱片，放在吧台上售卖，好像掏钱买的人很少。

我没听完就走了，那时候对于自己不太熟悉的音乐总是缺乏耐性，也许是因为太年轻根本就不会懂。

那天晚上我对王娟的印象是，这是一位内心很坚强的女歌手，她唱的歌很自我。

有一段时间，我把自我当作贬义词，成了不通世事、情绪化的代名词。

第二次认真听王娟的歌，竟然是快十年之后了，因她的新专辑《吾心安处》。

我是在一个无所事事的周六的晚上听的，竟听得眼泪汪汪，她的声音美得一塌糊涂。

王娟是坚定的，因为她有勇气把内心的苦楚唱出来，不加掩饰地唱出来，像一只鸟儿一样唱出来。

天上的飞鸟从不担心明天，它只是歌唱，这歌唱免除了那加深痛苦的东西，飞鸟只是歌唱，默默承受着四季的更迭。

自我不再是贬义词了，而是一颗追求自我完善的心。

歌唱者在吟唱中获得了内在的宁静，同时又让听众听见了时空的起落。

确实有过一次
匆匆的降落和
起飞，像夏鸟一样
眩晕、翱翔
——《空港》

我在纸上看这首诗，与听王娟唱感觉完全不同，王娟用声音将诗歌变成了电影。

《马头琴的天空》也是诗歌与音乐碰撞出的经典，无论歌词，还是背景音乐与人声营造的氛围，都恰到好处。

仔细听王娟唱歌，你会发现她的旋律动机总是与歌词的意境无比契合，她没有固定的旋律套路，也没有受到汉语发音的束缚，总能找到自己舒服的方式唱出优美的旋律。

诗歌在王娟的吟唱下完整了，获得通向大众的通路。

如果说诗歌是孤独的，王娟则有一种天赋将这孤独唱给所有人，让人入迷，若有所悟。

王娟早期的作品是略带忧伤的，眼前的新专辑《吾心安处》则是饱满而安慰人心的。

这张专辑里的每一首歌都是精彩的，有《七月》那样的欢乐颂歌，也有《惭愧》这样的忏悔之歌，在王娟的歌声里能听到生命具足的跃动。

作为自己专辑的制作人，王娟用声音将每首歌的空间感展开得淋漓尽致，已经远远超越了民谣歌手简单的叙事性哼唱。

旋律对于王娟来说，似乎是最自然不过的内心语言，当她的思绪展开一片空间，旋律就像天地之间的舞者一样顺流而下。

像每一座城市愧对乡村
我凌乱的生活愧对温润的园林
我噩梦的睡眠愧对天上的月亮
我太多的欲望愧对清澈见底的小溪
——《惭愧》

王娟用歌声将诗人杨键的这首《惭愧》唱进了每个人的心里，希望有更多的朋友能听到它。

这首歌在今天有着特殊的意义，一次听一位老师讲解《六祖坛经》，首先讲的就是忏悔品，忏悔品不学习，其他章节根本无从入门，这是那位老师的原话。

这首《惭愧》无疑是这个时代的忏悔品，我们每个人都愧对太多太多了。

哦，月亮带着我的问候（甜美）带给你
让我们在此刻在一起
哦，月亮带着我的温柔带给你
让我们在此刻相聚
——《窗外的月亮》

这首《窗外的月亮》柔情似水，没有哀怨，只有永恒的挚爱。

甜美的歌，是温柔的，女性的，含情脉脉的，月亮是她内心的映照，她已自足爱，与年轻时逐爱的忧郁完全不同。

这张专辑里的每首歌，听过后都令人有许多话想倾诉。

想起以前看过一本叫《琴声如诉》的小说，这张专辑里的每首歌都在讲一个故事，故事动人，引人遐想。

王娟歌声的叙事能力真是个奇迹，她不是那种靠简单循环旋律取胜的民谣歌手，她的歌需要你静静地听，细细地品。

对于很多年轻乐队，用普通话唱歌是件拧巴的事，情绪与普通话之间像隔了一层东西，而王娟却能将普通话吟唱运用如此自如。

《枫香驿》那首歌里，王娟唱最后一句"嗒嗒的声音"时，听者的心也战栗了，马蹄不是踩在地上，而是踩在人的心里。

上天真是眷顾王娟，让她用音声慰藉孤独的人类。

听王娟的歌，会让人想起年轻时的齐豫。王娟有着一副适合唱波萨诺娃的好嗓子，却没有小野丽莎那么甜腻，她恰到好处中和了甜美与独立，叙事与抒情。

专辑《吾心安处》里有几首歌确是甜美的，这甜美在她以往的歌声中是少见的，这甜是苦后回甘，离苦得乐。

《妈妈》这首歌，在波萨诺娃的轻快节奏下，王娟唱着一个离家的叛逆少女，重新找到归家的旅程。

这是多么温暖的一首歌啊，传达给听者的是喜悦，是长途跋涉后的返璞归真。

王娟在唱片制作完成后写道：

"整个唱片制作的过程，都是一个寻找和回归的过程，寻找那个——栖息的地方，身体和心灵，及音乐上属于我的那个点，那个地方，作为制作人，我不肯放过每一个细节，力求它能有一种完美，我也愿把这份完美和过程分享给大家，希望能带来一份开启。"

王娟的这份用心，相信你也会感受得到！

民谣中年

用时下的互联网思维，民谣二字如今也成了炙手可热的IP，可是纯粹的民谣什么样，大家似乎已不关心。

当然民谣只是一个词，每个人的感受不同，对他的定义也不一样。对于我来说，简单的朴素的吟唱，一花一世界，一叶一天堂，它是这个复杂世界的极简表述。

野孩子的音乐恰恰就是如此，你会发现他们极少表现城市生活和男女之情，《生活在地下》似乎是仅有的一首表现城市生活的歌，也是我最喜欢的一首。

用本能歌唱其实很难，就像那些叫嚷着逃离北上广的年轻人，农村故乡、二线城市真回得去吗？被大城市和互联网驯化的人们，早已对故乡没了感觉。

热心干部为了解决藏族青年的就业，安排他们去沿海工厂打工，厂长也很照顾，可是藏族青年坚持不了几天，因为做一个流水线的机器他们受不了。

我们这些北漂，日复一日重复着地铁、家、单位三点一线，被各种贷款和消费欲缠绕着，与机器人无异，我们却感觉良好。

我们对世界的好奇浓缩在手机屏幕，生活永远在别处，真人秀一季季上演，却忘了四季的更迭。

“爱春天的人们，是心地纯洁的人；像那盛开的紫罗兰，像我的朋友

一样。"(《四季歌》)

野孩子的歌词不像是职业作词人写的，更像是在田野采撷的民间歌谣，这一点制约了它的传播性，同时也让野孩子的每一首歌都有成为经典的可能性。

翻看我的朋友魏小石整理的民间音乐档案，那些流传已久的歌曲跟野孩子的音乐之间，总有着若隐若现的关联性。

一首德钦民间歌谣这样写道："这山是这个地方的根，这条山脚下的大河流不停奔流 / 那座山顶的泉眼悄然流下 / 直到冬季来临，请泉眼保重。"这样的叙述方式与《黄河谣》像极了。

看乐评人郭小寒的一篇报道，说野孩子演出结束时都会清唱《黄河谣》，几个中年男人放下各自手中的乐器，端坐，双手放在膝盖上，合唱起故乡的歌谣："黄河的水不停地流，流过了家流过了兰州，月亮照在铁桥上，我就对着黄河唱。"

一首歌，要唱进听者耳朵里，还是心里，对于音乐人来说是个世界观问题。每首歌都走心，这样的要求实在太高，可是野孩子近乎洁癖地做到了。

主唱张佺的嗓音原始又真诚，让人信服又不做作，他无疑是乐队的老大哥，为音乐定了总的基调。

依然是从小寒的那篇报道得知，乐队成员长期在云南过着规律生活，每天下午两点开始排练，一直到太阳下山。

野孩子工体演唱会结束后，张玮玮接受新京报记者采访时笑着说："我们这一代已经写不了情歌了，因为我们都结婚了，结婚了还写情歌，那是背叛婚姻。"

一句玩笑话道出了他们与年轻一代民谣歌手的区别，如果说野孩子登陆工体是民谣的巅峰时刻，不如说是对旧时光的一次集体回望。

在"90后"或更年轻一代光顾的社交媒体上，野孩子的音乐少被谈论，甚至在QQ音乐里也没搜到它们的专辑，这些一点都不重要。

野孩子的音乐不适合用来刷存在感，乐队现场像是一场仪式，听者经历的是一次洗礼，而洗礼的感受是无法言说的。

我有一位朋友，跟我年纪相仿，五年前住在北京现代音乐学院对面的孙庄，他抱着木吉他写过一首叫《河水谣》的歌，歌词我还记得一部分："你家住在河的对岸，我就住在河的这边 / 每天你到河边挑水，我就在河边放牛 / 你妈说你要出嫁了，我逢人就细探悄听。"

这位朋友在北京的生活一直很落魄，高度近视也没有眼镜，骑个破自行车每天去印刷厂打工，我总是担心他被汽车撞到。

后来他悄无声息地离开了北京，据说是回贵州老家了。

有个大学同寝室的北京同学跟我说，他挺羡慕我们这些外地来北京工作的人，逢年过节还有个地方可以回，可是自己除了北京没有第二个故乡。

我挺理解他的感受，年轻时在一个地方待长总会想要逃离。

可是人到中年，对故乡的眷念愈浓。

我的故乡叫小河镇，古称小河溪，如今已是一条被垃圾淤塞的小河道，可是儿时它清澈生动的样子，我依然记得。

黄河已被工业文明糟蹋得千疮百孔，几位中年男人依然端坐在舞台上，认真地唱那首《黄河谣》给你听。

你是我的母
万分幸福

翻开《女史》之前，以为这是一本枯燥沉重的书，翻开之后，发现它灵动而优雅，立刻对它爱不释手。

这不是适合一口气看完的书，因为书中的许多句子都值得细细品味。我花了大半个月看完，每次看两三篇，忍住不往下看，是因为每一篇都很精彩，看一篇就少一篇。

杨典所言之女史，指的是一切古今史中的真实女性，全书用 101 篇文字来描摹他心中的女史，并有意避开了许多大家熟知的女性人物，比如萧红等。

书中提及的女性名字，一大半我都从未听过。这并不妨碍我阅读它，哪怕只读其中的某个段落，也会感到惊叹不已！

我惊叹于汉语的神性和作者杨典的赤诚，历史总是留下一些碎屑，被有心人拾到。

杨典用诗歌的形式来表现女史，让读者有一种时空变幻之感。因为大部分篇章是从上往下看的，如果说横向阅读是一条时间线，那么纵向阅读呈现的则是空间感。

《女史》里的一首首诗歌，不是简单的历史场景拼贴，更不是历史细节的滥情，而是融入作者心灵史的再回望。

杨典向女史深处投下惊鸿一瞥，女史的惊艳与惊奇顿时散发开来，无数奇女子的灵魂交织在纸面上，如真人电影重现。

杨典抛弃了春宫图式的情色叙事，有大量留白任你想象，反而读起来更加血淋淋，入肉斩骨。

生于1972年的杨典是个天才，天才崇拜女史，才免于疯狂。有作者的文字为证：我13岁读阿德勒，14岁则与徐勍通宵辩论哲学，但她却“13岁就为革命痴迷，14岁则让巴尔蒙特感到惊奇”。(语出玛丽娜 · 茨维塔耶娃)

杨典并不掩饰自己对男性的鄙视，对女性的赞美，称“这是一个从不懂女人却又没有男人的民族”。

可是在我看来，这本《女史》正是以一种非常爷们的语气写就的，一点也不娘娘腔。对女史的感受越深，越能激发成为真正男人的本能。

他写晚清民国上海妓女史上的真实人物林黛玉，以《金刚经》和地水火风空喻其一生，林黛玉的60年生命旅程，恍若一道电光，直指人心。

“天下有几个男子敢剖心置腹，他们崇拜宫刑，并颠倒阴阳如没蛋的人总喜欢扯蛋”。(摘自《女史》)

女史是被遗忘的真实，是埋在故纸里的传奇，如同照见虚空的一面明镜。男人总是咄咄逼人，企图创造历史，在女史面前，却显得那么不堪。

杨典在补遗篇中写佛陀的妻子耶输陀罗，写空行母，就像写他熟悉的某位女性。原来，慈悲和爱是女史教给男人的，让男人用一生去修行。

杨典说：“女史是一种能审判朝代的机警。”他在文中有大量引用，却没有丝毫学究气，而有着劳森伯格美术拼贴般的强视觉张力，以及东方的话外音。

“说用掌故与注释写诗便‘没有灵魂’，那用嘴巴吃饭便不能说话？用器官性交便不能恋爱？女史传授我们：色即情之核心！我再传授你们：叙事即抒情！”

女史让作者顿悟，相信读者也会从中获得力量，不论男读者还是女读者。

在我看这本书时，会联想起自己生命中的女性，母亲是一生的牵挂，堂姐表姐是我童年最好的玩伴，曾辜负过一位好姑娘，多年后依然记得她的好……

杨典也在书中吐露了自己隐秘的情感，14 岁时爱上的那个叫周南的少女，1993 年在秦岭遇见的那位打猪草的小姑娘，她们都是美好的谜一样的存在。

杨典已故的舅舅也是位痴情的男人，最近看他怀念舅舅的文章《卓如》，感动得一塌糊涂。

一位黄埔军人，为了自己 17 岁爱上的女孩卓如，单身了一辈子，他把爱人年轻时候的照片珍藏，在艰难的日子，剪下象征团圆的纸月亮贴在窗上。

还是那句落俗套的话，每个人都有一部心中的女史。

什么都会被遗忘，唯有风格永存。这本书是杨典先生的心迹，女史参差多态，且听作者娓娓道来。

杨典论创作："我只写自己当下想写的，其内容庞杂不一。唯一的准则是我的精神本身。"

关于女史的写作，他为我们开了个好头。

他将《女史》的最后一篇留给妻子：

欷歔，看妻子晨起扫地、正午炊烟
黄昏沏茶、灯前补衣——便如读真经
露台植物是爱情的注释
柴米油盐即婚姻之眉批
当妻女酣然入睡时，见窗外百草森且寂
才略懂浮生若梦，建极绥猷之意
故汉人曰："得奉执箕箒之事，敢不敬拜"
故内人云："家中细软即是山河大地"

导演跨越时空与国境找寻找山河故人，而诗人在小日子里洞见了天地。在即将人到中年之时，摘抄以上文字于此，是为记。（本文标题源自张楚的歌《轻取》）

念如白雪纷纷下

周末上午，磨刀的手艺人像往常一样走过楼下，“磨剪子嘞，戗菜刀”，接着是一串喇叭声，如此往复。

这声音中气十足，有着朴素的旋律美。

我忍不住走到窗前，打量着他。

他推着自行车，后座上绑着一个长条板凳，左手扶车把，右手拿着喇叭。喇叭下面垫了一层黑色胶皮，可能是为了让声音传得更远。

他穿黑色棉鞋，黑裤，黑棉袄，头戴棉线帽，跟普通民工无异，走三五步，吆喝一句。

他虽然个子不高，也算不上壮实，腰板却很直，吆喝吹喇叭的时候，头微微上扬，胸脯挺得更直。

附近的杨家洼菜市场，卖菜的女人看到我走过，热情地打招呼，“过来啦？”“今天休息啦？”“想吃点什么菜啦？”

在生意不好的时候，她们相互抱怨着：“谁都不想生病，谁都想要钱啊！”

在通州的小公共上，三个业务员模样的年轻人相互吹着牛，其中胖胖的那个说有位会长很赏识自己，每次去谈业务都送给他烟酒茶。

一会又指着脚下的皮鞋说：“这鞋三百多，商场打折买的。”

“哎，真舍不得穿，想留着过年回家穿。”

小胖又掏出兜里的一沓钱，当着另外两位的面数了几遍，其中特意放了一张新版人民币，很快新版人民币就成了新话题。

快到站的时候，其中一位让小胖给他一百块钱，他再用支付宝给小胖发个 102 块的红包，小胖爽快地答应了。

地铁 6 号线上，一位打扮时尚的帅哥拎着一袋熬好的中药，手里忙不停地点着苹果 6plus，在微信通讯录上迅速滑动，不时将记事本里事先写好的文字复制下来，发给陌生的女孩。

我第一次看到，一个人竟然有如此多的"女朋友"，每个"女朋友"都备注上了进度表，类似"天津、护士、可约"。他修长的手指在手机屏幕上下着一盘大棋，他神情亢奋的脸上冒出几颗痘痘，想象着自己是一位大王，有着后宫无数。

每天下午，一位跟母亲年纪相仿的阿姨总会到那干涸的鱼塘边散步，她走路的姿势很僵硬，双手不怎么摆动，穿着黑色的羽绒服一言不发。有时候，她会带上纸钱，蹲在空地上烧。

杨家洼菜市场有很多家卖肉的铺子，只有一家生意好，其他家都很惨淡。慢慢我意识到了，原因是这家肉铺的女掌柜年轻漂亮，身材好，嘴又甜。那些愁眉苦脸的人，生意往往都巨差。

……

我坐在大厦四层一个圆形会议室里，跟大家一起诵读完一遍金刚经和心经，SKY 提议静坐 10 分钟。

我闭上眼，挺直腰，把手放在丹田，窗外的汽车呼啸而过，像流星滑过夜空。

我什么也不说，什么也不想，直到 SKY 一个响指将我唤醒。

回到人间，跟腾讯佛学主编张顺平老师聊天，他说曾经做过一个梦，在一个粪坑边大吐不止的梦。

从那个梦里醒来，他说自己变了一个人。

这是北分禅学会 2015 年最后一次共修，虽然参与者只有 6 个人，却备感温暖。

回家的地铁上，困顿与辛酸袭来，恍惚觉得人生的奔波劳苦毫无乐趣可言，想哭，想逃离。

可是，晚上做了一个很美的梦。

暖色调女孩

她坐在我面前，散发着微微的光，似有似无，像一株花，或是一株漂亮的植物。

我不知道说什么，其实我也并不想说什么，我只想时不时地看看她，听她说些什么，哪怕只是发发牢骚。

她适合穿花裙子，带褶皱的普通棉麻裙子穿在她身上也好看，她是我见过穿裙子最好看的人。

天凉了，她穿毛茸茸的毛衣也特别自然，有一种朦胧的美，柔和的，像一只安静的兔子。

我第一次从人群中认出她，就是那件浅色毛衣散发出的暖暖的光，像遇见一个熟悉的人，没有打招呼，却像打过招呼一样没有距离感。

她在我眼前的时候，我总是像在梦中，罩在光晕里，脑子也乱了，话也不会说。

我试着恢复理性，讲述态度或观点，帮她分析问题，可是总觉得自己很可笑，她其实很有主见。

我想与她在林中散步，有一搭没一搭地说说话，用我笨拙的摄影技术给她拍几张照片，一起在春天远行，在秋天登高，冬天围着小火炉煮东西吃 。

她是我的一个梦，一个在白日里也交织着的梦，我故意躲着她，藏在关于她的梦里。

晚风吹过耳边的时候是因为她，路边的红花绿草也是因为她，书中可爱的句子是因为她，孩子们天真的眼睛里也是她。

我很久没有负面情绪了，看淡了很多事，不再容易愤怒，也不怨天尤人，只有与她面对面时，才会偶尔地紧张一下下。

我故作淡定，可下一秒就被她看穿，我低着头不敢看她，望望天花板上的七彩吊灯，还是不敢看她。

在一本书里读到，植物之间可以靠气味交流，在受伤时，气味刺激植物分泌出某种药物类物质，给自己疗伤。

我感觉到她的存在，芦苇在秋风中飘荡，空气清新，浪费了一万年，在公园小亭里刻下一句话，像十八岁时一样冲动，好和坏都那么清晰，爱和恨都那么坦荡。

秋风穿过麻质衬衣，吹进皮肤，像你的手的温度，凉凉的，让人舒服。

我故意躲在关于你的梦里，杂念全无，让自己纯粹，生活回归简单，只做最要紧的事。

饿了就吃，困了就睡，有事情就做，事过就忘，无事时看书，看着草木，想着你。

一位老哥哥感叹，再也没有紧要的事情了，我第一次体会到了这句话的含义，初秋清晨第一缕阳光打在后背上，如同新生。

风吹来植物外激素的芬芳，让我浑身酥麻，这是爱情的味道，荷尔蒙缓慢释放，你在千里之外，却如同在我身边。

秋风传递着彼此的讯息，青青草香加深了讯息的浓度，我们疗愈彼此，身心愉悦，像老朋友一样。

"植物能够向着太阳生长，向着重力弯曲，它们却无法逃跑，不能随季节迁徙。"

人类热爱迁徙，而我却像植物一样，已然厌倦，因为有你。

“繁樱如云翳，忽闻远寺钟声渺，上野或浅草”，日本诗人松尾芭蕉的句子让我想到你。

四川人习用语言中，凡称道一个人的态度大方，打扮漂亮，都叫作苏气。

苏是苏州，气是气象。我想用苏气形容你再合适不过了，第一次见就误以为你是苏杭女子。

在北京这样一个毫无精致生活可言的地方遇见你，对于你是一种残忍，对于我是一种幸运。

我想你的时候，像捧着一颗幸运星，你说的都是对的，且善解人意，我很幸运遇见你。

昨天晚上我梦见自己在大河之上唱了一首歌，上半部叙事，后半部抒情，在结尾处，我跑调的唱腔竟然有点饱经沧桑的柔情味道，那也是因为你。

我知道我就要失去你了，因为我们越来越彼此需要，我克制自己，为了让分别的时间越远越好。

秋天来了，芦苇变黄，随风摇曳的时候，像你的裙摆，穿裙子的季节就要过去，你的花裙子留在我的记忆里。

我用对你的想念来修炼自己的耐性，在内心做思想工作，闭上眼你便出现，深夜醒来的时候也是你，暖暖地向我走来。

你让我专注，只有专注于一件事物中，才能不想你。

这个世界不再对我构成某种诱惑，我只渴望平静，平视万事万物，唯独与你对视的时候，我躲闪了，猝不及防地败下阵来。

这是一场爱恋，还是一次修行，我无法分清。

我的心像风中的草，在失控与自控之间徘徊，我们之间还有很长的路要走，在自我与相互吸引之间，我们还需建立更多的默契，在内心喜乐和取悦对方之间，还需要更加柔软，在替对方着想和自我独立之间，还需更多的理解。

我原谅你，就是原谅我自己，我看着你的时候，面对的是最好的自己，我平复内心的焦躁，是为了让你不要有压力。

我让自己沉入琐碎的日常生活和工作当中，按时吃饭，去公园慢跑，为了不让自己闲下来。

一场秋雨浇下来，刚铺就的沥青路面冒起白雾，轧路机和穿着黄色雨衣的工人在忙碌着。

路不好走，改坐地铁，国庆节的地铁空空荡荡，每个人都有座位。

跟你发信息，我感觉自己很不会说话，还不够理解你的情绪和内心，我的自我还很固执，强加我的方式给你，这很傻，一点都不通情理，你对我的冷淡是在提醒我进步。

我看着你的漫画像笑出声来，越看越喜欢，你萌萌的表情有一种深深的平静，让我不由自主地模仿起来，那该是少女禅定的一刻。

有一次，你就是那样用大大的眼睛望着我，让我心颤抖，我故作淡定，却紧张得说不出话来。

周末早上难得的休闲时光，我翻着书，读到感动我的地方，就多想与你交流啊。

我感到与沈从文、汪曾祺心心相印，沈先生给张兆和写信，称呼三三，这称呼多有爱呀，你一定也这么认为吧。

喵喵，这样称呼你好吗？

这个称呼只属于我们之间，有些话，我只想对你说。

我觉得我有些自作多情，你不爱理我，我还是忍不住想找你说话，你继续不理我，我还是不死心，我是不是很幼稚？

我暗暗在心里做了一个决定，除非你主动找我说话，我再也不找你说话了，就此斩断对你的念想，就此打住。

前天晚上梦见你了，还吻了你，单纯地吻了你，在明亮的光的下面，这是一个美好的梦，如同某个阳光漫溢的午后，自然地发生。

还是回到规律的生活工作中去吧，我想融入大自然中，融入无止无休的枯燥工作中，在无所事事的时候什么也不想，我想离开这个城市，为了不再想你。

如果说遇见你是我修行的起点，彻底忘记你是开悟的终点吗？

为什么看见你的照片时，我的眼中会隐着泪，悲伤从心底升起，淡淡的，就像童年的委屈。

喵喵，你为什么这么可爱呀！我希望你不要厌倦与我在一起。

我希望你脸上永远有单纯天真的笑，你是诚实的好姑娘，正如老汤姆的那首歌的名字——汝梦纯真。

那句歌词也写得好："对于这个世界你是一个麻烦，对于我你就是整个世界。"

对你说的每句话，手机上打的每个字都是想了又想，怕说得不好，你便不理我了。

你不理我了，好像是我目前最恐惧的事情，其他的事情好像都不那么让我担心的了。

我无时无刻不在想你，我压抑自己，因为我知道你需要的时候自会找我，我让自己内心平静，时刻准备着迎接你。

这压抑竟然让我获得了某种处世哲学，对待你之外的人与事，我都不再执着纠结，以平视轻松的心态与人交流，只有与你是一个例外。

阳光打在你的脸上
暖在我的心里
微风吹拂你的头发
摇曳我的思绪

你是我心心相印的爱人，虽然我连你的手也没有拉过，你也没有给我一个拥抱。

我在火车上，站台那边的列车缓缓开动，车厢里的灯光在夜色中向我招手，我们像隔着一个时空，温暖的距离，相互投去一个眼神，恋恋不舍。

累了，躺在床上小睡，闭上眼就看到你的笑脸，你抿着嘴笑的时候很可爱，就这样我睡着了。

你心里的活动我感同身受，你高兴我就高兴，你难受我也难受，我想抱抱你，可是又不敢抱你，我想着你遇到的困难，默默在心里把它引向好的方向去。

言语是苍白的，内心无限辽远，你是自由的小女孩，你的忧伤将随风飘散，在出太阳的日子，你重回快乐，那时我也是快乐的，太阳照在你的身上，暖在我的心里，我们都是自然之子。

有一次，你用大大的眼睛望着我："这么可爱又善良的女孩，为什么不珍惜呢？"

我不知道怎么回答，情商过低的我也不会安慰人，除了吃饭看电影逛公园，我也想不出什么更好玩的事让你开心。

送你到楼下，我独自走进黑夜，不觉得寒冷，也不觉得饥饿，我不着急回家，只想这么走下去，穿过黑暗。

"你那么善良，让我可以安心做一个坏人。"

我的心里，无端冒出这样一句话来。

潘多拉

我常常想起披头士的 *When I'm Sixty-four* 这首歌，旋律不记得了，好像是很欢快的那种，以前常常希望自己能快些老去，拥有洞悉世事的眼光，不再犹豫，无欲无求。

到了那一天，我会拎一瓶日本清酒和一堆零食到电影院去看一部蹩脚的文艺片，不排除再约上几位大爷大妈；选择文艺片，第一是因为人少，第二是因为影片节奏缓慢，镜头移动不至于让我们的老眼昏花，空旷的放映厅更适合大声聊天。

到了那个年纪，我们已经对于烂片与好片的争论毫无兴趣，都这么大岁数，什么极端的场面没见过啊，什么烂片没看过啊，经过 64 年的人生阅历，我们总结出了一个道理：没有绝对的烂片，也没有绝对的好片。

就如同年轻时约一个喜欢的姑娘去看电影，电影本身是不重要的，重要的是在一起看，一起待着，感觉到那个人儿在身边就行，选择《和你在一起》这样煽情的二流片子当然也是合适的。

我们这群被社会遗弃的老人看电影的时候看的是什么呢？嚼一口火腿肠，抿一口小酒，影片里出现一个老头，大笑，接着老头的女儿出场，又大笑，接着是女儿的丈夫，接着笑。

总之我们这群老年观影团是有史以来笑点最低的电影观众，无论什么样的人物都能引发我们发笑，后来一位女导演偷偷溜进放映厅，坐在最后一排观察我们这群特殊观众的反应，我们每一次大笑，都弄得她坐立不安，心想："不是这样的，不是这样的，我要的不是这样的呀！"

老年观影团的队伍逐年壮大，有些老人到天上去了，有些新人又加了进来，还好，每天一瓶清酒并没有让我的心脏病发作，反而让我越活越年轻，每天张罗着组织大家集体观影，支援那些票房毒药和地下小众青年导演的片子。

试想，到了我们这把岁数，已经不在乎买电影票那百八十块钱了，重要的是咱们这帮老人还能在一起聊聊天，大屏幕只是背景；后来有一两位年轻导演慢慢红了起来，拍了一些卖座的电影，我们就不再支持他们了，转而支持其他更加另类的青年导演去了。

有时候也会有一两位年轻人混进我们的队伍，他们对我们的表现非常不理解，他们不知道我们为什么这么开心，在他们看来，这部电影真是糟透了。

我们这些老头老太太从来不与年轻人争辩，因为我们懂得珍惜今天来之不易的欢乐，而那些成天抱怨的年轻人，我们也曾经和他们一样，每天听着黑旗和潘多拉的歌骂骂咧咧，到处泼洒狗血。

所以我们更愿意微笑着递给年轻人一瓶日本清酒："来，小伙子，干一杯！"

去泸沽湖里洗个澡吧

那天在里务比寺吃完午饭，洛桑师父提议说，一会去湖里游泳吧，我说我不会游泳，他说有救生衣。

于是洛桑、我以及寺庙里另一位伙伴丹史次丁划着木船出发了，洛桑握着小桨在船尾掌舵，丹史次丁坐在船中间用力拨弄着湖水，普通游客在湖里扔颗瓜子壳都会遭到当地人的批评，到湖里游泳更是不可想象的事情，这次的确是沾了喇嘛哥哥的光。

我观察过泸沽湖里划船的人，不论是掌舵的还是使力气划水的，在木船前进、船桨击水的时候，他们常常是面带微笑的，似乎前面有美好的事物等着他们，而船上的游客也是欢声笑语，没有人要求船慢下来或者停下来，船行越快，游人的笑声越放荡，他们向着对面船上的同伴击水，打情骂俏。

我又一次想起了卡夫卡的一句话：“由于没有耐性，我们被逐出乐园，由于懒惰，以至于我们无法返回。”

我想起那位坐在村口手持佛珠转经的老头，我向他问好，我们语言不通，他报以羞涩的微笑，我想我一定是打扰到他了，他始终是微笑的，他内心的大愉悦不足为外人道。

回到北京，回到我居住的小房子，桌上一片狼藉，到处都是随看随扔的书籍和纸屑，床上堆满了 T 恤和裤子，我在沙发上扒拉出一个空地坐下发呆，我的生活怎么这么糟糕，头绪多得让我无从整理，我不知道需要多久才能把这些杂物一一归类，我被这些身外之物打败了，就如同王久良拍摄的系列摄影作品《垃圾围城》，北京城被垃圾包围，我也被这些垃圾围困了，像一头困兽。

船夫划桨、老头转经这两个场景经常在我脑中浮现，我从北京带去一串佛珠让洛桑开光，傍晚在寺庙里散步的时候洛桑跟我说，"以后你心情不好的时候就边摩挲这串佛珠边念六字真言'唵嘛呢叭咪吽'"，心想，这简单重复的动作真能安慰人吗？

在寺庙里，吃饭之前洛桑和丹史次丁都会念一段经，吃完晚饭大家会一起围着寺庙大殿四周的转经筒转经，此刻已经没有游人，在泸沽湖中央的里务比岛上，四个男人手持佛珠按顺时针方向旋转着，洛桑口中还念着经文，我紧跟在他们后面，左手持念珠，右手转经筒，生怕慢了半步。

也许所有简单的事物都是能安慰人的吧，在转经的时候，我脑中空空如也，什么念头也没有，发现所有烦恼都源于复杂，源于攀比，源于更高的欲求。

而真正的快乐都来自简单，你只需要重复自己热爱的那一个小小动作，如同那位转经的老头，那位泸沽湖的船夫，在你由心转物的那一刻，或许已巧妙地度过了这一生。

人就是狗

小贾家的狗昨天早上死了，小贾的母亲刚把它放到楼下不一会儿，它便撕心裂肺地汪汪叫着冲回家里，之后便是口吐白沫，抽搐，僵硬地死去。

小贾和母亲、姥姥都因这个小生命的逝去而悲痛万分，小贾拎着狗的尸体路过小区门口的时候，难掩内心的悲伤，小区保安试着安慰他："就是一条狗嘛，不必这么伤心吧！"

小贾将它埋在了小河沟旁边的树林里，心里却想着替小狗报仇的事。他回忆起早上见到的那位凶神恶煞的瘸子，心想一定是他下的狠手。因自己曾经得罪过他，在某天深夜，瘸子喝醉了拦着小贾让送他回家，当时小贾一把把他推开。

当复仇之心燃起的时候，小贾的内心痛苦地扭曲着，可是又有谁会为一只小狗的死负责呢？我试着安慰他，告诉他小狗的死是命中注定的，作恶之人会得到报应，而这样安慰的话并不怎么有力量。

说实话，我并不因这条小狗的死去而悲伤，令我悲伤的是朋友的痛苦，小狗死了就死了，但朋友不能失去。

母亲和姥姥的悲伤会更早褪去，因为她们早已在自己的人生旅途中见证了许多生命的消逝，小狗的死会在她们心里掀起小小的波动，之后会慢慢归于平静，而这件事在小贾心里激起的却是惊涛骇浪，让他深刻领会到无常两个字的意义。

"小狗在抽搐的时候是不是已经没有痛苦？"小贾问我。

我想了想，凭着我对人的些许认识回答他："那应该是它最痛苦的时刻。"

"我连一个这么小的生命都保护不了。"小贾心里充满了愧疚感。

从某种意义上说，小狗的生命不是小贾和母亲、姥姥所能保护得住的，在这个家庭之外，处处都充满了危险，死的因素远远大于生。

写到这里，我似乎该庆幸作为人的好处，我们拥有智慧，会预见前方的毒药，远离那些漂亮的表面和阴毒的内心，而小狗却看不到阴毒的内心，它会将所有类似于食物的东西放进嘴里。

给狗一颗人的心，这也许是一种最理想的状态。

我生活的通州区也许是北京市人均拥有狗最多的地区，夏日的傍晚，人们各自牵着狗沿运河大街从东遛到西，又从西遛到东。陌生人因为狗狗之间的亲昵举动而消除了防备之心，相互扯起了家常，一位瘦弱的文艺青年模样打扮的小姑娘牵着一只体形健硕的拉布拉多，一位郁郁寡欢的大叔抱着一只小柴狗……

某天我坐在冯博的车上穿行在长安街上时愤愤地嘟囔道："人就是狗，人就是狗！"

昨天小贾向我提起这句话，我却忘了当时的语境，此时我突然想通了。

伤心的绝学

我的毕业季，在十年前。

临近毕业那几天，几乎天天都是同班同学聚餐，燕京啤酒瓶一眼望不到边，我的室友柳科生几乎每次都喝大，且喝大了的反应很激烈，好几次都让我陪他去通州潞河医院洗胃，可每次医生都只是给开点电解质生理盐水之类。

我那时候酒量比现在好，啤酒只要喝了三瓶之后，几乎就没底了，喝酒对于那时候的我来说只是伤感的慰藉而已。

我坐在桌子这头，暗恋了四年的姑娘坐在桌子那头，我在这头喝酒，她在那头谈笑风生。

几场散伙饭吃下来，我的大学生活也结束了。

刚工作那会儿，没事就喜欢约朋友一起吃饭喝酒，那时候朋友们也都是单身汉，很容易就能凑一桌。

刚开始还有些从众的欢乐，到后来就有点小伤感了，有一年几个朋友给我过生日，吃着吃着就哇哇大哭起来。

再后来，就很少约朋友聚餐了。

昆鸟有句诗总在我脑子里盘旋："我是勇于爱，勇于怠慢生活的人啊！"

昆鸟喝大了也爱哭，不好意思抱着女孩哭，就抱着身边的男人哭，哭得好伤心。昆鸟的师傅，子曰乐队的秋野就很不幸地被抱过。

我还有一个叫杨文的兄弟，身高一米八，人高马大的男人，一喝酒也是哭得稀里哗啦。

歌词里也有这样的意象，"在结着果的桃树下我边吃边哭泣……"

在王小帅的电影《扁担姑娘》结尾，东子打开阮红留给他的单放机，响起那首《小小天堂》的旋律，眼泪止不住流下来……

男人是多么外强中干的存在啊，而我在身边的女性身上看到了更多的包容和体谅，正是女性的温婉才能抚平男人内心最深处的伤感。

一次乘坐大巴车，旁边有位女孩拿出随身带的木梳，静静地梳着头发，我竟看得入迷，她是诗一般的存在，是另一维时空。

还有初中时，坐在我前排的女同学，她那根长长的麻花辫子，总会让人在听课时走神。

记得那次苏州之行，采访几位颇有名气的苏州男人，当他们滔滔不绝的时候，无一例外，妻子则静静站在一旁温柔地倾听着，这份宁静胜过千言万语。

小时候，放学回家，看见母亲在厨房忙碌的身影，屋顶青瓦上升起灶火的青烟，该是一天中最踏实满足的一刻。

若干年后，离开父亲母亲，独自踏上异乡的旅途，像一个孤独的剑客。

我不是武侠迷，从没看过武侠小说，只记得不知谁说的那句话，"多情剑客无情剑"。

在黑泽明的电影里，剑客最后的归宿只有两种，大自然和心爱的女人，归隐山林，或者过小日子。

"来世不做多情狗，变一只石猴也好"，周星驰早年的世界观也许太过悲观了。

同事告诉我，8 月份一部古龙小说拍成的电影要上映，我想到时去看看。

诗意的中年

老愚新书《在和风中假寐》用来形容人到中年时的心境再合适不过了，虽然对于一位刚要到30岁的年轻人来说，面对这种心境多少有些臆想的成分。

青春、麦田、少女、春风、少年、太阳、田野，当这些意象不断出现在和风下的梦中，老愚似乎忘记自己已经50岁了，就像当年在复旦大学给他上《佛学概论》的陈允吉老师所说："时间是假的！"

我如此珍视书中收录的《青草》《门槛》《距离的权威》《黄金的日子》四篇文章，这几篇写于20世纪80年代的叙事散文在今后的日子里会被我反复阅读，在这些文字里我可以重新找回那些遗失的童年记忆，以及儿时对于土地的本真情感，它们也铺就了老愚新书里的乡土底色和自传意味。

在今天这个众声喧哗的时代，想依靠文字寻找某个人变得越来越困难，犀利的观点突兀地站上前台，文字像个羞怯的小姑娘时隐时现，而老愚的文字却诗一般地立了起来，从某种程度上来讲，老愚的文章改变了许多人对于写作的态度，同时也教会了许多人如何写作。

老愚的文章绝不浅尝辄止，他的每篇文章绝不会少于三个场景或视角，似乎年纪越大，他越能从生活中的小事里写出时代变迁的况味。

所以FT中文网总编辑张力奋会在这本书的序言里写道："对文字，我和他都有些洁癖，老愚对文字，特别是铅字，是有图腾崇拜的。"

在文字面前，一个人必须无比真实地面对自己的内心，所以我们有幸窥见了一位50岁老男人的内心，一如20世纪80年代初从陕西走向上海的那位少年，只是心结一一解开，虽然愤怒时依然金刚怒目，但宁静已开始呈现在脸上。

尼采曾经对世人发问："你的良心在说什么？"他自己给出的答案是："你要成为你自己。"

当世人把欲望当理想，把世故当成熟，把麻木当深沉，把怯懦当稳健，把油滑当智慧的时候，老愚将自己静静地呈现在读者面前，同为写作者，我钦佩他的勇气，作为读者，我感念他的坦诚。

在最近一期《新周刊》的专栏里，老愚回忆起幼年时打木猴的情形，"少年暗地里希望自己也能像陀螺那样，自足地旋转起来。不用人抽打，靠自己强健的心驱动，把光和热持续散发出来，烘干这潮湿的世界"。

他继续写道：人到中年，节奏会不知不觉放缓，身心一致，只为内心转动，淡定，从容，呈现一幅秋天静美的画面。

一个朋友告诉我，他曾细心观察过：每一个不足三岁的孩子，无论他们将来是美是丑，是邋遢是干净，都是浑身散发着香味，没有丝毫让人厌恶的味道。而等人到了六七十岁的时候，任谁也抵挡不住丑的到来。

正如这位朋友所描述的，肉身终究会老去，所以有人试图用文字对抗时间，我想这大可不必，因为真性情的文字自会不朽。

2008年3月24日，老愚在博客里写下这样的文字，这几句话无疑是给人到中年的最好的注脚：

午后，一个人坐在小区的木椅上，眯着眼，一会儿就入虚无里，不过，这虚无是暖的。

和风吹过，恍惚从多年前少年的脸上掠过。轻盈，柔软，那个少年渴望的，如今还在渴望。

谁也不能代替你的生命，在这四季轮回越来越像儿戏的生活里。

苏州散记

从蒙上一层灰的北京到画家沈周的故乡苏州只需要五个小时，此行我们将要探访一位古琴演奏家、一位缂丝专家、一位造园者、一位宣德炉传统制造技艺传承人。

坐在时速近 300 公里的火车上，我们无法做任何深度的思考，总之那个硕大而干燥的城市已离我们越来越远，水乡、亭台楼榭、吴昌硕、沈周、太湖石、南怀瑾……

大师已去，文脉犹存否？古琴、园林、铜炉、缂丝，如同古人给今人留下的片甲微痕，这些字眼在互联网时代成为关键词，因而具备了消费的属性，或许还有些时髦。

现代人面对传统，简单粗暴，有人吆喝，有人买单，而这些古老遗产背后的精气神，人们还会去认真求证吗？

我想以上就是我们舍近求远造访苏州的缘由，那些坚守传统文化精神家园的苏州人，他们的故事以及他们对于传承的理解，正是我们想向大家呈现的。

在采访之前，我们首先见到的是生于 1986 年的摄影师郑阳，这位曾经给木心先生拍过照片的年轻人带给我们很多惊喜，他身上的童真和对于摄影的热情令人感动，这是一位活在自己影像世界中的优秀摄影师，他跟我们说：“工作是快乐的，对于我来说，这不仅是养家糊口的事情，而是在设计一件服装，当对方喜欢这件衣服，并愿意穿在身上，我就是高兴的。"

我们首先见到的是吴门琴社的掌门人裴金宝先生，二十年前，那把宋代古琴并没有像今天这般精心地存放与保护，裴金宝怕它从高处摔下，干脆直接将这把有千年历史的古琴平放在地上。

女儿是裴先生的知音，不知道女儿出嫁后他是否会为之伤心，他已经习惯了那位形影不离的年轻知音相伴左右的生活，也许他依然会昂起头，骄傲地弹奏起那首著名的《离骚》，可那丝骄傲也许会失去往日的从容。

给陆誉夫拍照的时候，郑阳突发奇想让他盘腿坐在院内小池中的垫脚石上，陆誉夫很配合，盘腿而坐，闭上眼，做冥想状。

苏州之行，令我们印象深刻的还有四位被采访对象的夫人，陆誉夫的夫人安静、朴素，在我们采访的时候，总是一声不响地坐在丈夫旁边，很贴心。

裴先生的太太则是一家之主的做派，家里的一切都由她打理，假如太太不在家，裴先生一定会变得手忙脚乱，除了古琴和旧家具，家里的饮水机对他来说都是个麻烦物件。

陈巧生的太太除了料理家里的一切，巧生炉的生意也主要靠她打理，但她有着生意人少有的善心，家里做饭的阿姨老烧不好菜，陈太太并没有解雇她，而是给阿姨买了本菜谱。

范玉明的太太也是位优秀的缂丝艺人，丈夫不安于传统缂丝，想当纤维艺术家。拍照的时候，太太站在一旁掩口笑，似乎对摄影师的工作方式很感兴趣。

古镇同里的退思饼和袜底酥很美味，"瞧一眼同里姑娘，退思饼得吃一打"，苏杭地区人们生活在写意之中，回到北京，不得不继续写实。

在回京的火车上偶然读到黄灿然的《颂歌》：

"每个人都是一个宇宙，每个人的一生都是禅的一生。"

听赵老大的歌是什么感受

好声音看到第三季的时候，难免有一种吃腻了的感觉。

昨天一宁夏哥们来家吃饭，提起赵已然重病的事，哥们走后，我在网上找到他的歌，认真听了一遍又一遍。

当我们将要失去一种声音时，才会静下心来细细欣赏。我以为，好声音不是导师吹出来的，而是你个人最珍视的那种声音，即使它只是首俗不可耐的嗨曲。

比如《女儿情》，比如《粉红色的回忆》，多年之后我依然记得那个调调。

赵已然翻唱的歌，太像他自己的歌，《你是不是我最爱的人》《再回首》，听了许多遍，也没腻过，反而有一丝不忍，不忍听，他的表达太真实，太杀人。

这不忍，是你面对一位撕心裂肺倾诉往事的中年人时，心中升起的无助。

我们渴望真诚，可是当一个人无修饰地在你面前唱歌时，你退却了。

因为你懂得，在社会上生存必须学会克制，而赵老大却无形中影响你，让你回到那放肆的岁月。

汪峰问好声音学员“你的梦想”时，他一定有种想吐的冲动，至少我听不出任何真诚，更像一句广告用语。

汪峰成功将他的情怀和梦想转化为了产品和名声，而亲爱的赵老大，他无法用情怀换来好的生活。

赵老大的表达太走心，离大众就远了。

赵已然是咬着牙唱歌的。这感觉曾出现在听一位朋友唱《梅花手表》的时候。那位朋友刚失恋，在唱"我是个穷光蛋，我兜里没有钱"时格外用力。

我买过一本叫《以头击墙》的哲学译著，如果没有记错的话，作者是舍斯托夫。

不论人类思想史，还是个人成长史，都存在着一个咬牙歌唱、以头击墙的时期。

那是破茧为蝶的前夜，原始天真与世俗坚冰发生最猛烈的冲撞。

这个过程是美的，像尼采形容的酒神精神，它是如此刺激，以至于有人愿永驻于此。

在纪录片《自由的边缘》里，一位年轻的乐手不停敲击手中的啤酒瓶，我一直担心玻璃碴会把他的掌心刺破。

我十分喜欢艺术家史金淞的一件装置作品，姑且叫它《玉头》吧，一块人头形的玉石，由一个电动齿轮支撑着，一旦打开电源，玉头便会持续地撞向墙壁。

多年前去草场地看展，天色已晚，画廊老板看我对"玉头"十分感兴趣，同意接上电源为我演示一下。

玉头本来安静倚靠在墙上，当底座接上电源后，开始持续不断地撞向墙壁，发出巨大的声响。

很快，白色墙壁被撞出一个大洞。

我呆立在那里，不知如何是好。

老子说："反者道之动。"

很可惜，大部分人没法见到自己翻盘的那一天，只能一条路走到黑。

人不停地冲撞同一个障碍物，有一天，撞出了诗歌、音乐、艺术，也撞向了死亡。

《圣经》有言，"上帝赐福给不二过的人"。

汪峰和赵老大都在切近各自的生命本质。当然，他们都会获得上帝的赐福。

所以我无法拿汪峰和赵老大来作比较，可是我会不由自主地将赵已然的歌添加进 mp3 播放器。

记得李敖说过：“跟人打交道越多，我越喜欢狗。”

我喜欢那只叫赵已然的老狗，愿他重新拥有健康，活泼乱跳起来。

通州的味觉

在金手勺东北菜馆里，每天饭点时有都许多等位的客人，这里的菜品以实惠和量大著称。

没有人在乎食材的好坏，肉多油厚味道足就够了，一盘熘肝尖足够两个人吃，可是我却吃出了异样的感觉，因为这些为我们贡献肝的猪们，也是吃着我们的剩菜长大。

每天深夜，我习惯性地从杨家洼观音庙开始遛弯，顺着京津公路辅路，绕道运河东大街，再转回来，经常能看到收集泔水的小货车，这些油腻腻的四轮小货在每家餐厅前停留，而后满意地往东驶去。估计是送往西集或香河的养猪场，因为北京媒体经常有通州郊区非法养猪场的报道，金手勺这样的餐厅为它们提供了大量廉价的饲料。

前不久微信上疯狂转发一篇诋毁猪的文章，该文讲述了猪为何是一种不洁的动物，猪肉对人体的诸多危害等。可是，当我看见泔水车经过的时候，我不禁对这些猪们升起微微的敬意，它们以一种大无畏的牺牲精神，把一堆人类留下的废物重新送上了餐桌，变为一道道油亮美味的食物。

忘了什么时候开始不爱吃东北菜的，以前有朋友来通州找我玩的时候，都习惯带他们去梨园小镇对面的小东北菜馆，那时候喜欢点的菜有锅包肉、酸菜鱼、酱烧茄子等。也许是因为那时刚从大学毕业，肚子里的油水不多，平时也多干苦力，靠喝大酒吃肥肉来犒劳自己。

如今我不再对油大量大的东北菜感兴趣，饭量小了，酒也喝得少了。

现在我对小区旁那家杨家洼烧饼店情有独钟，开店的夫妇听口音是南方人，年纪都跟我父母差不多，有一个上小学的儿子。

这里的特色是麻酱烧饼、椒盐烧饼和红糖烧饼，男人负责制作，女人负责卖烧饼，煮馄饨，盛绿豆粥和豆腐脑。

中午的时候，这里有猪肉白菜、韭菜鸡蛋、猪肉茴香馅儿的烙饼，快递员、农民工是这里的常客，他们每人要五个烙饼，一碗馄饨或羊杂汤，再来瓶普京啤酒，十块钱就能吃饱。

我时常混迹于他们的队伍里，在阳光充足的时候，我喜欢坐在店外边吃边晒太阳，一个烙饼一块钱，三个烙饼一碗粥一共四块钱，就能让自己很满足。

中午，我经常看到一个瘦削的女人在那里孤独地喝着鸡蛋汤，吃着烙饼，一头劣质染发剂染过的红头发，脸色苍白。她一般在中午一点之后才过来吃饭，也许是不愿跟一群年轻的打工男人混在一起，她一个人坐着慢慢吃着饼，喝着鸡蛋汤，在孤独中掩饰着莫名的自尊。

还有一位胖得快走不动道的老太太，每天早上都由儿子陪着过来吃两个麻酱烧饼，母亲与儿子并排坐着，一看就是本村人。

老北京人喜欢在早上吃点咸的东西，比如来一碗放了木耳鸡蛋黄花卤汁的老豆腐，一位大爷每天早上都要喝碗羊杂汤，“涮涮肠子”，这是他给出的解释。

早年的饥饿记忆依然留存在老一辈人的生活习惯里，他们喜欢羊杂汤和麻酱烧饼，只因为曾经匮乏过。

我很好奇，两位南方人怎能将北京本地才有的麻酱烧饼和老豆腐做得如此生动，引来众多的老北京人光顾。

一块钱一个的烧饼，一块钱一碗的绿豆粥，这样的价格很久都没变过了。有时候我拿着不锈钢饭盒去打粥，女老板总是给我打很多，我说不用那么多，她总是说：“多吃点没事的！”

我渐渐对大鱼大肉失去了兴趣，也很少进餐厅吃饭。因为很难在大餐馆里尝到用心做的食物，我们吃进去的只是流水线下的味觉标准件，我宁可吃自己做的菜，它虽然很难吃，可是注入了自己的心思。

经常看到顾客在餐厅吃饭时因口味不合与服务员吵起来，"为什么一点都不辣，我叫你多加辣椒啊！"

一位男子大声呵斥服务员，他嫌自己点的烤鱼不够辣。

"煮一煮就辣了。"服务员解释说。

"汤都不辣，怎么会辣？"顾客依然不依不饶。

"那我让厨师给你加点辣椒吧。"这下顾客才满意了。

每个食客都在找自己的味道，当人在一个地方住久了，他稀罕的味道会越来越少。

在物资学院上学的时候，觉得食堂之外所有餐厅的饭都好吃。

毕业了，吃过通州许多餐厅，忽然发现来个刚出炉的椒盐烧饼，喝碗绿豆粥最舒服。

晚餐

一个人在大城市上班，晚餐决定了一天的幸福感。

马超没有女朋友的时候，我下班后经常找他一起吃晚饭。

人多的时候，喝点啤酒吹吹牛，还有些乐趣。就我和他两人的时候，凑合吃个快餐，只为填饱肚子。

马超吃饭快，扒拉两口就放筷子了，然后开始抽烟打电话，剩我一人在这儿慢慢吃。

人多的时候，吃的多点儿，可是喝的也多，最后全吐了。

后来，马超有了稳定的女朋友，再找他吃晚饭，他总是说："我陪你吃吧，我一会回家吃，女朋友做了饭呢。"

再后来，我几乎没找过他吃饭。

在北京的这些年，晚餐大多数时候只是走过场，只是一种对饥饿的本能性反应。

人在饥饿的时候，往往很快就吃饱了，而三五好友慢慢吃饭聊天的时候，却能吃很多。

听西苑医院的甫寸大夫说，胃是人的第二大脑，吃饭是需要心情的，跟谁一起吃很关键。

前几天约一位营养师与网友互动，主题是"夏天没胃口怎么办"，有个网友的回答很到位：约个女孩一起吃嘛。

农业大学教授朱毅有个观点很有趣，她说大脑是人的第二性器官，大脑既控制着你的胃口，又决定了你的性趣，也真够累的。

刚毕业那会儿，马超说自己身边不能缺少朋友，因此经常约大家吃饭。后来，我发现他内心真正渴望的是一个伴侣，直到他遇见现在的"90后"小女友。

社交达人内心都是极度孤独的，而那些少言却能给你温暖的朋友，他们往往有个温暖的小家庭。

马超离开北京去广州再创业，我有些失落，虽然这一两年没见过几次面，但我们都把对方当作能相互沟通的朋友。

起初我不太理解，一位上班族忙碌了一天，为何还要回家买菜做晚餐，后来我明白了，这顿晚餐不只是做给自己吃的，两个人坐在小木桌旁，相视而坐，简单的食物，味道也凑合，内心却会升起满足感。

这时候，你不要抱怨对方吃得太少，也不要怀疑自己的厨艺太不好，因为吃什么一点都不重要。

听说在很早以前，僧人们是不生火做饭的，他们都是托钵僧，释迦牟尼的弟子每天中午托钵乞食，不论荤素一粒不剩吃进肚子里。

小时候，我生活的那条老街上，乞丐还是接受食物的，有一次母亲心情好，给那位乞丐盛了一大碗米饭，米饭上堆满了菜和肉，最后还放了一个松花蛋。

这么多年过去了，我还会记得那碗饭的样子，乞丐的样子却记不起来了。

上周末去参加大董的夏日品鉴会，那应该算是一顿奢华的晚餐了，烤小雏鸭配上鱼子酱的新吃法，让食客们兴奋，那是舌尖上的刺激，而我却更钟爱那作为配菜的吊炉烧饼。

大董是烹调肉食的大师，有朋友赞叹大董做的羊肉一点膻味都没有，大董烧海参更是一绝，大董烤鸭几乎是北京烤鸭中的极品。

但是在我眼里，整场品鉴晚宴过程中，最体现大董风格与厨艺境界的恰恰是那些简单的素食，五彩飞天小花卷要是能热气腾腾端上来就完美了，那粒名为"残卷"的山楂丸抚平了食客油腻腻的脾胃，西瓜冰沙与洁白的烤馍块让人感到清爽……

晚餐太过奢华油腻是不对的，它在人劳碌一日后，又加重了胃肠的负担。

理想中的晚餐，是与对的人吃一顿缓慢的素食。

最近有幸认识了一位国内顶级的素食大厨，不同于那些以素乱荤的素食餐厅厨师，他的每一道菜都是天然滋味，却又耐人寻味。

那盘看似简单的卤水核桃，却不是一般人能烹调出来的，这些无生命之物在他的手下，卸下了坚硬的外壳，成为人类最可口的蛋白质来源，完成了护生的使命。

大厨平时不吃晚餐，谦逊而低调，他研发的那些绝妙的味型，如夏天桃树上溢出的桃胶，是向内生长的外溢，是祖师爷在暗处示人的神通，有一天突然在明处显现。

最近母亲来京小住，下班回家吃晚餐成了一天中最盼望的事，不论多晚母亲都会把饭菜热好，等我回去吃。

大厨赠的手工素酱增添了食物的滋味，母亲看着我吃，好像我还是个孩子。

王风

画家，建窑人。与韩青在北京怀柔小山村中创建了青风窑，将烧制陶器融入了日常生活中，陶器致密的纹理如同生活的本来面目。

王风的画

“我真不知怎么才能和你亲近起来，你好像是一个可望而不可即的目标，我琢磨不透，追也追不上，就坐下哭了起来。”

这是王小波、李银河的情书集《爱你就像爱生命》中的一句话，刚在卢语荒的博客看到，想抄下来。还有 30 分钟下班，正好写点文字。

每天要看很多报纸杂志，看得越多，能看进去的反而越少，渐渐失去了写稿子的冲动，以前是多么喜欢评论外部事物，现在似乎不会写字了，不知道从哪儿开始，只有静默的时候，思想还在，还完整，一说出口就碎了。

“我暗处告诉你的，你要在明处说出来”，说出来其实也是做出来吧，现在人们说得太多了。看到一篇谈房地产的文章，说关于中国房地产的故事在香港股票市场还有人听，所以房地产传奇还能继续下去。

每个人都太吝惜自己的羽毛，把它吹得天花乱坠，给谁听呢？也许自己都不知道，最后得到一个虚幻的结果。

画家王风最近在 798 办了一次展览，听说他画了 20 多年，第一次办展览，他在序言里写道：“我迷恋在纸上用笔尖呼吸的感觉。尺幅虽小，但在我眼中，它大到无边无际，以至于找不到合适的方式填满。所以每件作品都需用半个月或者更长的时间来完成。”

大部分画都是铅笔画的，巴掌大小，我看不懂，甚至有点不屑，这也叫画啊！这些画很难赢得别人尊敬，更不可能把人“镇”住了。

王风的画太小，太内敛，也太容易被人们忽略了。我常常思考那些声名显赫的当代艺术家，那些随处可见的艺术形象，这些形象甚至影响到美术学院里年轻人的创作，他们每每想开始自己的创作，脑海里挥之不去的就是那些光头的、咧嘴的、冷冰冰的天价艺术形象，于是做起暴发户的迷梦。

而王风的画不会，即使你看上很多遍，王风的画也跟你无关，这些形象也不会钻到你的脑子里去，更谈不上影响到年轻艺术家的创作了。

当一个艺术家的作品拥有了铺天盖地的影响力，我想这些艺术形式已经离艺术越来越远了，就像一个硕大的张牙舞爪的恶魔，不断吞噬着新生的艺术灵感，甚至有可能葬送一代人的创造力，特别是年轻人的创造力。

从某种角度来看，王风的艺术更加私人，更加真实，也更加适于观看。我想，不论别人怎么评论他的画，王风是不会在意的，他在长时间与纸张对话的过程中，在下笔的瞬间，已经完成了自己的艺术实践。

这种状态让我联想到了六祖惠能，众佛祖中唯一的一个白丁，上午还在集市赶集，下午就安顿好老母亲，奔五祖而去了。

我想我对于王风画作的任何评论只能是一种矫情而为，我是羡慕他的，说实话。

离开的时候跟王风寒暄了两句，他非要送我到门口，握手，他的手冰凉，个不高，很瘦弱的样子，衣着很干净。我很矫情地说自己很欣赏他的状态，他说：就是喜欢画画。

我很想问他是怎么生活的，物质方面怎么保证，但是忍住了。

王磊

中国著名贝斯手，资深音乐人，鲍家街 43 号乐队当年的成员之一，与爱人一起组建“磊落声音艺术”，出版唱片《大地上的美好》等。

王磊的乐章：大地上的美好

有些音乐是需要歌词的，比如民谣，还有一些音乐是自带画面感的，如王磊的这张《大地上的美好》。

认识王磊，最先是通过谢天笑的朋友圈，后来在刘浪的微信群见到真人，聊得很投机，互相加了微信。

还有一点，我俩都很瘦，还有天笑，我们仨身材都差不多，永远长不胖。有一次我问天笑，大夏天穿皮夹克演出不热吗，天笑说：穿皮夹克不是显得壮一点吗，呵呵。

磊哥穿西装，俨然一位绅士，有棱有角的面容像雕像一般。

他是贝斯手，也是艺术家，天笑说王磊“十指连心，高贵迷幻”。

如此优秀的音乐人，却很少被人提及，被倾听，心想，乐评人哪里去了呢？

作为一位“媒体狗”，我总想分析一位歌手走红背后的原因，前有宋冬野，后有赵雷，他们走红是有传播规律可循的。

简单的旋律和故事性，无疑是一首歌能否广泛流传的决定性要素，因为绝大多数听众追求麻醉式的沉浸感，一条简单的旋律即可进入状态，一个有场景叙事的爱情故事就能让某个姑娘做梦好半天。

歌坛前辈李春波用《小芳》证明的，赵雷用《南方姑娘》再次印证了。赵雷的歌很好地满足了文艺青年的交友需求，当然，还有中年大叔的怀旧需求。

当满大街都在放《南方姑娘》和《突然的自我》时，王磊的《大地上的美好》被忽略就不足为奇了。

年轻一代需要瞬间就来情绪的，太生僻的歌玩不了弹幕，更刷取不了存在感。

前天跟一位“90 后”在微信上聊天，有一种被时代抛弃的感觉，当我还在思考的时候，对方已经进入了另一个语境。

很多年后，看到“90 后”在网上狂赞《光辉岁月》和《加州旅馆》，我又一次感到了虚无。

没有人会关注老鹰乐队前几年的新歌《远离伊甸园》，这首歌几乎与《加州旅馆》一样伟大，即使抛开歌词，它营造的空间感也是极棒的。在国内，只有舌头的《妈妈一起飞吧》能与之相提并论吧。

王磊《大地上的美好》的独特之处，在于时空和情感叙事的完美构建，这也是乐手和制作人最见功力之处。

无事时，我喜欢躺在床上发呆，脑子里有美妙的场景出现，总希望眼前有张纸，手里有只画笔，可以顺势画下来。

可是，许多这样美好的瞬间，只能如流星般划过，没留下痕迹。

音乐人王磊把大地的美好呈现出来，无须文字，声音构建的世界已足够动人。

文字迷惑人，大地的声音使人开悟，就像清晨睁开眼，恰巧听到清脆的鸟鸣，犀牛深沉的呼吸。

翁牛特旗随想

目击众神死亡的草原上野花一片，远在远方的风比远方更远。

——海子《九月》

一位女士将她的苹果手机落在了灯笼河景区那片野花盛开的草地上，各种草本植物抽节生长的声音和簌簌的风声盖过了手机铃声，每个人都认为想找回它犹如大海捞针。

当焦急的女士准备放弃时，一位男士无意中发现了它，因为苹果手机背壳是银色的，太阳光照射在上面反射到人眼，它于是又回到了主人的口袋里。

我第一次来到草原，满眼的绿色让我兴奋，我想大吼一声，可没好意思嚎出来，有人替我唱起了关于草原的歌，"父亲的草原啊，母亲的河"，显然这种兴奋是共通的。

在前一天，同样在翁牛特旗的地界上，我见识到了沙漠的形态，巨大的暗褐色的石头上有风的痕迹，我摸了摸它的表面，粗糙而又光滑，粗糙是因为上面布满了坑坑洼洼的小孔，光滑是因为长年受风沙的吹袭，如同砂纸打过一样，有一种不可言说的坚实感。那是我脑子里男人该有的样子，在经历过许多磨难之后，饱经沧桑的脸上依然有几分柔情。

当我走在没膝高的草甸子上时，脑子里想的却是另一片沙漠。

草的味道夹杂着各种野花的味道，令人心醉，厂部的书记告诉我们，那些散落各处的采蘑菇的小姑娘，可以通过闻气味，找到从草原底下长出的野生蘑菇。

临离开时，当地的朋友送给我们每人一袋干蘑，这些晒干后的野生蘑菇散发着浓重的气味，比超市里的香菇要香许多倍，这异香让那些没有去过草原，没有闻过草原味道的人们一时难以接受。这味道让我想到了在云南丽江古城集市上见过的松茸。

而沙漠是没有气味的，能感受到的只有它的热度。正午时分，走在翁牛特旗沙湖景区的沙丘之上，脑子里会联想起电影《荒野大镖客》里的伊斯特伍德，随手从沙子里拽起一棵骆驼刺，它是沙漠中数量最多的植物，与枝干同长的根须以及极简主义的枝叶形状是它的标志，不论个头大小，它们的形态都整齐划一，几乎见不到奇形怪状的同类。

而在灯笼河草原上，各种不同颜色的花草让人眼花，我随手拔起一株刚开败不久的野花，它有一条直直的身躯和极短的根须，在这片水分充足的湿地草原上，它所能做的只是努力向上生长，生长，繁殖，繁殖。

在来这片草原之前，我是大城市里的宅男，生活温暾得像一杯水，在若干次短暂的感情经历之后，内心不再容易起新的波澜。

在草原深处的那片野生白桦林里，伙伴们不时捡到手掌大的白色蘑菇，它们像绿色海洋表面冒出的一个个白泡泡。

在茂密的野草深处，有成群的蚂蚁在活动，它们一刻不停地搬运着各种植物的种子，不停地开垦新的洞穴，不停地生儿育女，每一刻都伴随着死亡和新生。

在豆瓣上有一个很火的小组名叫“像植物一样生活”，当然这些拟人化的植物都不免带有文艺青年的习气，而真正像沙漠里的骆驼刺一样生存并不好受，像草原上的野花一样在世上痛痛快快地走一遭，也不是大多数人有勇气做到的，涅槃乐队主唱科特 · 柯本算一个特例吗？

江苏人张贤亮愿意在宁夏的大漠边缘安家，那片沙土地一定给予过他生活所需的智慧，他在小说《男人的一半是女人》里讲述了一位敢爱的农村女人与一位劳改知识分子的故事。

不在沙漠里走一趟，知识分子无法获取内心的张力，总显得软弱而又固执，只有经历过长时间遇不到一个人，终日与骆驼刺为伴的日子，男人才能真正明白如何去爱一个女人，重新做回知识分子外衣下那个本真的人。

佛教经典里极少提到草原，却常常提及大漠里的黄沙，以恒河沙数比喻大千世界，如果说大漠有助于人证得空性，那草原则是因缘聚合下最美妙的幻觉。

而幻觉终究是短暂的，秋风吹起时，这片斑斓的绿色将变为一片枯黄。

我们都是被挤上这辆车的

早上四惠地铁站 1 号线人还是那么多，等了两辆车才勉强上去，听旁边两个姑娘聊天，一个对另一个说，“我本来想等下一辆的，硬是被挤了上来”。

我想，我也是被挤上来的，在我挤其他人的时候，他们也在挤我，挤着挤着这辆车就被塞满了，也许下一辆车比这辆人少，可是既然已经上车，也就没有选择的余地了。

假如每天朝九晚五从事的工作算一辆列车的话，只要你进入车厢，必然意味着错过其他趟车，想想我们是从什么时候走上这条旅程的——大学毕业，进入某个领域，沿着某条隐秘的线索思考、生活，从一个人到另一个人，从一篇文章到另一篇文章，从一个地方到它的延长线。

我们是心甘情愿登上这辆列车的吗？现在想想，大多数时候是被一些外力推上来的，有时候我问弟弟以后想干什么，他常常含糊其词，我刚毕业的时候也跟他一样，想法很多，却找不着北，突然又一天，一只手伸进来，拎起你的衣领，把你拉进某辆车里，便从此一条道走到黑。

对于大多数人，基本上是推推搡搡之间走上某条道路上的，个人意志占极少的因素，因为个人往往是游移不定的，而时代的大势就如同地铁里汹涌的人潮，不由得你想后退。

最近身边有几个朋友辞职，在家待着，享受北京午后的阳光和充足的睡眠，把多年生疏的音乐捡起来，喝工夫茶，去现场看演出，好不惬意。

我也一度有半年时间是这个状态，可如今的我更愿意每天早上 7 点起床，跟着人流挤进热气腾腾的地铁车厢，我觉得这样才够真实，有质感，能感受到一种残酷的美。

但是我也不知道这辆列车将带我去何方，最近更是真切地感受到时间的无情、个人精力的有限，我想成为爵士乐手，成为 Larry Kelton 的美梦像个脱轨的列车车厢一样，正在远去。

我一度把工作辞了，准备在家专心学琴，可没坚持一个月就放弃了，我给自己制定的练习计划无比完美，可是每天能坚持练半个小时就很不错了，我太烦躁了。

这导致我一度不太敢见贾老师，虽然他比我小很多，我觉得自己对音乐的态度跟他相比差太多了，最近这几天，这种感觉尤为强烈，他走在纯音乐的道路上，而我却被挤上了另一辆列车，去了另一条路，我希望某一天能与他汇合。

我相信真正的大师都经历过巨大磨难，这种磨难可能是身体上的，也可能是思想上的，就像一股巨大的外力，将一辆世俗轨道上行驶的绿皮火车推向另外一条人烟稀少的轨道，踏上未知的旅程。

我们怎成了严肃的人

早上坐八通线，我对面是一个老妇人带着一个小孙女，小孙女很可爱，三四岁的样子，像极了女巫闹闹漫画里的那个形象，小女孩边唱着歌边趴在奶奶身上撒娇。我细细一听，发现她在唱《生日快乐》歌，唱一段停下来，趴到奶奶的耳边大声说，“奶奶，祝你生日快乐”，而她身旁的奶奶只是“嗯”了一声，表情没有任何变化。你无法形容这表情是严肃的还是放松的，总之与她身边小孙女的热情相比，这位老妇人就显得很冷场。

当然，就像一位母亲不需要对自己的儿子表示出过分讨好一样，可能这位老妇人并不太把孙女给自己祝福的话当真。

幸亏小姑娘年纪还小，奶奶严肃的表情并没有浇灭她的热情，她依然不停地唱着《生日快乐》歌，不停地在奶奶耳边大声说“奶奶，祝你生日快乐”，一点也不在意地铁里其他的人。

我多么希望这个小姑娘长大之后还能如此纯真地表达，即使面对这样一个严肃的人，一个不知如何跟自己互动的奶奶，一个不会说声“谢谢”的奶奶，一个在自己生日时也高兴不起来的奶奶。

在我更年轻的时候，常常以为沉默很酷，在你不知道如何发表意见的时候，那就沉默吧，也有王小波那本《沉默的大多数》的原因。沉默不代表放弃思考，放弃交流，当爱来到你身边时，你是否像那位老奶奶一样不知以怎样的表情示人，假如不是一个小女孩，而是一个十八岁的大姑娘，估计她要伤心死了，你以后再也不会听到她在你耳边唱《生日快乐》歌了。

稀缺的幽默感

杂文家李下在《红旗》杂志社当编辑的时候，我还没出生呢，所以称呼他为老前辈就很名正言顺了。

在认识这位老前辈之前，我脑子里的杂文家们都是一副横眉冷对、严肃刻薄的形象，我在高中时代阅读的杂文有限，也只是抱着学习如何写议论文的功利目的，那时候对某件社会新闻品头论足，似乎是一件颇为值得骄傲的事儿。

每个班都有那么几个目中无人，又爱当众发表高论的男同学，如今他们的那些所谓态度早已随着青春期一起烟消云散了。

如果一个人从小到大对某件事都持有同样的态度，这个人一定是个没救的偏执狂，所以从古到今，能够流传下来的文字极少是那种自说自话式的议论文，就像社论和时评一样，它们都是一种速朽的文体。

杂文家正是依靠自己的文体创新给观点增添了保鲜剂，以期文字能够传播得更为久远，这种创新可以说是杂文家个性最大限度的体现。"文以载道"与"人以载文"从来都是相通的，体现不了作者个性与情感的议论文就如无根之木、无灵之水，这些不能体现作者诚意的文字，想要打动读者也是困难的。

正如朱铁志先生在《关于杂文的零思片想》一文中写道："真正的杂文家拒绝正义幌子下的倒行逆施，反对集体名义下的一己私利，排斥文明假象后的野蛮粗暴。"总之，真正的杂文家是个真性情的人，他的文字只是自我的映照而已。

看报纸，往往是一些添堵的事儿，看李下老前辈的杂文，却能让你在会心一笑过后，将添堵的事儿转化为经验和思考，从而避免了过度忧虑而得胃溃疡，或是沦为脾气不好的愤青，幽默过后，一笑而过。

李下老前辈似乎更喜欢瓜田这个笔名，与其一板一眼地说教，他更愿意将这些文字当作是瓜田里众人热议的闲篇儿。

当你改变不了世界的时候，不要伤心，不要着急，至少你还可以改变对世界的态度，按照王阳明老先生的体会，“你未看花时，此花与汝心同归于寂。你来看此花时，则此花颜色一时明白起来。便知此花不在你的心外”。

大家在瓜田里议论的那些事儿，虽然只是大千世界里的极少一部分，如果你恰好通过李下老前辈的文字关照到了它们，那么此刻你是幸运的，因为你将成为这个世界里少数的幽默者，顺便也免去了患胃溃疡的风险。

李下老前辈就有一个无比坚强的胃，每次一起聚餐，他总会要上一瓶 56 度的红星二锅头，他对刚烈的清香型白酒的偏爱，就跟他爽朗的性格一样。

李下老前辈是我认识的唯一一位能将严肃的时事讲成段子的东北人，我曾经在网络视频访谈节目《热网言行》里问起这幽默基因的源头，他将其归因于天寒地冻的东北农村流行的炕头唠嗑儿文化。

这种草根的原生态唠嗑儿文化逐渐衍变为一篇篇生动的杂文，瓜田先生自谦地写道：“平生酷爱自在，舒展，常以把文字写在格子外头为乐。杂七杂八地写了几本杂文，本意想有些突破，其实也不过是‘炒着吃’还是‘炖着吃’之别，偶尔‘蘸酱生吃’，就以为是了不起的大创新了。”

眼前这些充盈着浓浓东北大酱味儿的文字是瓜田先生给汉语世界留下的个性一笔，在充满戾气的当下社会中，狠狠幽默了我们一把，幽默感弱一些的人也许还没有反应过来，原来除了怒气冲冲面对这个世界之外，我们还可以更轻松一些，放平心态，再试着去改变它。

不知从何时起，《幽默大王》开始从报刊亭的显要位置消失了，这也许可以作为消费主义全面胜利的一个征兆，被物欲折磨着的人们只顾忙着赶路，却忘了收拾自己的心情，当遇到大石阻隔的时候，愤怒、悲伤、无奈等种种负面情绪接踵而至，极少人能够面对大石笑一笑，而后轻盈地绕开它。

在20世纪如此混乱的年代里，钱钟书先生写下了让人看后会心一笑的《围城》，"做官的人栽筋斗，宛如猫从高处掉下来，总能四脚着地，不致太狼狈"。如此形象而深刻的文字如果不是出现在小说里，那么一定会出现在杂文里。

最后请允许我将杂文家刘齐为《活着听悼词》一书所作序言里的一段话摘抄如下：

瓜田先生的读者，南北分布，城乡皆有。他们兴许被荒谬误导过，被权钱蔑视过，或者正在被生活所困扰，被不公正所欺凌。他们一定能品出瓜田反话中的正话，浅显中的深刻，幽默中的庄重，尖刻中的厚朴。他们凝神沉思，会心一笑，一怒，一疼，一激灵，一叹息，这个瓜田啊，瓜田兄，瓜兄弟，瓜大叔，写得好，有担当。

像鸟一样自由

通州大运河森林公园，大部分水面都冻住了，只有一小片流动的水，被两百多只灰色野鸭占据。它们游弋着，相互取暖，也为冰水加温。

冬天，野鸭体内储存了大量的脂肪，想要飞翔也更加费劲。如果在乡下，它们早已成了人们腊月的美味。

喜鹊则要轻盈得多，它不时在萧瑟的树林间飞行，降落在荒草地上，或是树梢上，显得毫不费力，且潇洒自如。

而麻雀则跟野鸭类似，它们也是群居物种，像蝗虫一样飞来飞去，集体觅食草籽，集体飞向屋檐晒太阳。

我走在冰面上，小心翼翼体验着滑行的快感。在某个瞬间，忘记了烦恼，内心涌起难以言表的愉悦。

喜鹊贴地飞行，翅膀张开，滑翔着，我似乎看到了一个少年，双手绑上翅膀，企图脱离地球引力。

前几天，听到车撵坡乐队的《飞鸟》，主唱徐军用陕西话唱道：

我飞翔在遥远的天空
在现实和梦想之间来回穿梭
我累了，走在现实的岸头歇会儿
我受伤了，走在梦想的港湾里止伤疗痛
……

好友敬哲生前也写过一首关于飞翔的诗：

来世
做一只雁
有自己的翅膀
可以随时飞起

飞跃山川、河流、荒野
冬天、雨天、夜空
翅膀划过雪花、雨滴、黑暗

雪天
头埋入羽翼
雨天
抖落水滴
黑夜
偏头望星空

空中
那唯一的阻挡
是托升我的动力

水面
那洗净我的
浮着我

就在这星球的表面
我飞 飞 飞……

昨天晚上气温至少零下二十度，风很大，一位朋友骑自行车来找我聊天，我看到他脸冻得通红，他却说不冷。

他家距离我有十公里，他说刚开始还有点冷，骑上几分钟后就感觉不到冷了。

他是我认识的最爱骑自行车的人，他不是那种专业的骑手，骑的是一辆老旧女式自行车，准确地说是被我淘汰的。

以前他骑的是一辆更破的仿山地车，后来轮毂也变形了，就把我那辆拿去骑了。

这位朋友就是贾睿，一位意志坚定的年轻人，爵士乐理论译者和爵士吉他演奏者。

后来听贾睿的妈妈跟我讲，他从小就特别喜欢骑自行车，主要是受到他父亲的影响。

在我小时候，大部分时间是跟表哥一起玩儿。表哥的舅舅当时刚从部队复员，也是骑自行车的高手，他能够带着人，在不到半米宽的田埂上飞奔。

想想那是二八永久啊，有一次我坐在他的车上，屁股都颠肿了，他却依然感觉很爽。

在 20 世纪 90 年代初，乡村还没那么萧条的时候，经常能在乡间小路上看到自行车上有说有笑的情侣，还有拼命学骑二八永久的半大小子，身体还没自行车高，却也能骑得很快。

我还认识一位玩死飞的朋友，他大冬天穿单衣，身体里却有一团火，喜欢从山顶往下俯冲，喜欢听刘文正《纯洁的爱》。

舌头乐队唱“妈妈一起飞吧”，总是能让人热泪盈眶，这首歌戳中的正是人们对自由的向往。

请原谅我取了这个矫情的标题，其实我想说一个严肃的话题，又不知不觉走向了抒情。

克尔凯郭尔在关于宗教人生的陶冶性讲演《原野里的百合和天空下的飞鸟》里，反复提及耶稣登山宝训中的段落——关于原野里的百合不劳作、不织衣和天空中的飞鸟不收获、不积聚。

克氏在这个小册子里写道："在许许多多人的生命之中有着这样的不幸，他们从来没有感觉到这特定的瞬间，在他们的生命中，那永恒和现世只能相互隔绝。"

看天空的飞鸟，"不管它有着多么深的心灵创伤，它缄默和承受"。

看天空的飞鸟，"飞鸟的痛苦没有被免除，但是默然的飞鸟为自己免除了那加重痛苦的东西，那来自他人的同情参与——是使痛苦更持久的东西"。

克氏的这个小册子我翻过很多很多遍，它引导我观察身边的草木和飞鸟，并带给我许多灵感和安慰。

"像鸟一样自由"是一个俗气的抒情短语，没有任何意义。

如果你是一个歌手，那么可以像徐军那样高亢地唱；如果你跑调，那么最好先老老实实练习飞翔，哪怕只有一辆破旧的自行车。

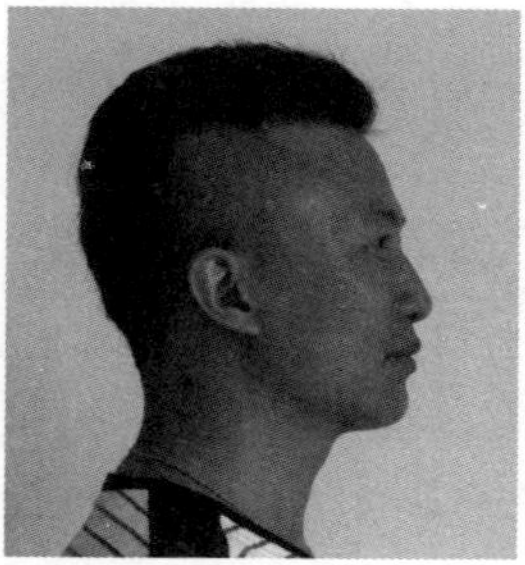

张广辉

南京艺术家，第一次见广辉是在宋庄，大学同学马超介绍，说这位艺术家是宋庄第一帅哥，他的画跟他的样貌一样耐看。

一位艺术家给儿子的素描

张广辉是我的朋友，初次见面时他混迹于宋庄，那时候宋庄之于我还是个新鲜的地方。后来经常找他喝酒，对宋庄渐渐熟悉了，认识那里的人也多了。

说实话，我总觉得宋庄是个谈艺术的地方，而不是个创作的地方，到处都有人在谈论艺术，就像上岛咖啡到处都是谈业务的男男女女。

广辉宋庄时期的作品我并不太有感觉，只是觉得他太糟践自己的才华了，他有着很强的写实功底，却硬要做些抽象观念作品，这些作品像孩童摆放的积木一样，随着当代艺术的退潮轰然倒塌。

记得有一次在一家云南餐厅吃饭，第一次见到他老婆，一位南京姑娘，贤妻良母的样子。我想，我要是他决不在这个乌七八糟的宋庄搞啥艺术，早就回南京过小日子去了。

我不知道广辉是因为生活所迫，还是实在画不出新作品离开宋庄的。广辉回南京后，我去宋庄的机会也少了，那里高人太多，我实在插不上话，就不自找没趣了。

广辉在南京过起了小日子，很快就听到他升级奶爸的消息，偶尔在QQ空间里，分享他的喜悦。

我和广辉都是喜欢小孩的人，我对于小孩的喜欢是一种意淫，因为我实际上并不懂如何照顾小孩，弟弟的儿子被我抱一会就哭，我实在太不会哄小孩。

我猜广辉一定做得比我好，他把儿子当作了另一个自己，他说：“我审视我儿子，其实还是在审视那个新的、最初的我。”

当我看到他给儿子画的素描组图时，心一下子被抓住了，宛如看到了艺术家本人的灵魂，那么纯真，充满了生命的张力。

“我现在就是在不停地找自己”，新生命给了广辉探寻自我的入口，他对儿子的爱愈深，在自我修行的路上走得愈远。

“我画的是精神性的形象”，哪位艺术家画的不是呢？哪位作家写的不是呢？可是大部分创作者在触碰精神性的哪一刻倏地逃开了，聪明人果断抓住精神的一张酷照，一再阐释，使其成为所谓风格，成为艺术可言说的那一部分。

“我现在对观念性绘画和形式感的追求已经淡了，现在总是纠结于点面线、光影黑白，对其他问题的思考完全停滞了”，艺术家犹如得到了神灵的召唤，所以当他将儿子的形象呈现在纸上时，我们看到的其实是艺术家本人。

广辉对我说，“如果没有作品，人生其实没什么意义的”，这句话有些过了。

艺术家一定看到了某种有意义的东西，至少眼前这些画面很动人，它让我感到人生值得一过。

黑旗

20 世纪 80 年代美国朋克乐队。专辑 *My War* 用诗化的歌词，唱出了朋克内心的痛苦，这跟我 20 来岁时的心境很契合，所以写了这篇乐评。

一支叫黑旗的美国乐队

黑旗乐队主唱亨利·罗林斯是个有趣的人物，这位冰淇淋店的老板曾经是乐队创立初期的忠实乐迷和经济赞助者，后来干脆干起了乐队主唱。如今他是一档电视节目主持人，有一次他在电视里一本正经地采访曼森，毫不忌讳自己小臂上露出的醒目文身，而对面涂着浓重眼影的曼森则一边慢条斯理地喝着鸡尾酒，一边有一搭没一搭地回答罗林斯的提问，这样的节目在中国似乎是不可想象的。

罗林斯的到来，促成了专辑 *My War* 的诞生，这张专辑在我眼里是一支狂乱而悲伤的男人之歌。

我好奇这位冰淇淋店的老板怎会有如此之深的内心痛苦，专辑同名歌曲 *My War* 首先宣布了这是一场自我的战争，它没有牵扯到任何人。在爱与和平口号泛滥的 20 世纪 80 年代，*My War* 甚至跟战争毫无关联，它直面一个男人的内心，甚至带着思辨的色彩，它的愤怒同时带有一种诗意，一种抒情的味道，但这种抒情在一身肌肉、赤裸上身的衬托下，显得如此粗粝而感人肺腑。

第二首歌 *Can't Decide* 本应是一首委婉的抒情歌曲，却被罗林斯唱得怒气冲天，“太阳照常升起，我却不能下定决心，情感溢出，却要深藏心底”。这首歌中没有一处提到爱情，你却可以轻易把它认为是一首爱情歌曲，甚至你可以把它当作残酷青春的一次抒情试验，一位暗恋者的内心独白，一位刚刚进入社会的青年人的茫然无措，同时它又是荷尔蒙的，也是无所适从的，找不到出口的。

第三首歌 *Beat My Head Against The Wall* 是我的大爱，其中一个原因是

它与哲学家舍斯托夫的书《以头撞墙》同名。舍斯托夫不厌其烦地揭示着理性的可笑与无力，他的所有文字只关心一点，揭示人类生活的无根基性。从这一点来看，亨利·罗林斯的歌曲与舍斯托夫不厌表达的是同一个主题，只是罗林斯用了一种更加直接的方式去揭示，“我又一次地撞向墙壁，这次将解决问题吗？我不关心派对与欢乐时光，因为我不愿与你站在同一边”。当罗林斯一字一铿锵地唱出那六个单词的时候，我不由得想到初中时候那些用香烟在手上烫出记号的同学们，我们亲眼看见其中的一位不停地用拳头砸墙，最后整个手的关节处皮肤都被磨破，流出血来，这些记忆一直伴随着我度过漫长的青春期。

第四首歌 *I Love You* 依然是咬牙切齿的，想听情歌的朋友们可能要失望了，1998 年《新周刊》情人节专题名称就叫《我爱你！》，2000 年的情人节专题则迅速地变成了《爱情之死》，当我们年龄越来越大，“我爱你”这三个字似乎越来越显得沉重，并不是随便就能说得出口的。

因为我们不再能如小时候那样幼稚地说出这三个字，不论你用哪种语气都显得不合适，太抒情只会显得假和矫情。黑旗乐队主唱罗林斯选择了怒气冲冲地说出这三个字，不像是对恋人，更像是对敌人，“我捏紧拳头捅穿门板，自见你起我就开始痛恨自己，我爱你！怀疑占据了灵魂，我手中的刀子很锋利，思想却很冷酷，我爱你！”朱光潜在《无言之美》一文里谈到爱情的真谛，爱情是不需要言说的。英国诗人布莱克也写道，“我曾经把我的爱情告诉而又告诉，然而她终于离我去了！”罗林斯在唱出那三个字的时候，显然早已经知道结果，他的爱情充满了悲观色彩。

“我感觉自己是一台死亡了的机器，拥有血肉以及一颗心脏，时间抽干了我的血液”，第五首歌 *Forever Time* 是一首写给时光的挽歌，“是时候与我吻别了，在最后一刻，从时光中获取你的讯息”。这首歌曲让我想起了平克·弗洛伊德的 *Money*，罗林斯没有如同平克·弗洛伊德那样平静而诗意地抒发自己的情绪，痛苦中的人，时针每一次摆动都是煎熬，Go a head! 成了唯一的选择。

第六首歌 *Swinging Man*，与之后乐队以罗林斯的诗歌谱写的专辑 *Family Man* 形成了鲜明的对应关系，Swinging Man or Family Man，永远是一个问题，“我在街头闲荡，双脚悬在空中，我从这头飞到那头，只为寻找一丝温暖，可什么也没找到”。“我是 Swinging Man，我感觉不到疼痛，所有姑娘都知道我的名字，假如你爱上了我，请把我的双腿砍下，不然我会一直在街头游荡，只因我是 Swinging Man，我的双脚离地”，我的翻译显得笨拙，而罗林斯的歌词本身却是十分精彩的，我甚至联想到了老崔的《假行僧》，Swinging Man 是对“假行僧”最合适的英文翻译，“我要从南走到北，还要从白走到黑”，罗林斯唱到，“I swing back and forth,Back and forth”，“要爱上我你就别怕后悔，总有一天我要远走高飞，我不想留在一个地方，也不愿有人跟随”，老崔的歌词用来形容 *Swinging Man* 的主题再恰当不过了。

在专辑第七首歌 *Nothing Left Inside* 中，悲伤第一次盖过了愤怒，“Lonely, lonely, lonely, Lonely, lonely boy”无疑是最感人至深的一句歌词，让人想起电影《迷墙》里的小男孩，早已长大成人的罗林斯没有把童年遗忘。童年记忆既是噩梦，也是宝藏，诗人里尔克说过，“就算你什么都失去了，至少你还拥有童年”。“I want to see you/I want you to see my eyes/Nothing left inside”，每次听到歌曲结尾这三句歌词，都让人想哭，除了母亲，姑娘们靠得住吗？也许她们比你更空虚。

第八首歌 *Three Nights* 长达 6 分 15 秒，它的情绪比上一首更加悲伤，也更沉重了，“我想要你感受到的与你使我感受到的一样多”，“I want to make you fell like you make me feel”，几乎这张专辑里的每首歌里都有一句箴言一样的斩钉截铁的话语。罗林斯的好处是他永远不会把狗血洒向他人，回头看看那些在歌词里不厌其烦大声呵斥外部世界都是傻子的大牌乐队们，最后发现自己才是真正的傻子，我们没有资格要求别人，永远自省才有解脱的可能，这也是我厌烦网络上许多愤青言语的缘由，多思考自己的吃喝吧，我更愿意将怨恨打发给自己，因此我要给自己制定一条规定，以后永远不要对姑娘们发火。

最后一首歌 *Scream* 是整张专辑里最长的一首歌，歌词却是 9 首歌里最短的，我最喜欢其中的一句，“I've got better things to do than listen to you”，每经历了一次糟糕的爱情之后，我都会劝自己，还有更重要的事等着我去做呢！

钟放

（1989-2016） 诗人。生于北京。曾与朋友发起囚徒诗歌俱乐部，阁楼诗歌。著有诗集《打结的电线杆》《稻草人的故事》。

忆钟放

西坝河小霸王走了。

这个双鱼座，我们只见过两次面，通过两次电话，已经是彼此认可的兄弟了。

第二次见到钟放，在昆鸟诗集发布会上，他穿了一身比在场所有人都正式的正装，神情很严肃，像个小教父。

那天钟放朗诵了一首昆鸟的诗，这首诗特别长，他很庄重地读了下来。

他站在前面，像完成一场仪式。

发布会上，昆鸟的状态不好，给人一种很恍惚的感觉，而钟放张罗着诗歌圈的朋友，像对待自己的新书发布会一样。

我没有觉察到钟放的病那么重，我在电话里问他身体的情况，他说恢复得不错，我竟然就信以为真了。

他这么突然就走了，昆鸟说他是故意在跟自己较劲。

我们真应该对身边的双鱼座好一些。

无论他内心和身体正在遭受多大的痛苦，在朋友们面前，他永远是那么乐观，充满了爱。

翻钟放的朋友圈，才感受到病重这些日子他受的苦，为什么我总是后知后觉？

他开始养小动物，他说人类亏欠小动物的太多，他感到爱正在消耗他，他甚至没有力气与人说话。因为我在他的朋友圈里看到的文字，尽是他的内心独白。

昆鸟是钟放最好的朋友，在西坝河的家中，钟放把昆鸟的照片，还有阁楼诗歌另外几位诗人的照片，摆放在玻璃书柜的显眼处。

很多个日子，他就是坐在自己的单人床上，抽着烟，微笑着，看着这些好朋友的照片，忘掉了病痛的折磨。

钟放走的那天，北京下着阴冷的小雨，我坐在公交车上，看着前挡风玻璃上的雨刷不停地摆动，一行行的雨水顺着挡风玻璃流下来，被雨刷刮开，又流下来，无止无休。

我不敢去参加钟放的葬礼，怕受不了那个场景，那几天都是昆鸟在忙前忙后，我知道，他比每个人都要悲伤。

“这人生的苦酒你算是一口气饮了下去 / 比苏格拉底还坚决，比尼采还迅速。”

王晟写下这样的句子，我感受到了每个人的悲伤。

钟放在朋友圈里说，我没钱也不做自己讨厌的事。

他继续说，钟情于天下有情之人，放得下天下无情之事。

这是告别的话语啊！钟放离去后，这些话像箴言一样刻进了我的心里。

钟放 1989 年生人，我应该叫他老弟才是，可是他却像一位智者，拥有穿透世事的眼光。

在医院里，在一把把吞下药片的时候，他尝遍了肉身的苦楚，也更愿意钟情于纯洁的诗歌与爱。

回想起第一次见钟放，我们挤在他窄小的房间，香烟弥漫，我几乎睁不开眼睛，吃着昆鸟在天桥上买的桑葚，漫无目的地聊天。

钟放带我看他的画，那是他构建的自我王国，各种主人公的肖像挂在墙上，有各自的命运。

一起吃完晚饭，我们在爱琴岛星巴克外面坐着喝东西，聊天，吹着风，抽着烟。

我急急忙忙地打车回家，钟放硬要送我到路边，我便茫然地钻进了出租车。

后来钟放给我写了一篇诗评，还说要把我也收编进阁楼诗人的序列。

钟放是那种觉得你不错就会真心对你好的人，不分彼此。

朋友们在身边的时候，他就乐呵呵的，笑得像个孩子。

西坝河小霸王走了，我时时还会想起他。

诗歌不重要了，重要的是你有一颗很好的心。

早年的诗意

哲学家说，没有经过思忖的生活不值得活，但我想这句话只适合成年人，对于童年和刚涉足爱的年轻人，他们可以轻易获得诗歌般的生活，这种状态来得如此自然，而这种对诗意的向往将贯穿成年生活的始终。

相比充满幻想的大学时光，如今的我则更适合做一个记录者，努力接近事物和人，排除一些不切实际的想法，让这些人和物成为我们安身立命的场所。童年在这个时候成为一个人的慰藉场所，正如里尔克所说，“就算你真的一无所有，至少你还拥有你的童年”，对童年时光的反刍成为一个人回归自我的方式。

“什么是对，什么是错”，“什么是真正应该做的”，对于儿童和刚刚涉足爱的年轻人来说根本不必考虑，儿童并不担心下一顿吃什么，他愿意享受妈妈喂的食物。而年轻人出于爱的本能做了一些事情，他愿意为某个姑娘做些傻事，愿意为了兄弟冲锋陷阵，当他们年老的时候他们回忆起来，也许可以写出最浪漫的青春诗意来。而当他们年轻的时候，他们只是用行动去创造诗意，他们如此容易使成年人的生活显得黯淡下来。

学校和胡同是最富于青春诗意的地方，首先它们是自由的，无拘无束的，再者它们是年轻人聚集的地方，诗意与成年人无关，因为当我们追寻意义的时候，生命的本真正离我们远去。

工作是成年的开始，也是诗意的结束，参加工作意味着进入一个组织，与大学不同，工作单位是获得生活资源的地方，你要时刻考虑能为这个组织贡献些什么，无论是你的才识，你的美貌和善辩，你和它是共生的关系，无数人要靠这个组织养家糊口。这决定了人与人之间的关系维系不再是情感，也不应该是情感，更多的是人和人之间对一个共同目标的贡献。

而大学更是一个散漫的组织，你不用时刻考虑你对它的贡献是什么，你唯一需要做的是在这里度过美好的青年时光，学会爱、常识和勇气，既然你没有必要对任何人贡献什么，那么你是自由的，虽然你还是会向往以后工作的时光。

参加工作对诗意的破坏性是巨大的，无所拘束的表达不再成为可能，你开始接受那些建立在工作关系上的人与人的关系，如果有其他关系，也会显得暧昧和不合时宜。

一个年轻的女孩子能够向往整天躺在沙发上，并让自己着魔的情形，克尔凯郭尔说这恰恰是永恒性的诗歌，我想我们每个人都曾经具备一点这种青春的抒情诗意，正因为它的易逝，所以我们开始怀念它了。

祝福的歌，给亲爱的你

2014年的最后一天，一个小伙子倒在10号线苏州街站的站台上，几滴鲜血洒在地板上，抽搐着对一旁的站长说自己没事。

我站在他身旁，跟手忙脚乱的乘客一样，焦急地盼望着救护车快些到来。值班站长也是位小伙子，他让一旁围观的乘客放心，围观的三四位乘客也都是年纪相仿的小伙子，还有一对情侣。

我出站后没走多远就折返了，在711店买了一瓶水，我猜想他一定是低血糖晕倒的，喝点饮料或许就好了。一路上默默为他祈祷，也像在为自己祈祷，一位在大城市谋生的年轻人，如何才能平顺地度过？他跟我年纪相仿，背上的黑色双肩背都那么像，我们身高相仿，一样瘦削，都穿着戴帽子的黑色羽绒服。

当我再次来到站台时，他已经不在那里了，也许他站起来，继续自己的旅途，也许被救护车接走了。

我很容易将那天早上的一幕与当天晚上上海跨年夜的悲剧联系起来，同样也是年轻人，年轻的姑娘小伙。

我默念着“平安是福”，要求自己珍惜现在，似乎一夜之间，我变成了一位中年人，对于生活有许多的感悟。

这一转变不是一夜之间产生的，整个2014年经历了太多的无常，生命猝然离世是给活着的人最好的警醒，一些在意的事显得无足轻重，亲人之间的成见显得十分矫情，你会更愿意亲朋间有着抱持的氛围，相互取暖，相互欣赏与理解，而不是相互看不惯。

当我看到高仓健最后一部电影《给亲爱的你》，其实看到的是一位男人的胸怀与感悟，一个木讷的木匠，一位爱笑的女子，这几乎也是我对于爱情的全部想象。

高仓健在路上遇到北野武，一位自称语文老师的小偷，他听着北野武滔滔不绝，读着北野武留下的诗集，若有所思。

当北野武被警察抓住时，高仓健依然相信他是位好人。

一位浪迹天涯的渔夫利用他充当信使，他乐于效劳，一位快餐店老板把他当作好使的店小二，他也没有拒绝，任劳任怨地洗着鱿鱼。

他至爱的爱人，也是曾经欺骗过他的人，他最爱听她唱的歌，这首歌却是她唱给前夫的。

高仓健依然沉默，若有所思，木讷得就像个木匠，当他的女人在她面前忏悔，决定再也不唱歌的时候，他也依然如故。

当影片结束时，高仓健走着，步伐越来越坚定，他来过这个世界，他经历过所有，他愿这个世界多些暖色。那一刻，我与他心心相印。

《给亲爱的你》绝对是高仓健的电影，如果说姜文在《一步之遥》里才刚开始触碰爱情，当他学会在电影里表达对更多人的爱时，也许要等到与高仓健相仿的年纪。

我是不是更老了，大家都在追鹿晗，看《重返二十岁》，我却爱上了《给亲爱的你》，我没有经历过沧桑就已经老去，我渴望温暖，就像一个孩子。

《给亲爱的你》DVD是在东四那家音像店里买到的，那家音像店在我大学时代就已存在，当年还跟舍友一起在店里贴过摩登天空的海报。

买DVD那天，在东四地铁站里，一位面色苍白的阿姨被另外两位阿姨搀扶着走出车厢，她紧紧咬着嘴唇，眼神里带着痛苦与渴望，当我路过她身边，她也看着我，就像看着一个新的生命，似乎在对我说：小伙子，好好生活！

两位搀扶的热心女士一边安慰她，一边带着哭腔拨打120，很快值班站长举着对讲机也来了。

她的症状很像心梗，我不知能为她做些什么，只是心里默默祈祷，愿她脱离险境。

阿姨的眼神缠绕着我，听说人在即将死去时，思想会十分混乱，此生的经历会如电影一闪而过，死者会抓住某一只稻草，去往另外的世界。

而那些有修为的人，能够走得安详，那是一颗坚定的心，一刻也不会散乱。

我想，此生所做的所有事，都是为了那一刻的安详吧！

过去那段美好的回忆
睡意中慢慢地走来

虽然记忆是那么清晰
但是却多了份无奈

所有一切变成了忧郁
真诚与友情难忘记

不知何时能再次相遇
把祝福深藏在心里

我想借黑豹乐队那首《祝福的歌》，送给亲爱的你！

姿态再低一些

如今这个世界早已不是唯物主义就可以解释清楚的世界，那天去看了农展馆举行的中国非物质遗产传统技艺大展，路过门口的时候，一个手拿人参的哥们对我说，“来点人参吧，新鲜的人参”。后面这一句让我大笑起来，太带劲了。

萨特早在 20 世纪 60 年代就发现了，意义是无法推动行动的，因为从根上看，几乎所有的行动都是没有意义的，而真正的存在主义者，他们只是行动，而美好或者怨恨的情绪只是行动之后的副产品，那是一个人人都以存在主义者自居的年代。一位 80 岁的老太太在打瞌睡时蹦出两句脏话，就宣称自己是存在主义者，这让年轻的萨特感到郁闷。

黑格尔的“扬弃”概念深入人心，他认为，在事物的发展过程中，每一阶段对于前一阶段来说都是一种否定，但又不是单纯的否定或完全抛弃，而是否定中包含着肯定，从而使发展过程体现出对旧质既有抛弃又有保存的性质。

如今，人们几乎已经没有保存的热情了，迅速地卷入，迷失，使自己成为他者，在这种境地之下，德里达准确地提出了“延异”的概念，无时无刻不在转化、生长、变异，克尔凯郭尔的哲学更适合人生哲学，而不是社会哲学的范畴，而舍斯托夫的无根基生活集更像是存在主义幽灵在俄罗斯大地的变种，一个愤怒的存在主义者。

而德里达才是真正的大师，一个超脱人生境遇的旁观者，就像麦克卢汉之于媒介和传播。

总体来讲，当今中国社会的审美价值是混乱的，“小沈阳”现象不如说是一种策略上的成功，成功者故意显得很谦卑，而博出位者则要把姿态放到最低。“快感 + 野心 + 心计”几乎是成功的秘诀，而成功只是一个现实的概念，而对于现实本身，大家是模糊的，甚至也是不在意的。

“延异”几乎是一针见血预见了当今的世界，没有一成不变的系统，一旦一个事物想保持一种惯性，有一种长期稳定的态势，必然会遭到致命的打击，“阿米巴”虫是最佳生存明星，而这必然导致一种自我中心的缺失，也就是大脑的缺失，把自我意识降到最低，才能最好地适应环境。

“当一位天使出现在你面前，有什么可以证明它就是天使呢？”这个问题一度让萨特困惑，今天我们依然会面对同样的困惑，只是今天我们的内心要比当年的萨特更加无助，虽然存在主义者宣称是不需要证明的，但至少萨特那一代人有着更为坚实的内心传统，他们面对的信息远没有今天快，如今我们每天都要试着让自己快些忘记一些新闻，让自己可以安睡，而当年，也许萨特他们会试图记住其中的一些。

那些一出生就拥抱网络时代的孩子们有福了，网络已经代替了他们的思考路线，他们不再需要深思熟虑，他们才是真正的存在主义者，他们所需要做的，就是行动，然后做出反应。

而这个世界不太适合那些敏感的有艺术潜质的青年，他们试图寻找意义，试图为自己的行动留下注脚，这让他们感觉烦躁，甚至失眠，他们选择宅在家里，他们成了新时代的犬儒派哲学家，他们对于内心的关注甚于早年的意识流大师们。

总之这样宅下去也不是办法，我的理想是拥有克尔凯郭尔的人生哲学，萨特的行动力，以及达利超现实主义的想象力，还有麦克卢汉的视角，当然前提是要有一个强壮的身体来支撑它。

第四章

漫无目的地走走看看

总是热衷于抒情，
像个双鱼座。
后来，
诗歌给我一些启示，
原来诗并不由我写出，
我只是诗的导体。

安慰之诗

忧伤是小丑头上那顶尖尖的帽子
不如就把它戴上吧
让忧伤的罩子照耀你
这样你才不会忧郁下去

开心是那件暖色调的羊绒毛衣
不如就把它穿在身上
从此傻笑地走在街上
这样你就不会感到孤单

当米拉日巴道歌响起
我知道我们的心贴在一起
乐器和乐器贴在一起
蚂蚁和秋叶贴在一起

阳光打在身上就暖了
黑夜躲进被窝
眼泪在眼睛里
你在我的心里

走夜路的人看见星星
列车上的旅人看见有人招手
得知玩伴要走孩子躲进屋子
再见是大人的形式主义

让我忧伤一会吧
让我欢乐一会吧
芦苇迎着秋风摇荡
黑天鹅头颈弯成 S 形

让我忧伤一会吧
让我欢乐一会吧
小刺猬躲进草丛里
白果树下落一地金黄

手机碰一起的声音
身体像空空的竹节
一个吻让它发出震动
竹枝和竹叶一起颤抖

竹林里的漫游者
在梦里等待空无
等待开启机关的那个人
头顶是氤氲的雪景山峰

抓住兰花般的小手
让变幻的时空静止
走向一条幽静的山路
观看起伏不定的人间

星座师煞有介事
他们忙于安抚
却不擅长安慰
狮子座头上真有狮子？

再见了 圣斗士星矢
喜羊羊已经占领人间
偶尔想起早年的诗意
就变成一只双鱼

城市吹风

傍晚　初夏的风温柔呵
站在教堂外的高地俯视城市
下班了　行人露出慵懒的神色
矮白胖的女人举着可乐跳下高台

此时　风是最好的媒介
吹散了这座城市的孤独
什么也不想　什么也不做
有点自暴自弃起来

厌倦了有规律的生活
渴望重型音乐的撞击声
那位自顾甩头的少年哪里去了
长发也随风消散了吗

一袭素衣的翩翩少年
高昂着发髻穿越城市
我想他一定有位仙女做伴
一样的素衣素颜素心

我走进城市的夜色
想起一位朋友的话
"进入死的状态"
"活出鬼的气质"

这句话击中了我
脚步也轻盈了
我不再感到孤独
也不羡慕街边的情侣

萌懂

你心里明镜似的
可是你不愿说
你在八通线 cosplay
紧紧抱着那只白色毛绒狗

你闭着眼睛　假装睡觉
因为不愿看那些焦急的上班族的脸
看到你这样的萌族还要挤地铁
我的心都要碎了

你的嘴唇安详　双眼紧张
因为二次元符号在地铁里失效
无法表达内心的情绪
你觉着自己被孤立了

你整齐的刘海在掩饰什么呢
当然这是可爱的
一个世纪以来刘海儿都是可爱的
互联网的孤儿更爱刘海儿

你鼻侧的痣传递了一丝忧郁
你对自己的样子并不满意
你用白色袜子掩饰小腿的粗
用小西装扮演成熟

可是你依然是虚弱的
你不是职业的 cosplay
不是朋克更不是哥特
你越掩饰　越悲伤！

你小指上的银色戒指 blingbling
到站了　你睁开眼　睫毛扑闪扑闪

蚕宝宝

被姑娘小伙卷进地铁车厢
蒸腾的人的气息
想起儿时养蚕的日子
蚕茧的味道

大人们说蚕蛹很好吃
可我不敢吃
等着它变成蛾
从蚕茧里钻出来

蛾下完籽就死了
我看着蚕籽由黄变黑
用手帕包好　放进内衣口袋
一觉醒来　蚕宝宝已钻了出来

我着迷于这样的生命循环
唯一的困难是寻找桑叶
沾了水的桑叶一定要擦干
不然蚕宝宝也会拉肚子

黑色毛毛虫长成白色蚕宝宝
我把这条形的白色放在手心
放在胳膊上
好凉啊　好滑啊

若干年后　我长大了
不经意间碰到同桌女生的皮肤
一样的凉凉的　滑滑的
原来那个感觉叫心动

缓缓穿过人群

阳光下跳动的脚步节奏
一张张年轻的同龄的脸
我在队尾随着人流移动
我一点也不着急去上班

等待着缓缓而至的列车
我计划着站着写首小诗
其实我并不知道写什么
就虚拟一个爱人和兄弟

爱人温柔兄弟肝胆相照
我不知道如何发展故事
构思时列车已缓缓到站
随后我被人流挤出车厢

我静静地误入人的迷宫
想起久远的事恍如梦见
陌生的人短暂相遇分离
来不及看清她们的脸庞

我爱上了这漫长的旅途
世界观方法论都消失了
每天与几万人擦肩而过
年轻荷尔蒙消散在路上

我们都在加持这座城市
城市反馈给你好的坏的
无声的流动的风如太极
有人数钱有人哭泣如诉

我继续虚构兄弟和爱人
正如人类离不开日和月
人类需要温柔抚慰坚强
阳光照耀着蒸腾的土地

缓缓穿过人群穿过地下
人们睁开眼强打起精神
列车员缓缓拉起刹车杆
乘客抵达终点列车归巢

不许笑

开始时
众人都在开玩笑
你严肃得像块石头

后来
人们严肃而认真地与你谈事
你拼命捂着嘴怕笑出声来

一场不期而至的雨
让你从郁闷而狂喜
淋着也好
打伞也好

你饿了　站在风中
心想　吃也好
不吃也好

后来　太阳出来了
你看看天空思考
一些小事

朋友走过
兄弟走过
女孩走过
听风的声音

干干的
落在地上的槐花
消失在
弱弱的城市角落

眼睛

我想　我看见你了
美丽的　让我心动的你
我看见你的碎花裙子
你的白色的柔软的性格

我相信　我看见你了
我有些紧张　因为你很美
你不说话　我更紧张
我只会在你说话的时候打量你

你的形象映在玻璃体上
像一只鱼在游　不停地游
我的飞蚊症也治好了
因为我的眼里只有你

我的干眼症也治好了
因为总会在想你时默默流泪

黄色在秋天复活了

1

父亲帮我清理阳台上的杂物
发现一双旧皮鞋
问我还穿它吗
我说要穿呀
可是说完我就后悔了
我应该说不穿
这样父亲会穿

2

西山温泉的男服务员太有礼貌
对每位客人叫贵宾　弯腰成直角
主动替女顾客拎手提袋
为开车离去的大款递矿泉水
我对门口的侍者说：　你们这里的服务员真有礼貌啊！
他叹了口气
"哎，每天都得培训啊！"

3
胖和尚领着信众在小庙前转经
人群中间是卖鱼的箱式小货
装鱼的水箱顶上有个氧气瓶
远处有位女人双手合十
恭敬站立　眼眶湿润

4
北京郊县山区的黄香蕉苹果
竟然也有阿克苏的溏心
还有一股淡淡的山楂味儿
难怪摊主的孩子吃得那么开心
准备下午再去那摊儿上买几个
心窃喜　像占了个大便宜
挑选秘诀：　皮上长麻子、黄又糙为佳

5
10 号线一边有人排队
一边是挤成山形的人
在山形里挤太难受　可没有人退出
我挤不过　回到筷子队形
瞬间解脱了

6

黄色在秋天复活了

如同帝王的回光返照

女出租司机连连感叹

"黄叶太美了！"

阳光下金光闪闪

恍然隔世

7

L 问 G：你看我有病吗？

G 说：像，而且病得不轻。

L 反驳：告诉你，生活在自己内心的人都是最健康的！

8

铃木大拙说公案的用意

是要阻止每一个想用理智解答问题的尝试

如此说来

每一位叛逆的少年

不正是在给父母制造公案吗？

紧张

最近常常莫名地紧张
早上醒来又莫名欢喜
柿子在阳台待一周了
我却对它们无能为力
忍不住我吃掉了一颗
还有些涩　不过还可以忍受

看着这一排红彤彤的柿子
它们是我花 5 块钱从一个平谷农妇那里得到的
拎着塑料袋　我兴奋得手舞足蹈
唱着找不着调的曲子
哦　这美好的一天

老猫

他压抑着胸中的熊熊怒火
在自我的庙宇边缘踱着步子
他的皮毛披身　如图腾
人们畏惧他　而他畏惧自己

他感觉自己无敌
同时又黯然神伤
双眼如火焰吓走了人群
也吓退了一生所爱

他吼叫着跳上高台
警觉地环顾四周
可惜他没有敌人
他是自我之王

他选择成为孤独的王者
让下坠成为动力
用百万分贝的怒吼撕裂人心
敲击自己的骨头作乐

当春天来临
他压抑着雄性交配的欲望
对近身的母猫视而不见
因为他的眼光太高了

一只少年心气的幼崽走近他
他却无法压抑内在的父性
他的毛不再竖立
慈祥在眼光中一闪而过

山中早已没有老虎
庙宇中也只见菩萨低眉
老猫吸尽周遭的邪气
一刀一刀刻进慈悲的肉身

宁静的爱人

把一刹那的心动无限放大
那是早年的事了

一个人自讨苦吃的时候少了
水波不兴的时候多

你一直都在心里
在我追求别人的时候，你躲了起来

到了傍晚
月亮拓在天的一角

越深沉，越明亮

秋日

水蒸发
精神飞升
梦中的河流
唱一首抒情曲

年轻人
皱起眉头
皮肤深处的褶皱
冷不丁的痘痘

一只萌猫
眼睛湿润
一颗少女之心
在睡梦中

着急的人
时间不够用
秋日很短
冬眠的日子很长

怎么办呢
计划失效
人失去了主宰权
大地蒸腾最后一滴水

天真蓝啊
高高在上
像你平静柔软的心
安慰着我

忧郁的蓝
在人群中激荡涟漪
默默地低着头
深入深深的虚无

保持克制
留住身体的水分
吃酸葡萄
收敛燥热

师傅跷二郎腿
徒弟卖力地唱跳
回忆往日
恍然鼓掌

心思昭然若揭
内向的内向
欢腾的欢腾
我还是我

水泥地上一片枫叶
被泥瓦工刻成手掌
女孩呆呆地望着
手机不停地颤抖

最后一筐丝瓜
最后一茬西红柿
真是好东西
炒什么都好

秋风吹拂
阳光正好
一份简单的午餐
一丝轻飘的想念

被拒绝也不悲伤
被接纳也不狂喜
你还是你
你还是你

我只要风
我只要云
我只要梦
我只要此时此刻

秋日的邀请
不容迟疑的相见
我看见你的灵魂
干净得像一片叶子

裹挟人们的事物
露出清晰的脉络
理性战胜了感性
下一刻即见未来

翠绿的蒿汁
酥殇的鸭梨
抚慰走过酷暑的胃
让味蕾绽放欢乐

词语尘埃跳动
我独坐小亭中
推土机收割芦苇
飞鸟盘旋

夜里默默开花
如梦中摇曳的裙
人们围拢喧闹
赞叹此起彼伏

多么美好的一天
如此简单的事物
空气明净而清冽
走在路上的僧侣

年轻人的自我空间
自足愉悦而温暖
感动我
促我前行

人生导师崩塌
如黄叶凋零
回望年轻的自己
与某个姑娘对视

时间欺骗了你
仿佛你还年轻
如少年般冲动
害羞症的少女

拼贴的秋日碎片
纷纷落下的尘土
在静止时浮现心头
心中才是真实

视线所及的地方

我忍不住闭上眼睛
那感动我的　让我战栗
那是故人穿过时间的启示
让我坚强　不惧怕

我走着　只有一个目的地
我不在乎旁人的目光
我知道我将要去向哪里
我默默地磨着石头

我磨着石头
磨着我的心和肝
我粗粝了　我柔软了
我义无反顾地走向你

时间迷惑众生
一次次让我气馁
我将如何爬起来
在摔倒之前

紧紧地裹上厚衣
羊毛温暖我的脖子
羊肉温暖我的胃
等待雪的降临

默默地　等待无声的雪
默默地　想起一个人
想起那灵魂交织的欢乐
在下雪时　平静如常

我向神灵祈祷些什么
祈祷你如雪片一样柔软洁白
通透得　没有一点瑕疵
把坏人埋在这白色里

我想起往事
一次次犯着同样的错误
如少年一样冲动莽撞
勇敢　却又如此懦弱

在时间的后面
是翻动的命运
无数面孔闪现
梦中无言以对

人们世故的眼光里
那些对立面　无端地内耗
在天地间　如此可笑
时间就这样浪费掉

我走过繁华的街道
看见一张年轻的脸
那么熟悉而又陌生
淡淡地来　淡淡地走

夏天的树

在树下
风吹过细密的合欢花
吹进我的心　我的肺
我孤独却充盈　贫穷却幸福

夏日疯长的万物
它们引领我　给我阳气
让我的头发茂密　心如椰子
汗水湿透衣襟　蒸腾如新生

食物在胃里分解
伤口迅速愈合
麻雀有一只填不饱的肚子
蚂蚁忙碌着搬运花瓣

女人露出成熟性感的步态
男人用冰啤酒浇灭欲望
傍晚情侣牵手走过树下
兴奋地赞美彼此

垃圾堆被疯长的绿植掩饰
花儿让冷漠的城市有了温柔
我无法掩饰对一个人的想念
所谓爱，也在疯狂生长

夜晚的小公园
凉凉的风带着草的味儿
让我头脑清醒
忘了早睡

我需要这样一个夏天
正如我需要一个姑娘
正能量盖过了忧愁
不再怀旧只看前方

荔枝鼓胀的果肉
豇豆如鲍勃马利的头发
李子红色果皮上的白霜
勾起我的食欲

在大树下午睡的人
让我想起童年
老屋后门的穿堂风
沙瓤的西瓜

知了在泡桐树上
叫了一整个夏天
孩子用瓦片垒起炉灶
玩了一夏天的过家家

夏天有钓不完的鱼
挖不尽的蜈蚣蚯蚓
无可奈何的午觉
数不清的萤火虫

时间走了夏天还在
大地酝酿新的喜剧
秋天的悲伤还很远
冬天是下一个世纪

新年之诗

我窃喜　目光游移
心随着锅里的水而沸腾
我似乎受了神谕
激动得不知如何是好

人们向我微笑
我却不知所措
需要金钱解决的问题
就交由金钱去解决吧

日子展开它细致的纹路
让不谙世事的青春早些流走
姑娘们的愤怒来得更有价值
拨弄起刘海儿向新世纪张望

在新年的前一天
我努力掩饰自己的热情
一些说不出口的话
都留给下一年

原谅我，母亲

当你把我一岁时的照片放在床头
我知道我再也逃脱不出你的视线
我不敢对视自己一岁时候的眼睛
那是一双怯怯的水汪汪的大眼睛

突然明白我为何有那么多的想法
穿越荆棘的隧道抵达中年和老年
在我出生的那一刻作品已经诞生
可是他在后来的日子里变得残破
变得不再漂亮皮肤不再洁白无瑕

妈妈，原谅那个懵懂的大龄婴儿
他所犯的错误在前一世已经注定
他每次离开你都是一次故作坚强

妈妈，我是你的孩子我终将回家
为何我变得越来越冷漠越来越假
只因为我离开你的怀抱太久太久

我口口声声要找寻温暖找寻存在
最后找到的却是虚无缥缈的幻觉
我总是试图在你的面前抒发理想
可是每次说完我都更加无地自容

妈妈，只有你知道我真正想要的
就像我在你肚中时那样无欲无求

月光下

月光下 两只可爱的小刺猬
圆圆的　胖胖的　一动不动
一只羞涩地望见我
一只把小脑袋埋进肚子里

天与地之间　只有你和我
我轻轻地推你入草丛
从此你住进了月亮里
因为城市丛林已无藏身之处

我对月光下的你念念不忘
再也寻不见了
两只小刺猬
从此消失在月光里

月光下
内向的青年重获新生
治愈系的女孩在某处等他
一再走入应许之地

月光下
时间变慢了
小动物露出了小脑袋
不出声　听你的心跳

空气清新
青草的味道漫溢四周
我想着那只刺猬
因这美好的时辰将消逝而伤感

在K158次列车上

这是一辆欢快的列车
我拖着笨重的旅行箱穿行其间
这列火车不属于我这个鲁莽的乘客
这里是小朋友们的游乐场

一对情侣与我交换了车票
我的中铺变成了下铺
对面的小朋友坐着发呆
她的母亲正在一旁沉睡不醒

小女孩看样子不到10岁
但发呆的样子却像个18岁的姑娘
另一个小姑娘来找她玩的时候
这个梦立刻就醒了

这是一辆欢快的列车
每个人都昏昏欲睡
孩子们不停地吃着零食
我吃着姑妈做的卤鸡蛋想念着北京

自我的电影

我的眼睛是摄像机
我的脑子是剪辑机
虽然你在人群中　离我很远
镜头里却看得很近
附近的人和物都虚化了
跳动的红裙在风中摇曳

我的耳朵来作曲
声音拉伸了时间和空间
有一种氛围是最诗意的存在
陌生人的口哨让你想起昨日
在扁平的时空中
你跟所有人站在同一起跑线

我当然也是导演
把持续的风格和意象传递给观众
成为自我世界的王
无须刻意表达某个主题
因为万物自有其逻辑

我也是编剧
摆弄人物关系
就像儿时摆弄满地的积木
唯一的不同在于
我给了故事一个明亮的结尾

不再如孩童时看着满地废墟大哭
我开始建设这个世界
哪怕是虚构的
因为和谐是虚构的
自我的电影永不落幕

我看见丑和美站在一起
胖和瘦站在一起
贫穷和富有站在一起
一个话痨和一个哑巴站在一起
他们彼此相依永不分离

我不饿也不渴
不悲也不喜
人物关系自由地发展
命运的走向无须导演安排
我看着取景器流着泪笑了

很少有人能看懂这部电影
因为它的故事线索十分隐晦
虽然在我看来它是如此简单
若干年后人们会重新回看它

当物质世界崩塌之时
当电影院消失之时

南方大水漫过铁轨
让内心的胶片显影
洪水退却
列车缓缓开动
我心与车轮一起跳动
我心与铁轨一起跳动

里尔克说：　是时候了
克尔凯郭尔说：　学习飞鸟和百合
人类并没有停止忧虑明天
人们相互撩拨对方取暖
在矛盾与焦虑中进化

我透过取景器看着窗外
焦虑的眼神与安详的嘴唇
恐龙伸长脖子朝围墙外张望
电动车无声地穿行
一张漂亮的自拍脸

我听重金属
吹着口哨
看着时远时近的城市风景
晚霞照在变幻的云端
电影即将开演
人们激动得闭上双眼

第五章

有一种朴素的真理在内心升华

偶尔想起生命中重要的地方与人，
即吾心安处。

何洁

中国当代著名女作家，释道文化资深学者，青峰书院创立者。祖父何桂清，清咸丰年间曾任洋务大臣，两江总督。
20 世纪 80 年代中期，她在青城外山普照寺禅院阅藏、礼佛、写作 8 年。继后又创建极具影响的“内明写作中心”，有纪实文学《落花时节》《蜩螗春秋》等作品荣获多项大奖。

读《何洁往事》有感：问心而行

前几年，有部年轻人的电影上映，海报上写着“听过很多道理，却依然过不好这一生”，这句话击中了很多“80后”的心，甚至上升为一个社会学命题。

昨天跟母亲通电话，她突然跟我说很后悔，当初应该让我多学学独立生活，不该事事都替我操心安排好，不然就不会对我一个人在北京生活那么不放心。

可是有些时候，母亲又会跟我说，她多想我还是个小孩，可以抱在怀中，时时在她的视线里。

母亲的矛盾心理也许可以用来解释电影海报上的话，我们一方面循规蹈矩，另一方面又渴望独立，那么结果呢？

乘坐地铁时，我们在手机上看乔布斯式的演讲视频，看日式生活美学的书籍，我们看起来很有追求，未来不是互联网创业新星，就是文艺范儿的生活家。

在教堂举行婚礼的新人，听到牧师说“无论贫穷富有疾病……”时，依然会热泪盈眶不停点头，可是在未来的生活里，也许一言不合就会一拍两散。

我们渴望真诚和朋友，可仅仅限于彼此喜欢同样的音乐、电影、书籍、美食，朋友圈里认识同样的人。

我之所以思考以上这些，是因为遇到一本叫《何洁往事》的书。

《何洁往事》打开了一扇窗，让我清晰看见一位女性长者的内心世界，她在经历种种苦难后，依然充满勇气，心地纯洁。

她写自己经历的事，遇到的人，写与诗人流沙河的爱情，写为人母的喜悦，写山中岁月，写自己的家族和童年记忆……她的半自传性质中篇小说《落花时节》看得人泪水涟涟，唏嘘不已。

所有的这些，她都以第一人称缓缓道来，没有宏大叙事，也没有批判现实，却让人感动得一塌糊涂。

五一劳动节前一天，我合上这本书的最后一页，就像结识了一位长者，她对我讲述的不只是自己的故事，而是隐藏着一个朴素的生活之路的指引。

"欢乐的贫困是美事"，她多次在书中提及伊壁鸠鲁的这句话，黄永玉在《沈从文与我》中也提及了这句话。

巴金的庶母是何家的姑妈，何洁亲切地称巴金"巴伯伯"。

1994 年 3 月的一天，当何洁来到武康路 113 号的时候，坐在轮椅上的巴金，拿着何洁送来的五通桥豆腐乳，感慨地说："你十几年前送的那床四川凉席，打上补丁我还在用！谢谢你了！"据说，巴金就连平时使用的卫生纸，也是从成都买去的草纸。

黄永玉写表叔沈从文："几十年来从未主动上馆子吃过一顿饭。什么力量使他把湘西山民的朴素情操保持得这么顽强，真是难以相信，他自己却早已习以为常。"

写到这里，我突然意识到父母和老辈人节省的生活习惯，其实是一种传统而淳朴的家风，其中真味还需我用更多时间去体会。

"欢乐的贫困是美事"，若不是看到两位长者同时提及这句名言，可能我会很快忘掉它，就像每天看到的无数鸡汤文章一样过目就忘。

作为 20 世纪 80 年代生人，我对这句话的感受仅限于小时候，以及父母讲述往事的言语中。

父母亲不止一次提及我出生时的情形，在爷爷奶奶家天井旁一个巴掌大的小屋里，我在爸爸妈妈的陪伴下来到这个世界，暖色的白炽灯明亮而温馨，火盆上烤着换洗的尿布。父亲还记得，那一年春节，第一次看春节晚会。

可是，当我长大了，物质生活不再匮乏，再也体会不到那种贫困中的欢乐，更多的快乐来自于从众的快感和物质欲的满足。

阅读《何洁往事》，我最先看完的是《情雁飞》那一章，那是流沙河先生在 20 世纪 60 年代写给何洁女士的七封情书。因为 2013 年采访过流沙河先生，所以对这位可爱又认真的老头当年写的情书很是好奇。

在那个动荡的年代，流沙河是重点批判对象，信的开头和落款十分隐蔽，“我的好 J”，“永远是你的坦”，却难掩温情脉脉。

这七封信颠覆了我对流沙河先生的固有印象，他不再是那个自嘲白鱼解字的汉字专家，而是一位敢爱敢恨的“青年”。

“我这一生什么都不想要了。青灯黄卷，绿窗白纸，这些从前对我来说是依依难舍的东西，现在一刀两断了。虚繁，实利，早已绝此念头。我只想有你和我在一起，劳碌终日。”

在那个年代，何洁选择与流沙河相恋结婚，应该是被所有人反对的事。

1966 年 8 月 21 日，何洁从乐山回到成都家中，收到流沙河寄来的第七封信。流沙河在信中坚决制止她迁移到他那里去，并提出异地分居，各奔前程。

可收到信的第二天，何洁便悄悄离开故乡成都，去了流沙河的老家，立刻结婚了。

无论世事怎样无常，何洁都细心保护着这七封信，缝在胸前内衣里，藏在孩子的襁褓里。

在最艰苦的年月，流沙河催她快烧了这些信，可是何洁最终没有鼓起勇气。

何洁把这些信带在身边去流亡，她说：“它们给我以力量！”

正值最好年华的何洁，选择了一条众人眼里的不归路。从信中得知，当时何洁正患肺结核，她却不顾自己安危和可怖的未来，与年长自己许多的流沙河结婚了。之后，他们共同生活了二十五年。

1980 年，当流沙河再次见到自己写给何洁的七封信时，他一边看一边问自己："这是我写的吗？这是我写的吗？"

多年之后，何洁这样写道："世事多变化，有爱便觉平安，伤害太多，人会变质；积怨太多，会不知不觉地毁了人最珍贵的爱心；更可怕的是失落了过去后，又在怨恨和叹息中失却现在和未来。"

回到当下，时代总是具有很强的迷惑性，文前那位发问"听过很多道理，却依然过不好这一生"的年轻导演，他也没能给出答案。

我们希望在旅行中找到人生的路标，试图在种种现代人生样板戏里找到自我的出路，渴望在无处不在的成功学里获得前进的动力，可是我们又因此而失眠，神经衰弱，敏感易怒，吃饭不香。

我想，一定是哪里搞错了，我们是不是想得太多了，太复杂了，导致生活偏离了应有的航向。

何洁经历的苦难是我们这代人不可想象的，可是她的心似乎从未疲惫过，气馁过，忧郁过。

她在书中写下的，即是心的映照，时过境迁，依然光洁如初。

20 世纪 60 年代，流沙河先生与何洁谈恋爱时，曾拿她的名字开玩笑，说"何洁"翻译成白话文就是"多么的干净啊"。

书中的何洁，都是一样的目光明净、心怀善念、敢爱敢恨，岁月没有在她身上留下沧桑的印记，那颗初心，从未改变。

她 1941 年 10 月出生于成都，两岁失明，七岁复明。在那看不见的童年，何洁心里在想什么？我很想知道。

从书中得知，何洁记熟了外祖母常常叨念的那句话，"心具众理而应万事"。

在之后的岁月里，她不怖不畏，问心而行。

告别2015：一些小事

大学时，跟一个女同学在操场看台上聊天，她讲自己的成长经历，我听得入迷。

后来进入媒体行业，采访形形色色的人，那些有模有样印在杂志上的专访，都没有那位女同学的叙述真切。

2013年开通公众号“小事”时，我还是一本时尚杂志的专题编辑，每个月都有机会采访一两位大明星，可内心已然厌倦。

我算不上是一个技术很好的人物记者，能运用的只有勤奋、真诚和好奇心，可是随着年龄的增长，好奇心愈发稀少。

刚入行的时候，采访一位出租公司经理，从中午一直聊到晚上，吃完晚饭还继续聊。

那时候，每个采访对象都是新奇的，你迫不及待地听他讲故事，对方也乐于与你分享人生经历。

听过许多世界观，见过许多优秀的人，我却感到愈发虚无。

我更愿意听街心花园晒太阳的老太太聊天，看看菜市场卖菜的胖子那儿有没有新进南方的红菜薹和春笋。

我看到一位老大爷在公园的小亭拉二胡，周围没有听众，只有坐在童车里的小孙子，他却拉得很起劲，偶尔跟不会说话的小朋友互动一下。

我知道“小事”的订阅者中许多人也是现实中的好友，所以它不太是个定位明确的自媒体，它只是个私媒体。

我对媒体和自媒体都没有太大热情，媒体是意识形态，自媒体是个人意识形态，只有向内生长的私媒体才是我愿意阅读的媒体样态。

2015 年就要过去了，这一年对我来说过于沉重，经历了亲人和朋友的离去，身体的成住坏空，认真读完了一遍《西藏生死书》，重新回到孤家寡人。

我不再害怕孤独，偶尔想起以前的事，也会眼眶湿润，不再与父母争吵，想念他们的时候更多了。

我是一个自我意识很差的人，我被许多人影响，我也不知道现在的我是不是真的我。

回到小时候，我是一个喜欢听大人们聊天的小孩，喜欢站在柜台内卖东西，找给顾客零钱。

我也是一个家庭观念很重的人，小伙伴让我从柜台里拿根锯条，我没有答应。

儿时的好朋友都是些非常善良的孩子，如今身边的朋友也是。虽然相聚的时候少了，心里总是惦念着他们。

忘了哪一天，从朋友圈捡到几个字——念念俱舍也是施舍，这几个字对我安慰很大。我属于"易感"人群，恋恋不舍，总把自己弄得很拧巴。

还有十六个字对我做事的心态有很大助力："理则顿悟，乘悟并销，事非顿除，因次第尽。"这句话是从《楞严经》里抄下来的。

我意识到手机对人的掌控多么可怕，可还是忍不住在屏幕上刷几下。

晚班高峰，四惠地铁站排队换乘，前面一位女孩感叹"好像全中国的人都来北京了"。手机、地铁、社交软件、视频，每个人都裹挟其中，变得越来越脆弱却不自知。

人的注意力是最宝贵的，可是当我们休息时，注意力被分散在手机上，人与人在手机上的交流越多，越感到不真实。

与一个人坐在咖啡馆，用一根耳机听同一首歌，看同一部电影，与一个人坐在湖边，看同一片秋水，不说话，心里也是暖的。

社交软件并没有让人更幸福，它唯一的好处在于开发了人的通感力，层出不穷的聊天表情就是例证。同时，人们变得异常敏感，以至于神经衰弱。

哲学家罗素当年提出一个观点，他说人类的幸福感与闲暇时间成正比，人类的不幸在于花太多时间在工作上。

假如罗素还活着，看见每个人闲暇时低头玩手机，他还会这样定义幸福吗？

铃木大拙说，一位生活艺术家无须走出他自己之外，他无须像音乐家和画家，必须用某种工具来表达他自己。所有的材料所有的工具以及一般所需要的所有技巧，他都是生而具有，甚至在父母生他以前他已具有。

地铁上的陌生女孩，你无须对着手机上的剧情，才痛快地大笑、抹泪，因为你本就是自由自在的存在。

告别2016：

汝梦纯真

文字是阴，行动是阳。

文字之于我，更像是一剂安慰，所以写得很慢，漫无目的。

过载的信息逼迫我回到内在，像动物的自我保护行为，退缩到有限的朋友圈，屏蔽掉无谓的交流。

北京经历第一场雪之后，清晨，天空呈现出蓝琉璃的样貌，接着阳光显现，温暖重回人间。

我把散乱的心收拢，凝视这琉璃蓝，如同凝视一位少女的内心。

在极度寒冷的户外，人的眼睛会格外明亮，像簇新的玻璃珠。如同经历过苦难和挫折，你的心依然光洁如初。

沈从文说，我只爱过一位年纪正好的人。赳赳写道，今心依恋初心，我依恋你。

旧的秩序和思想在新的手机上滑行，人们迟早会厌倦这把戏，就像扔掉一件破裤子一样。

信息让人失去了思考的本能，人体的自愈能力渐渐丧失，那些掌控和设计数据交换 App 的人成为世界的精神独裁，甘愿沉溺其中的人沦为玩偶。

在无所事事的周末，我把所有的正反馈都给了精神的连接者，我的交流只与有限的人有关。

手机不再是人的延伸，它只是我的冷冰冰的打字机而已，手机越智能，你越该防备它，因为它会让你沦为弱智，放弃思考。

如果说语言文字是交流的第一层次，交流的第二层次应该是感觉，就像你梦里看到的那样。

刚来北京那会，喜欢在城里漫无目的地行走，从西单走到西四，从东单走到东四，行走让我获得了对城市的感知。

当北京熟悉得让人感到陌生，我把更多的时间留给了书本。

废名的《桥》开头引述了这样一个故事，这个故事总在我脑子里回旋。

夜晚，一个村庄失火，女人领着小孩们转移到隔壁的村庄。

这群孩子里有一位小男孩显得格外兴奋，大火把夜空照亮，夜晚的村庄从没有如此清晰过，男孩边跑边回头看那燃烧的家园，并不感到悲伤。

有一位小姑娘被大人带离的时候，一路上一直在哭，到了大人们安排好的住处，她还在掉眼泪。

男孩走过去问她，才得知是因为她没带出来的 Doll，她担心 Doll 被火烧坏了。

当同伴们都睡着了，男孩轻身下床，推开院门，跑向火光冲天的村庄。

女孩的父亲正在救火，腰间系着的 Doll 正是女孩担心的，男孩把 Doll 要了过来，扭头跑回避难处。

听说，后来男孩和女孩结婚了，幸福地过了一生。

新年来了，希望每个人都心想事成，得其所在。

不论怎样，每个人终究会心想事成的，因为你心里想的会指引你走到那条路上。

这一年，有一张画走进了我心里，王维的《江干雪霁图》，听说这张画在日本后，我开始计划着一定要去日本看看它。

这张画里有两个人，很小的两个人，在木屋外寒暄，或是道别，远处是山峰，近处是河流和小桥，人与人的故事在山水的庇护下，显得安详辽远。

《江干雪霁图》顶部的那座山很像日本的富士山，我怀疑日本浮世绘里那些山的轮廓都是按照这个模子画出来的。

秋冬季节，我感到内心的躁动，总想对人发脾气。

树叶都落了，外面一片萧瑟，没有山，只有楼。

失去了山水的供养，内心的躁动该如何宣泄，只能靠无休止地刷手机吗？

在雾霾中行走是残酷的，我感到身体里每个细胞都在抗议，你必须压抑自己，保持匀速而缓慢的节奏，把肺活量降到最低，在这残酷里寻找细小的美好。

我躲在 PM2.5 的细小颗粒中，这微小的媒介瞬间链接了每个人，让互联网都黯然失色。

每个人都在寻找各自对抗这残酷世界的解药，我想，这残酷本身不就是一剂解药吗？

只要心怀善念，你就会有勇气，也会拥有智慧，像那只萌萌的小猫一样招人喜欢。

黄家驹在《再见理想》里唱，"寒风中独坐街角，仿佛身边永远一切"，每个人都是自足的，欢乐和忧伤都是自足的。

崔健说，从一无所有到死不回头。

纪伯伦说，不要因为走得太远，忘记我们为什么出发。

阿甘说，日子就像巧克力。

我的这些文字就是巧克力，每天有感觉了就写一点，不连贯是必然的，看着这些文字，就像街头望着来来去去的人群，慢慢都消失不见了。

文字是对抗时间的徒劳行为，剩下的也许只是美学意义上的慰藉而已，让人藏在这文字的虚空中，享受片刻的欢愉。

就像给未知的爱人写一封长长的信，至今还没有邮递出去。

“鹤在日荫下鸣叫，小鹤应和。”

“我有好酒，愿与你同杯分享。”

一本小书里有这样两句话。

读书者，彻夜无眠。

活泼泼的道

谷神不死，是为玄牝，玄牝之门，是谓天地根。绵绵若存，用之不勤。

——《道德经》第六章

2016年夏天，我躺在医院住院部的病床上，时时刻刻都皱着眉头。

一位胖胖的护士阿姨安慰我，说很快就会出院的，不用太紧张。

我依然皱着眉头，每天闷闷不乐，感觉前途渺茫，生活暗淡。

后来恢复了，回医院复查，医生跟我开玩笑说，你终于不皱眉头了。

何妈叮嘱我写些道家养生的文字，我立刻答应了，可是一直不敢提笔。

一个原因是道家经典阅读得不多，二是对于道家养生的切身体悟不多。

这两天找来道家经典阅读，包括楼宇烈校释的《老子道德经注》，阅读中想起一些自己经历的事，身边人的事，有种恍然若失的感觉，一点光亮浮现心头，那算是道的火种吧。

友人去云丘山游玩，发来道士辟谷遗迹的照片，郁郁葱葱的山上，一个巴掌大小的容身处，当年在其中辟谷的道士，想必已经飞升了吧。

脱离自然已久，人的情绪和身体总是容易出现各种状况，比如一个上班族，早上心情尚好，中午就萎靡了，对着电脑的表情近乎麻木。

我突然意识到，女孩每日举起手机自拍，是为了时刻提醒自己不要表情麻痹，时刻保持微笑，以生动乐观的一面示人。

古人没有手机，照镜子的机会也不多，可是古画里人物的表情却如此平和而生动。

1942 年的一天，李圆通道长在河北狼牙山上留影，初秋时节，他一身百衲道袍，一剑，一人，自足而淡然。

这张照片我存在手机里很长时间，我渴望有这样的心境和风骨，可是外界的事物总是让你身不由己。

在夜深人静时，在一个人看书时，在与知己喝茶聊天时，又时时能感受到身体里一股活泼泼、蒸腾腾的东西，它自由自在，不落窠臼，超越了二元对立，让我感到生而为人的幸福。

两股力量在人的身体里角力着，一股属于达尔文进化论，另一股属于庄子逍遥游。

这两种力量犹如铅和汞，调和得当，身心愉悦，仙丹炼成；调和不当，炼丹炉被毁也是有可能的。

大病初愈后遇见何妈，探访青峰书院，加深了我与自然的联系，疗愈着我的身心。

前几日在《入药镜》中读到："昔黄帝周游四方，至青城之山，见岐伯，广成子、黄谷子，遂明大道。"才知青城山与道家渊源之深，心头一震，感恩各种机缘，唯有勤力提升自己，助力他人，回馈自然。

"吾身岂与天地异哉！亦各得一气而已尔。气散则神去焉，气止则神定焉。吾其全之于五轮，得之于五力欤！"在《入药镜》里，有这样的句子。

养生二字源于道家，人们迷恋神药与神通，却忘了我们与草木无异。在追求长生不老的路上，耗散了先天一气，一个行尸走肉的人，长生又有何用呢？

我们追求理想，追求养生，最后成了追求这两个字，以及人们加之其上的各种概念而已。朋友圈养生文章最火，只能说明大家盲目而不自知。

每个人珍惜自家身体里那活泼泼的东西就是了，不论身处多么困难的境地，也别让它枯萎。别像我一样，稍有不顺就皱起眉头。

回想美国20世纪60年代的"花童"——嬉皮士们，他们在大自然中，在泥地里翻滚着，渴望释放自己，亲吻自然。

他们中的很多人，后来却成了美国新经济的中流砥柱；嬉皮士运动孕育了乔布斯和硅谷一代，惠特曼孕育了嚎叫诗人。

大自然与现代科技，本应是一体两面，传统与先锋从来都是共生关系。

在今天，我们重提道家源流，也许可以给这个时代输入一点动力和灵感吧！

青峰下的表情

喝了太多茶，一夜没睡着，不同的人在脑中浮现，想抓住那个喜欢的人，可是抓不到。

天亮了，可以从床上爬起来了，把窗帘打开，探出头，一只蝴蝶奋力往高处飞，翅膀美极了，像技艺高超的工笔画师的作品，它歪歪扭扭地飞着，轻盈得像一个女孩，它的翅膀像美女的裙。

蝴蝶往何妈阳台的方向飞去，我在窗前看了许久。

还有一只落在菜地里，它们不黏在一起，一个静，一个动。就像小黄和小黑一样。

小黄喜欢在地上趴着，下巴搁在水泥地上，人多的时候，缓缓穿梭在人群中，人们吃饭，它眼巴巴地望着你，再望望别人。

你抚摸它的皮毛，喂鸡骨头给它吃，它的表情不会有丝毫变化。

小黑凶一些，看到外来者会下口，它是何妈的忠实护法。

客人多的时候，小黑被锁起来了，小黄缓慢地在院子里溜达，用带着一丝忧伤的眼神看着人。

小黄来到身旁的时候，你总是毫无防备，又会感到心里踏实，它直勾勾地看着你，不像那些馋嘴的野狗流着哈喇子，如果不是在饭桌旁，你绝对猜不出这样的眼神意味什么。

小黄是我见过最淡定的大狗，它壮硕高大的身躯本可以飞扬跋扈横冲直撞，可是它选择平淡度过山中岁月。

你低下头，注视路边的菜园和花草，会发现许多蚂蚁和蜗牛，蚂蚁不咬人，蜗牛都很小，黏在花朵上，植物的根茎上，这样湿润氧气充足的环境里，它们经常探出头，向四周张望。

蚂蚁和蜗牛的视野估计只有巴掌大，远不及人类，但是蚂蚁比人类团结，蜗牛比人类从容。

傍晚，坐在千年银杏树下的凉亭里，听各种昆虫的鸣叫，竟然一点也不觉得单调。

巨大的声场环绕着你，无数只昆虫组成的交响，这样的体验还是第一次，绝不是夏日知了单调的叫声。

我曾有过在庙中听喇嘛诵经的体验，各种发声的法器摆在面前，金属的敲击声与经文交织在一起，包裹着听众的心。

有一只虫离我很近，就躲在亭中某盆花中，发出巨大的如口弦般的声响，让我心战栗，周围林中各色小虫应和着它，形成美妙的伴奏。

天色渐渐暗了下来，那只离我最近的虫儿停止了口技般的表演，我有些失落，只剩下远处声浪般的细小的虫鸣，领唱者已经歇息了。

清晨鸟鸣和傍晚虫鸣形成了美妙的映照。

在那个无眠的深夜，一只大鸟突然叫了一声，同伴早已在树上休憩，而它却如我一样无心睡眠。

天亮了，鸟儿总会比人早起，它们如唱山歌般相互应和着。如果说虫鸣是和声，鸟鸣则是单个的音符，无数音符此起彼伏，组成了旋律和歌词。

清晨，跟鸟一样自在的，还有游在山泉水里的鱼。

六字真言和风马旗倒映在水中，翠绿的荷叶之下，一群红鱼优雅地游着。旁边的书法家朋友感叹：“子非鱼，安知鱼之乐也！”

我不是鱼，却真切感受到它们的快乐，忍不住拿出手机，拍了许多张照片。

红色的除了水里的鱼，还有自家栽种的西红柿。

这里的西红柿皮特薄，表皮上还带着细细的绒毛，有着丰润清冽的口感，让人不禁感叹自然的造化之功。

这里令人赞叹的事物太多了，在参天古树环抱之下，形成了一个巨大的天然氧气袋，眼睛因而不再干涩，心肺舒畅，无所事事而愉悦。

下山前，跟随一位小朋友去给师爷上香。

小朋友是第一次上香，他接过大人点燃的三根细香，举过头顶，闭上眼睛，面向白塔深深地鞠躬三下。

一场小雨过后，太阳出来了，阳光照在小男孩稚嫩的脸庞，皮肤上的绒毛如光晕，在他闭着眼睛鞠躬的那一刻，我禁不住流泪。

之后，我依照小朋友的样子给师爷上香，心里晓得，离孩子般的虔诚还很远。

上完香，小朋友恢复了天真活泼的样子，蹦蹦跳跳走下台阶，他有意避开了台阶上的蚂蚁，跟父亲炫耀自己一下跨过了两级。

偶尔也会踩死两只蚂蚁，小朋友会反复与他的爸爸诉说这件小事，可是并没有得到爸爸的回应。

孩子会很快忘掉踩到蚂蚁这件事，也会更加呵护脚下的生灵。

少年印象派的故乡

故乡，只存在于童年的记忆里。

现实中的故乡是不堪的，老房子，老路，老照片，你需要运用情感、想象力和素材，复原它原本的样子。

这次回乡过年，心情更为复杂，这些年我在北京经历的事，在故乡落脚。

故乡吸引我的是时空维度，而非热闹的年味，现实与记忆交错，恍然忘我，不知深处何处。

"单身汪"自然是聊天时的热门话题，父亲感叹，当年应该给我在镇子上说门亲事，在老家好好过日子。

我想起初中时暗恋街上的一个左姓姑娘，她的双亲跟我爸妈都很熟识。父亲说，要是我当年跟他说了，这门亲事几乎是板上钉钉的了，因为姑娘父亲是干家电维修的，我家是卖家电的，来往很多。

可是一个羞涩的少年，怎么也想不到自己的未来，只是把爱恋埋藏心底。

每次过年返乡，都会路过左姑娘的家，一位身材发福的妇女正在门口伺候孩子，我走近，并没有看清她的脸。

在从北京到武汉的高铁上，我看完了老愚的新书《暮色四合》，这是一本关于故乡和家族记忆的书。作者如此定义故乡——"记忆和想象重构的这个世界，就是我生命的伊甸园"。

这本书是我近几年读到的最真诚的一本书，老愚对故乡的叙述，是白描的，也是印象派的，是残酷的，也是美好的。

已到知天命之年的他感叹：“再也没有重要的事情了。”

这句话也许要到我五十岁时才能真正体会，可是对故乡的印象，我与老愚深有同感。

事物总不像我们预想的那样发展，可是它今天的样貌又与我息息相关。

我走上小镇北边那座堆满垃圾的山丘，废弃的旧路旁，五颜六色的垃圾散发着难闻的气息，无数只喜鹊正在那里觅食。

这个山坳里堆满了数十年的垃圾，今天终于激起了山下居民的愤怒，于是政府在垃圾山山顶建起了垃圾转运站。在垃圾转运站正式运行之前，镇上的垃圾被运到不远处的河边，填补挖沙留下的巨坑。

在北京，垃圾会被迅速处理，污水也会进入专门的排污管道。可是在小镇上，垃圾随处可见，池塘成了化粪池，楼房的排污管直接通到河沟。

腊月，镇上超市的生意十分红火，每个收银处都站着两个人，一个收钱，一个用免费塑料袋帮你装东西。

牲畜定点屠宰厂就在老街上，血水和排泄物流进屋后水系。

这些场景让人触目惊心，这个叫小河镇的地方，已难以找到一段干净的水系。

这里古称小河溪，老房子依水系而建，受水恩泽的人们勤劳善良，有着经商的天分，所以这里被称为“小汉口”。

环境的恶化也改变着人心，过年时人们不再热衷于串门，卖菜卖肉的商贩也学会了用便宜的来路货坑人，有钱人把老房子拆了，盖起了四层楼房，然后学着地产开发商的做法，分割为独立套间卖给他人。

爱因斯坦曾写道：“我每天上百次地提醒自己：我的精神生活和物质

生活都是以别人（包括生者和死者）的劳动为基础的，我必须尽力以同样的分量来报偿我所领受了的和至今还在领受着的东西。"

垃圾山上觅食的鸟雀会感激人类的馈赠吗？不会，它们只是默默承受，不论是一块腐肉，还是饼干碎屑，它们都会不二地吞进腹中。

在河边那个堆垃圾的巨坑上空，盘旋着无数肥硕的乌鸦，它们似乎对臭气熏天的垃圾有着天然的免疫力。

忘了从哪一年起，各色垃圾开始搅扰我归乡的心情，一年又一年，屋后水塘漂浮的垃圾又增厚了，曾经清澈的月儿塘快要消失了！

只有走向人迹罕至的田野，心情才会渐渐好起来，被野火烧过的黑色灰烬随风吹起，那味道是好闻的。

一位年轻人在小路上支起油画架，望着远方孤零的两间土房发呆。

天空很蓝，老屋很破，好像屋内已没有人住，呈现在画布上，像一个梦境。

里尔克在《给青年诗人的信》中写道："就算你什么都失去，至少还拥有童年。"对我而言，童年的底色，就是故乡。

我想，即使有一天故乡的老房子消失了，垃圾覆盖每一条河，我依然会回到它的身旁。

如果有一天，我向你絮叨故乡的美，可眼前却是另一幅景象，请不要认为我疯了，因为那个叫故乡的地方的的确确存在过。

有一天，凡·高在野外写生，平坦的乡村，一无所有，只有无限……永恒……他觉得这里的景色格外壮观。

一位画家朋友却对凡·高说："这里的景色真是无聊透顶。"

又有一个男孩路过，不是什么画家，而是一个士兵，凡·高问："我觉得这里像海一样美，你觉得这很奇怪吗？"

"不，"男孩回答，"你觉得这儿像海一样美并不让我惊讶；但我个人认为这里比海更美，因为这里有生命栖居。"

这次，凡·高碰到了真正懂海的人。

似曾相识的风景

有许多次，遇见一个人，路过一处风景，会感到很熟悉，而实际上是第一次见到。

我在山脚下的小溪边捡了三块小鹅卵石，一块绿的，一块红的，一块灰的。

起初我并没有捡几块石头带回家的想法，后来看到有人在捡，我想到捡几块小石头带回家压压书也挺不错的。很快我就找到了那三块石头，好像它们已经在小溪边等着我似的，得来全不费功夫。

还有一些人，不论朋友，还是恋人，没有太长时间的交流共事，却会有天然的信任，有些人第一次见，就像见过多次一样。

有一次与一位久未谋面的朋友吃饭，朋友突然说，这饭桌，这茶壶，这场景在记忆里出现过。

听到朋友的感慨，我先是愣了一下，然后回想自己的经验里，也有许多这样的时刻，只是我没好意思说出口而已。

比如一位女孩穿裙子的样子，比如一座山，一条小溪，一片树林，一阵春风，一片云，一群人围坐桌前吃饭聊天的氛围。

里尔克有首诗《总是一再地》，我喜欢冯至的翻译，“我们总是一再地两个人出去，走到古老的树下”。

新和旧总是同时显现，熊十力先生在《体用论》第一章《明变》中，苦口婆心论述的只有一句话：“夫刹那刹那灭，实即刹那舍故生新。”

为什么熊先生如此苦口婆心地写，就像一位老师担心学生把光阴虚度，才会推心置腹，把光阴的秘密告诉你，原来每时每刻是这样行进的。

当我读完了《明变》这一章，竟生发出对生活的多一份热爱，不那么厌烦琐碎的日常工作了。

刹那生灭是同时发生的，而我们惯常认为生灭有先后，在这惯常思维之下，容易让人忘记自己无法言说的生命源流。

“凡物刹刹顿变，非凭空而起，真源含藏万有，无穷无尽。如渊泉时出。”

一位强大的人，一位弱小的人，都在刹那生灭中流转，这是一种全人类意义上的平等，强大的人刹那间堕入黑暗，弱小的人刹那间被光明照耀，都是一念之间的事。

在刹那生灭的思维之下，再艰难的日子也变得不那么难熬，你有一颗精进之心，也许更有胜算。刹那比一个响指还短，也是你一个念头的时间，在这么短的时间里努力，总比遥遥无期的目标来得轻松，也更不容易陷入困顿之中。

有一次听南师的讲座录音，他说天上的男女一个念头就能孕育出新生命，远没有地上的男女之事那么复杂。

当时我还不太理解，现在我有些似懂非懂的感觉了。

昨天才见的美景，今天回忆起竟像儿时故乡那样熟悉，踩的每一块鹅卵石，就如同小时候下面藏有螃蟹的那颗。

当我看见那位穿裙子的姑娘，也不是一种偶然，她既是过去，也是现在，刹那间，我不再是我，你不再是你。

我走在路上，旁若无人，无来由地哼起些不知名的调调，这旋律既熟悉又陌生，像过去的老歌，又确是此时此刻的心声。

无声的教化

何妈拉着我的手，从饼干盒里挑了一袋威化饼干递给我。

我有些不安，又感到温暖，就像小时候，奶奶总爱牵着我的手一样，这样的场景很久没有过了。

从《何洁往事》上的照片和文字，到被何妈牵着，围着火盆说话，有点像在做梦，第一次上青峰书院，这种做梦的感觉尤为强烈。

北京的生活让我有些厌倦了人群，时时想逃离，无法逃离，那就逃避。

躲在汪曾祺的小说里，躲在写字楼旁树下的长椅上，躲在《道德经》中，躲在绿度母心咒中，躲在睡梦里，躲在美好爱情的向往里。

再次来到青峰书院，来到千年白果树下，见到何妈，见到师兄师妹，见到大黄小黑，感到特别亲切。

何妈是七十多岁的老人了，每天指挥书院扩建施工，接待来访客人，与师兄们交谈，关心每个人的饮食起居，她每天要操心的事比我们这些年轻人还要多。

何妈拉着我的手的时候，我感觉到她时刻都在观想，在琢磨事情，整个书院处于一种抱持宁静的氛围中。

秋天的青峰书院更加清静，晚上睡觉除了隐约听到隔壁师兄的鼾声，什么声音也没有。

早上醒来，最先听到扫地的沙沙声，大黄脖子上的清脆铜铃声。

记得第一次上山，心情是激动的，有些忐忑的，好奇的。

这次上山，一切都那么熟悉，书院越来越好了，大黄胖了，皮毛也有了光泽，工人们不紧不慢地干活，一切按计划进行着，提水泥桶的妇女，拿泥瓦刀砌墙的汉子，山上的砂石通过滑道滚下来，节省了人力，发出瀑布般的声响……

川哥把何妈的文章《天 · 地 · 人 · 和》打印稿拿给我看，当天睡前认真看了一遍，回北京的飞机上又看了一遍，每次看都有不同的触动。

我对于城市生活的倦意，对于归隐山林的隐约向往，何妈也经历过，而且她付诸行动了。

修建青峰书院的缘起是何妈的一个梦，梦中那艘白色游轮就是现在大家看到的青峰书院。

当她把这个梦中的建筑描述给建筑师刘家琨时，现实与梦想之间的差距让建筑师也深表无奈。

虽然只有十分之一的工程预算，何妈并没有放弃她的造梦计划，那是 2002 年冬天发生的故事，在今天听来已经是一个传奇。

我脑子里的归隐只是一种逃避而已，何妈寄情山中，却是为了重建，重建心灵，重建梦中的一方净土。

"两次住进这绿荫重叠、鸟鸣成片的青峰山上却并非为了隐逸。视觉上的清冷，丝毫不会减弱我对生活的炙热情怀。"何妈这样写道。

在认识何妈之前，我真以为她是一位山中隐居的老人。当我见到何妈，才发现她对生活的热情远远超过我们这些山下人。

她的思维比年轻人还要活跃，她待人处世无比通透。

有一次，何妈谆谆告诫一位中学生要多写日记，这位小伙子正计划着出国留学，何妈对他说，日记将是他一生的财富。

第一次上山，何妈把她的日记本拿给我看，那是一本厚厚的日历，每张日历的背面都写满了字。

何妈对围坐在火盆边的几位师兄弟说，"无事不可对人言"，这句话就够我用一生去体悟的了。

有时候我会想，何妈内心的气候是与宇宙万物相连接的，她与我们聊多维时空，聊该不该杀生，聊爱因斯坦和霍金，聊飞碟的真实存在……

我似乎看到了佛母谜一样的手印，在雾霾重重笼罩之下，为众生指出一条明路。

何妈在《天 · 地 · 人 · 和》里写道，“我从来就是一个心到眼到即手到的劳累之人”，试想，能做到心到眼到手到的人又有几个呢？

这次在山上住了两日，第一日伙食比较素，只有回锅肉和红油耳片两个荤菜，其他都是自家种的蔬菜，腌制的泡菜。

晚餐时，何妈对每天负责买菜的吴师兄说：“明天炖只老母鸡给大家补补吧！”

吴师兄连忙点头，小声跟何妈商量：“我下山买只鸡，不杀咱家养的行吗？现在家里只有 21 只鸡了，还要留着下蛋呢。”

“不行，就要吃自家的鸡。”何妈并没有赞同吴师兄的建议。

再看看吴师兄的表情，真是哭笑不得啊，还得点头答应何妈。(忘了交代，吴师兄是吃素的。)

第二天中午，我们喝到了莴笋炖鸡汤，我猜这鸡一定是吴师兄下山买的，从他当时的眼神里可以看出，他绝不忍心宰杀自家养的鸡。

何妈抱怨鸡炖得火候不够，没怎么吃。我和川哥都觉得很好吃，喝了好几碗鸡汤。

吃完饭收拾桌子的时候，大黄走了过来。

我心想给它找两块鸡骨头吃，才发现何妈碟中的几块鸡肉几乎没动过。

我夹起来扔给大黄，大黄稳稳地接住，连鸡骨头也吞了下去。